野草在歌唱

[英] 多丽丝·莱辛 著 ｜ 一蕾 译

译林出版社

图书在版编目（CIP）数据

野草在歌唱 /（英）多丽丝·莱辛（Doris Lessing）
著；一蕾译 . —南京：译林出版社，2023.5
（莱辛作品）
书名原文：The Grass is Singing
ISBN 978-7-5447-9508-1

Ⅰ.①野… Ⅱ.①多… ②一… Ⅲ.①长篇小说－英
国－现代 Ⅳ.①I561.45

中国版本图书馆 CIP 数据核字（2022）第 222768 号

著作权合同登记号　图字：10-2021-125号

野草在歌唱　[英国] 多丽丝·莱辛 / 著　一蕾 / 译

责任编辑　吕雅坤
装帧设计　金　泉
责任校对　王　敏
责任印制　颜　亮

原文出版　Flamingo, Modern Classic, 1994
出版发行　译林出版社
地　　址　南京市湖南路 1 号 A 楼
邮　　箱　yilin@yilin.com
网　　址　www.yilin.com
市场热线　025-86633278
排　　版　南京展望文化发展有限公司
印　　刷　苏州市越洋印刷有限公司
开　　本　850 毫米 ×1168 毫米　1/32
印　　张　8
插　　页　4
版　　次　2023 年 5 月第 1 版
印　　次　2023 年 5 月第 1 次印刷
书　　号　ISBN 978-7-5447-9508-1
定　　价　58.00 元

致南罗得西亚*的格拉迪斯·马斯多普女士
谨以此书献上我最真挚的爱和敬意

---

* 即今津巴布韦，作者随父母在那里度过了童年和青春期。——编者注，下同

在群山中倾颓的洞里
在淡淡的月光下，小草在
倒塌的坟上歌唱，教堂
则是空无一人的教堂，只是风之家。
没有窗子，门儿来回摇晃，
枯骨再不能加害于人。
唯有一只公鸡站在屋脊上
喔喔哩喔，喔喔哩喔
唰的一道闪电。然后一阵潮湿的风
带来了雨

恒河的水位下降了，无精打采的叶子
等着雨，黑色的云
远远地聚集在喜马方特山上。
丛林蹲着，在寂静中弓起背。
于是雷霆开始说话

      ——节选自 T.S. 艾略特《荒原》*
谨在此向诗人和两位费伯先生表示诚挚的谢意

                "观察一个文明的失败和龃龉，
                    最能搞清它的病症所在。"

                    ——无名氏

---

* 诗歌部分引用著名翻译家裘小龙先生译文，在此致谢。

目 录

第一章

神 秘 谋 杀 案

恩泽西农场主理查德·特纳之妻玛丽·特纳，于昨日清晨被发现受害于住宅阳台上。该宅男仆已被逮捕，对谋杀罪供认不讳，唯谋杀动机尚未侦悉，疑涉谋财害命。

本报特约记者

这则报道很简略。全国各地的读者肯定都看到了这篇标题触目惊心的报道，都难免感到有些气愤。气愤之余又夹杂着一种几乎是得意的心情，好像某种想法得到了证实，某件事正如预期的那样发生了。每逢土著黑人犯了盗窃、谋杀或是强奸罪，白人就会有这种感觉。

接着人们便把报纸翻过去看别的消息。

但是在"这个地区"里，凡是知道特纳夫妇的人，不论是见过他们面的，或是这些年来一直听到闲言碎语议论他们的，都不急于把这一版翻过去。有许多人必定还会把这则消息剪下来，和一些旧的信件放在一起，或是夹在书页里，要将它作为一种警示或一种告诫保存起来，日后好带着缄默和神秘莫测的表情瞧一瞧这片发黄的纸。人们并不讨论这起谋杀案，这是事情最出奇的地方。当时有三个人本可以把事实详细叙述一番，结果却一言未发；尽管如此，人们好像都有一种第六感，认为已经把该弄明白的事情都弄明白了。谋杀案根本就没有引起人们的议论。要是有人说："这事很糟糕。"四周的人们都会显出冷淡而谨慎的神色。然后有人回答："太糟了！"——话题就此终止。似乎大家都一致默认，特纳家的这起案件不该随随便便地谈开。这是一个农业区，在这里，一户户的白人家庭彼此相距很远，他们待在各自的农场上，接连几个星期只能看到自己家里人和奴仆们的黑脸；他们难得有机会见面，总是渴望着和同种族的人来往，在见面时高谈阔论一阵，争执一番，七嘴八舌地扯上一会儿，尽情地欢聚几个小时，然后再回到各自的农场上。若在平时，这起谋杀案一定会讨论上好几个月；人们有了谈资，一定会兴致勃勃才对。

在一个局外人看来，人们这样默不作声，大概是那个精力旺盛的查理·斯莱特跑遍了地区所有的农场，关照人们不要声张的缘故；但是查理绝不会想到这样做。他所采取的步骤（而且他一个错误也没有犯）显然是想到哪里就做到哪里，并没有刻意去筹划安排。整件事中最耐人寻味的是大家都不约而同地默不作声。这一举动就像一群似乎在用精神感应的方式互相交流的鸟儿一样。

远在这起谋杀案使特纳夫妇声名远扬以前，人们谈到他们时，语气总是那样尖刻和随便，好像是在谈什么怪物、歹徒或自作孽的人一样。邻居当中虽然很少有人碰到过特纳夫妇，有些只是隔得远远地见过他们，但是大家都讨厌他们。这对夫妇究竟为何如此惹人讨厌呢？就因为他们"落落寡合"，仅此而已。当地的舞会、宴会或是运动会上从来看不到他们的身影。这对夫妇一定有什么见不得人的地方，这就是人们的感觉。他们不应当那样与世隔绝，因为那样做就等于在每个人脸上打了一记耳光；他们有什么值得神气活现的？哦，说真的，过着那样的日子，有什么可神气的呢！那小笼子一般的房子，临时住住还说得过去，但绝不能作为永久的住所。可不是嘛，有些土著黑人的房子也差不多那样（谢天谢地，这种土著黑人并不多）；白人住得这样简陋，当然会给人们留下很坏的印象。

　　那么这就是有些人所谓的"穷苦白人"。于是人言啧啧。那时候还没有很明显的贫富悬殊（那时也没有烟草大王），不过种族的划分当然已经存在。那一小群"南非白人"有他们自己的生活方式，英国人很瞧不起他们。所谓"穷苦白人"原本指的是南非白人，而绝不是英国人。可是把特纳夫妇说成是穷苦白人的那些人，一反传统的说法，自有他们与众不同的见解。其中究竟有何不同？怎样才算穷苦白人？这主要由生活方式所决定，也就是生活水平的问题。特纳夫妇只需要再有一群儿女，就会成为地道的穷苦白人。

　　虽然这种见解无可置辩，大多数人却依旧不愿意把特纳夫妇看成穷苦白人，否则未免有失体统，因为特纳夫妇毕竟还是英国人。

当地人对待特纳夫妇的态度，原是以南非社会中的首要准则，即所谓"社团精神"为根据的，可是特纳夫妇自己却没有理会这种精神。他们显然没有体会到"社团精神"的必要性；的确，他们之所以遭忌恨，原因正在于此。

你越想就越觉得这起案件离奇。离奇并不在于谋杀案本身，而在于人们对这起案件的感受，在于人们同情迪克[1]·特纳，却极其怨恨玛丽，好像她是什么令人厌恶的肮脏东西，被人谋杀了真是活该。不过人们并没有问什么问题。

但是他们心里一定在琢磨：那位"特约记者"究竟是谁？这消息一定是当地什么人写的，因为文笔不太像报章体。但究竟是谁呢？管理农场的助手马斯顿在谋杀案发生之后，就立即离开了本地。也许是警长德纳姆以私人名义写了投到报社，但又不像。还有查理·斯莱特，他对特纳夫妇的情况比谁都熟悉，谋杀案发生的那一天他又在场。你可以说，实际上掌握案情的就是他。他甚至比警长知道得还要早。人们都觉得这样的想法合情合理。一个傻女人被一个土著黑人谋杀了，其中的原因可想而知，但人们却死也不肯说出口来——这种事要是当地的白人农场主们不关心，还有谁会关心呢？这事关系重大，白人的生计、妻子儿女，乃至生活方式都因此受到了威胁。

但是当局外人看到竟然由斯莱特负责处置这件事，以便避开一些议论，都未免感到诧异。

---

1 理查德的昵称为迪克。

这件事不可能预先布置好，时间绝对来不及。譬如说，当斯莱特听到迪克·特纳农场上的雇工来报告这消息时，为什么他没有打电话，而是给在警署的警长写了张便条呢？

凡是住在这地方的人，都知道分机电话的情形。当你摇好电话号码，拿起听筒，就会听到一阵咔哒咔哒的声音，然后听到整个地区所有的听筒都拿了起来，于是低微的人声、悄悄的耳语声、压低了的咳嗽声，一股脑儿都传了来。

斯莱特住的地方离特纳夫妇那儿有五英里路。雇工们一发现女尸，立刻跑来告诉了他。虽然这事紧急，可他并没有打电话，而是写了一张便条，派了一个土人听差，骑着自行车到十二英里开外的警署，把纸条送给德纳姆警长。警长马上派出了六七个土著警察到特纳夫妇的农场去做现场勘察。至于他自己，却先去找斯莱特，因为那张便条上的措辞引起了他的好奇。他之所以迟迟才到谋杀案现场，就是为了这个原因。土著警察没有侦查多久，就逮住了谋杀犯。特纳家的住宅建在一个小山坡上。他们先在室内巡视了一下，稍微检查了一下尸体，然后分头走下山坡，不一会儿就看见谋杀犯摩西从一个荆棘丛生的蚁冢中走了出来。他走到警察们面前说（至少他说的话大意是这样）："我在这里。"警察们哐啷一声给他戴上了手铐，把他带回屋子里等候警车的到来。这时他们看到迪克·特纳从屋子旁边的矮树林里走出来，身后跟着两条悲嗥着的狗。迪克已经精神失常，痴痴癫癫地自言自语，刚走出矮树林，不久又走进去，双手抓满了树叶和泥土。警察们注视着他，只能听任他自行其是。他虽然疯了，但毕竟是个白人，黑人是不能去碰白人的身体的，即使是当警察的黑人也不行。

人们会不假思索地问：这个杀人犯为什么要自首？他虽然没有逃脱的机会，但他总可以冒险试一下。他大可以跑到山里去躲藏一阵子，或者溜出国境，逃到葡萄牙人的地界上去。事后地区土著事务官在一次落日晚会[1]上宣布说，这个人之所以不逃，原因是完全可以理解的。人们只要对这个国家的历史稍微有点了解，或是看过一些从前那些传教士或探险家的回忆录和信件，就可以看到当年罗本古拉[2]统治下的那个社会的面貌。法律的条文规定得很严格，人人都必须知道什么事可以做，什么事不可以做。如果有人做了一件万恶不赦的事，譬如与国王的女人有不正当的接触，他就要遭到致命的惩罚，很可能会被钉在蚁冢上的一根木桩上处死，或是受到类似的极刑。他可能还要说："我犯了过错，我自己知道，让我来受刑吧。"不错，这是一种临刑不惧的传统，确实有可称道之处。这样的评论出自土著事务官之口情有可原。他由于职责所在，研究过土著的语言、风俗等。尽管说土人的行为"可称道"有些不得体，但是现在世风日下，今日的土人已比不得当年的忠厚，人心不古，那么推崇过去的传统还是可以被接受的。

所以有关这个问题就不再提了，然而这并非丝毫不耐人寻味，因为摩西有可能根本不是马塔贝莱兰人。他住在马绍纳兰[3]；不过，土人当然是在整个非洲东游西荡的。他的来历很难说得准，

1 非洲人在落日时所举行的一种晚会。
2 罗本古拉（约 1836—1894），南非马塔贝莱兰的国王。
3 津巴布韦北部地区。

6

可能来自葡萄牙的领土，也可能来自尼亚萨兰[1]，或是来自南非联邦。而且伟大的罗本古拉王朝距今已经很遥远了。但是，土著事务官总爱拿过去的准则来看待现在的问题。

查理·斯莱特派人把那张纸条送到警察局去以后，自己便开着那辆美国造的大汽车，沿着崎岖的田园路，朝特纳夫妇的家疾驰而去。

查理·斯莱特究竟是何许人？事实是，从这个悲剧的开始到结束，他就象征着特纳夫妇所生活的那个社会环境。这件事几乎处处都牵涉到他；没有他，虽然特纳夫妇迟早也会面临悲惨的结局，可不见得就会落到现在这个地步。

斯莱特曾经在伦敦一家杂货铺子里当过伙计。他老爱跟自己的孩子们说，要不是他有干劲，有雄心，他们现在一定是穿着破破烂烂的衣服住在贫民窟里。现在即使他已在非洲待了二十年，仍然不失为一个地道的伦敦人。他到非洲来的唯一目的是赚钱。钱果然给他赚到了手，而且他还发了大财。他是个粗鲁蛮横、心肠铁硬的人，虽然还算不上太歹毒，可遇事独断专行，全凭着自己的一股冲劲，不顾一切地去赚钱。他把经营农场看作是操作机器：这边操作，那边出产英镑。刚开始赚钱时他对妻子很苛刻，让她受了许多不必要的折磨。他对儿女也很吝啬，一直等到后来赚足了钱，孩子们才算过上称心如意的日子。他对待农场上的劳工最为苛刻，这些劳工就像是下金蛋的鹅，然而生活的处境却非常艰苦，除了为别人生产金子以外，

---

1 非洲东南部国家马拉维的旧称。

根本不知道还有什么其他办法生存下去。现在他们心里明白一些了，或者说，正在开始明白起来。但是斯莱特是主张用犀牛皮皮鞭来经营农场的。皮鞭挂在他的大门口，好像是刻在墙上的一条格言："如有必要，打死人亦在所不惜。"有一次，他大发雷霆，打死了一个土人，被罚款三十英镑。从此他的脾气收敛了一些。但是斯莱特之流毕竟是把犀牛皮皮鞭当作法宝的；不像他那样自信固执的人，自然就不会那样相信犀牛皮皮鞭。好久以前，远在迪克刚动手经营农场的时候，他就告诉迪克，应该先买条犀牛皮皮鞭，再去买犁，买手推车。我们后来可以看到，犀牛皮皮鞭并没有给特纳夫妇带来什么好处。

斯莱特是个矮矮胖胖、身强力壮的人。他肩膀宽厚，胳膊粗壮，脸庞很宽，胡须根根竖起，看上去尖刻机灵，还带点儿狡黠。他一头金发剪得短短的，模样挺像个犯人，好在他并不注重外表。他那双蓝眼睛小得简直看不出是眼睛，因为多年来在南非刺目的阳光下，他总爱把眼睛眯缝着瞧东西。

他身子伏在方向盘上，几乎是抱着方向盘，恨不得一口气赶到特纳夫妇家里去；这时在他那铁板似的脸上，两只眼睛变成了两条蓝色的小缝。他感到诧异：他的助手马斯顿毕竟是他的雇员，怎么竟不来把谋杀案的情况告诉他呢？至少也得写张字条儿派人送来。他上哪儿去了？他住的那个小棚屋和迪克的住宅只隔着一两百码距离。难道他害怕，溜了吗？这是个特殊类型的英国青年，什么事情都做得出。他自己根本看不起那种和颜悦色、细声细气的英国人，可又极端迷恋他们的风度和教养。他自己几个儿子都长大了，成了绅士。他花了好多钱才把他们培养成那种样子，可又看不起他们那种样子，同时又以此为傲。这种矛盾的心理可以从他对待马斯顿的态度上看出来。一方面他对马斯顿刻薄冷淡，另一方面却又有点微妙的尊敬。不过此刻他只感到满心的气恼。

半路上车子震动了一下，他骂了一声，刹住了车。原来是一个车胎爆了，不，爆了两个。路上红色的泥泞里有许多玻璃碎片。他不由把这种情形迁怒到特纳身上，似乎觉得这些玻璃碎片是特纳故意放在路上的！但是现在必须对特纳给予热诚的爱护和怜悯，于是他的一股怒气又转到马斯顿身上去了。他想，这个助手应当设法防止这次谋杀才对。他拿了钱是干什么的？雇了他是干什么的？不过斯莱特在衡量同种族人的行为时，他的标准还算是公允的。他克制住怒气，下了车，补好了一个车胎，又换了一个车胎，在红色的烂泥地里整整忙了三刻钟才弄好了一切，接着把烂泥地里那些绿色的碎玻璃片拾起来，扔到矮树丛中去，直弄得满头大汗。

最后他到了那所房子跟前，穿过矮树丛走上前去，只见六辆闪闪发亮的自行车停放在墙边。在屋前的树荫下面，站着六个土著警察，土人摩西就在这些警察中间，双手上了手铐。阳光把手铐、自行车和密密丛丛、潮湿的树叶照得亮闪闪的。这是一个闷热而潮湿的早晨。天空中乱纷纷地浮动着污浊的云，看上去好像是一大片泛着泡沫的污水。暗淡的地面上的那些小水洼，映出一摊摊的天光。

查理走到警察们面前时，警察们一个个向他敬礼致意。他们都戴着土耳其帽，穿着奇形怪状的制服。查理一向主张土人的服装应该根据身份穿戴得体，或者干脆一律围上当地人的缠腰布，可没有想到他们会这样打扮。他看到半开化的土人就觉得受不了。这些警察都是挑选出来的大块头，看上去很有气派，可是和摩西这个彪形大汉一比，就都相形见绌了。摩西身穿一套又湿又脏的汗衫短裤，全身乌黑，好像是一块精光闪亮的漆布。查理站在这个杀人犯的面前，仔细盯着他的脸。杀人犯回瞪了他一眼，面无表情，神情冷淡。查理自己的脸色则显得有些令人费解：既流露出一种得意的心情，又有一种小心翼翼的报复态度，还有些害怕。害怕什么？难道害怕摩西这个等于上了绞刑架的家伙吗？可是他确实感到不安和烦恼。然后他好像抖擞了一下精神，控制住了自己，转过身去，看到迪克·特纳正站在那儿，和他只隔着几步路，满身都是污泥。

"特纳！"他蛮横地叫了他一声，接着又停下脚步，细瞧着他的脸。迪克仿佛不认识他了。查理抓住他的胳膊，把他拖到自己的车子跟前。他不知道迪克此时已经失常到无可救药，否则他一定会更气愤。把迪克安顿在汽车后座上之后，他便走进屋去。马斯顿正站在前面房间里，两手插在裤袋中，摆出一副满不在乎、安然自若的样子。但是他的面色既苍白又紧张。

"你上哪儿去了？"查理立刻带着责备的语气问道。

"平常总是特纳先生来叫醒我的，"年轻人镇定自若地说，"今儿早上我起得晚了些。我一走进屋子，就看见特纳太太躺在阳台上。接着就有警察来了。我正在等着你呢。"他心里其实很害怕，声音中流露出对死亡的恐惧，可是和查理行动上所表现出的那种恐惧又有所不同，因为他在这个国家里住得还不够久，无从理解查理那种特有的恐惧。

查理只是哼了一声。除非必要时，他是决不会开口说话的。他探究地望了马斯顿很久，好像想弄明白：农庄上这些土人们，明知有一个人睡在离他们只有几码远的地方，出了事情，为什么不去叫醒他，反而不假思索地来找他查理呢？但是他看着马斯顿的眼光中并无厌恶或鄙视；只是显露出把他看作一个虽未必十分可靠，但可能合作的伙伴。

他转身走进卧室，看到玛丽·特纳僵硬的尸体上盖着一条被弄脏的白被单。被单的一端露出一簇淡黄色的乱蓬蓬的头发，另一端是一只起皱的黄色的脚。查理的脸上随即显出一种令人费解的表情。照说他刚才望着那个杀人犯的时候，应当露出憎恶和鄙视的神色，可他却在望着玛丽的时候露出了这种神色，而且皱眉蹙额，两片嘴唇紧抿，满脸显出恶意的怪样，足有几秒钟之久。他背朝马斯顿站着。如果马斯顿看到他这副表情，一定会吃惊不已。接着，查理猛然气愤地转过身，走出了房间，那个年轻人走在他前头。

"她本来躺在阳台上，是我把她拖到床上去的。"马斯顿开口说道，想起刚才碰到那冷冰冰的尸体，他就打了一阵寒噤。"我觉得不应该让她一直躺在那儿。"他脸上的肌肉在皱缩发白，吞吞吐吐地接下去说，"那些狗一直在她身上舔。"

查理点点头，用犀利的目光瞥了他一眼。他好像并不关心这个女人躺在哪儿，他倒很佩服这位助手的克制能力，居然完成了这样一件不愉快的差事。

"到处都是血。我把它擦干净了……后来我才想到，应该把血迹留着让警察来看。"

"这没有关系。"查理心不在焉地说。他坐在前面房间里一把粗陋的木椅上,一面继续沉思,一面从门牙缝里轻轻地吹着口哨。马斯顿站在窗口,等待着警车的到来。查理不时机警地打量着这个房间,用舌头轻轻地舔着嘴唇。然后他重新轻轻地吹起口哨,年轻人的神经被他弄得非常不安。

最后,查理小心地——几乎是带着警告的意味说道:"关于这件事,你知道些什么?"

马斯顿听到他把那个"你"字说得特别重,不由得怀疑斯莱特知道了些什么内幕真情。虽然他很好地控制住了自己的情绪,可心里却紧张得像一根绷紧了的弦。他说:"我不知道,实在是一点也不知道。事情很难加以……"他迟疑了一下,用祈求的眼光望着查理。

一个男人居然会露出这种近似软弱求助的神情,这使查理很气恼,但也使他有点高兴;高兴的是,这个青年尊敬他。他很熟悉这种类型的人。他们大都是从英格兰到这儿来务农的,他们的受教育程度通常高于中等学校,英国习性很重,可又极其善于变通。在查理看来,这些人幸亏能够变通,才算有可取之处。说来也稀奇,这些人往往很快就能适应当地环境。他们初来时虽然骄傲自大,与人格格不入,却非常识时务,又极其自觉,总是时时刻刻地留神学习种种新的观念习俗。

在这里住久了的移民们会说:"你应该了解这个国家。"他们这句话的意思就是说:"你应该习惯我们对土人的看法。"进一步说,这话的实际意义就是:"学会我们的看法,否则就请你滚出去，我们不需要你。"这些年轻人从小就在自己的国家学会了一些模糊的平等观念，因此在初来的一两个星期中，看见土人受到那样的对待，不免感到惊异。一天之中不知有多少次，听到人们那样随随便便地说起土人，就好像说起一大群畜生一样，这实在令他们心生反感；甚至看见有人打土人一下，望土人一眼，他们也觉得反感。他们原本是把土人当人看待的，但他们毕竟不能和他们所处的那个社会对抗。没过多久，他们就变了。当然，一个人变坏是很不好受的。但是不消多少时候，他们就不认为那是"坏"了。何况一个人的理想又算得上什么呢？充其量只是一些关于做人要正派、心地要善良之类的抽象概念，一些笼统含糊的概念，仅此而已。真正说起来，这些人从来不曾和土人来往过，除非是以奴隶主的身份和奴隶打交道。他们从来不曾从土人自己的生活中去体验他们也是人。过了短短的几个月，这些敏感而正派的年轻人就渐渐麻木起来，变得能够适应这个终年暴露在烈日下的艰苦而贫瘠的国家了。他们的四肢被太阳烤炙得结实起来，身躯也变得坚韧挺拔——而且，随着这些生理上的变化，他们在待人接物方面也有了新的改变。

查理心想，托尼·马斯顿要是早几个月到这个国家来，事情就好办了。他之所以要蹙着眉头、带着探究的神情望着这个年轻人，对他只存着戒心而不斥责他，也就是这个道理。

他说："你所谓的事情非常困难，是什么意思？"

托尼·马斯顿显得很不自在，似乎自己也弄不明白心中真实的想法。说起这一点，他确实想不通，在特纳夫妇那个充满悲剧气氛的家里住了几个月，却并没有帮助他弄清楚自己的想法。那两个标准——一个是他本来认定的标准，另一个是他在此地学会的标准——依然在矛盾着。查理说话的声音里有一种粗鲁的意味，一种警告的意味，弄得他摸不着头脑。究竟要警告他什么呢？他是够聪明的，知道自己受到了警告。在这一点上，他就不同于查理——查理只是想到哪里做到哪里，根本意识不到自己的声调中含有威胁的意味。事情竟如此不合情理。警察在哪儿呢？查理不过是个邻居，而他自己，实际上却是这个家庭中的一分子，查理有什么权力跑到他面前来责问他，还要这样不动声色地操纵这件事？

他那一套正义的理念被搅乱了，心里很慌乱；但是对于这起谋杀案，他是有自己的看法的，不过很难用简单的非黑即白直接说清楚。他细想这起谋杀案，就觉得它很合乎逻辑；早在前几天他就看出必然要发生类似的事件，他几乎要脱口说出这早就是他意料中的事，这户人家迟早要发生凶灾或是丑闻。在这个土地辽阔而制度苛刻的国家里，动怒、行凶、死亡这一类的事，似乎是极其自然的……那天早上，他信步走进这所房子，正纳闷为何大家都起晚了时，却看见玛丽被杀死在阳台上，警察们都在室外看守着那个男用人，迪克·特纳正跌跌撞撞地走过一个个水洼，嘴里叽里咕噜着，显然是疯了，可是看来还没有疯到要行凶杀人的地步。从那以后，他对此思索了很久。他以前弄不明白的事情，现在都弄明白了，他打算说出来。但是他一点儿也摸不透查理的态度。其中有些奥妙，他是无从知晓的。

"事情是这样的，"他说，"我初到这里时，不大了解这个国家。"

查理以一种愉快而又粗暴的声调挖苦他说:"多谢你告诉我这个。"接着又问道:"你有没有想过这个黑人为何要谋杀特纳太太?"

"唔,我有自己的一些看法。"

"我们最好还是等警长来了,让他自己去处理。"

这等于给了他一闷棍,让他闭嘴。托尼有口难开,感到气愤又惶惑。

警长来了后先去看了一下凶手,又隔着斯莱特的汽车窗玻璃,望了一眼迪克,然后走进屋去。

"我到你那儿去过,斯莱特。"警长说,一面对托尼点点头,犀利地瞥了他一眼。接着他走进卧室。他的心情和查理一样:仇恨凶手,怜悯迪克;至于对玛丽,却是极端鄙视和愤恨。警长德纳姆在这个国家可是待了有些年头了,这会儿他脸上的表情让托尼感到吃惊。那两个男人弯下身来瞪眼看着女尸时的样子,他看了很不安,甚至害怕。他自己心里也觉得有些厌恶,可并不厉害;使他心绪不宁的主要是怜悯,因为他知道了他看见的那一切。他看到任何畸形的社会现象,都会有厌恶感,但那只不过是由于幻想落空而引起的一种厌烦情绪。可是眼前这种深深的本能的憎恶和恐惧,却使他极为震惊。

他们三个人静悄悄地走进起居室。

查理·斯莱特和警长德纳姆并排站着,俨若两个审判官,那样子就像是故意摆出来的。托尼站在他们对面。他坚持着自己的立场,但又有了一种莫名其妙的犯罪感,就因为他们不同寻常,而且还带着一种叫他捉摸不透的、微妙而含蓄的表情望着他。

"这事糟透了。"警长德纳姆简短地说。

没人回应他。他啪的一声打开一本笔记簿，用橡皮筋固定住了一页，手里拿着一支铅笔。

"对不起，我要问你几个问题。"他说。托尼点点头。

"你到这儿多久了？"

"大概三个星期。"

"住在这屋子里吗？"

"不，住在小路上那个小棚屋里。"

"他们夫妇外出旅行时，由你来经营这个农场吗？"

"是的，要经营六个月。"

"以后呢？"

"以后我想去经营一个烟草农场。"

"你是什么时候知道这件事的？"

"他们没有叫我。我醒来以后发现了特纳太太。"

从托尼说话的声音里，听得出他已有所戒备。出事以后没有人叫他，这固然使他伤心，使他觉得受了侮辱，但最使他觉得屈辱的是，这两个人竟以为这样忽视他是理所当然的事，似乎他对这个国家不熟悉，就不配负任何责任似的。他痛恨他们那样诘问他，他们没有权力那样做。虽说他明知他们那种隐约显露的倨傲也不完全是有意的，而且他也明白自己该设法去了解这件事的真正含义，而不应一味只顾自己的面子，可他仍然禁不住满腔愤怒。

"你每天跟特纳夫妇一块儿吃饭吗？"

"是的。"

"除了这个，你在这儿有社交活动吗？"

"没有，几乎没有。我一直忙着学习业务。"

"和特纳相处得好吗？"

"我想还算不错。我的意思是说，他这个人不容易让人了解。他全副精神都放在工作上。他显然不愿意离开这地方。"

"是的，这可怜的家伙，他是吃过一番苦的。"警长的声音突然柔和起来，几乎变得很伤感，而且还带着怜悯的意味。他脱口说出这几句话以后，就紧闭着嘴唇，似乎决心鼓起勇气来面对真相。托尼依旧心神不宁，这两个人出乎意料的种种反应，让他完全摸不着头脑。他一点儿也体察不到他们的心思，他在这个悲剧中毕竟是一个外人，而警长和查理·斯莱特都理所当然地认为自己是和这件事有关联的，你只消瞧瞧他们那副样子，就能看出他们无意中已经流露出懒得顾面子的神气，都为了可怜的迪克的不幸而难受得抬不起头来。

然而把迪克赶出他自己农场的正是查理；前几次他们见面时，托尼也在场，查理并没有流露出一点儿感伤和怜悯的意思。

大家沉默了好一会儿没说话。警长合上了笔记簿。但是他的话还没有说完，他小心地望着托尼，心里琢磨着怎样继续提问。至少在托尼看来是这样，因为他看得出整件事情的关键都系于目前这一刹那。只要看看查理面露警惕，既有些狡猾，又有些害怕，就足够说明问题了。

"你在这儿的时候，有没有见过什么不正常的事情？"警长装作很随便的样子问道。

"是的，我看见过。"托尼的回答脱口而出。他突然下定决心不让他们吓倒——他知道他们正在威胁他——虽然他在阅历和自信方面与他们还有着巨大差距。他们两人皱着眉头抬起头来望着他，接着又很快地彼此望了一眼，便把眼睛避开，好像是害怕泄露出彼此心里共同的阴谋似的。

　　"你看见了什么？我想，你总能够认识到这起案子——伤脑筋的地方吧？"这最后一句话简直是一种恳求，好不容易才说出口来。

　　"任何谋杀案肯定都是伤脑筋的。"托尼冷淡地说。

　　"等你在这个国家里待久了，你就会明白，我们是不喜欢黑人谋杀白人妇女的。"

　　"等你在这个国家里待久了"这句话托尼听了很不自在。这句话他听得太多了，已经使他感到厌恶，同时也使他感到气愤。他还是个不谙世故的小伙子，恨不得能痛痛快快地把事实真相都说出来，使这些人没有置辩的余地；但事实真相并非如此，绝不是如此。他所知道的或是猜想的有关玛丽的事实，即这两个人存心要忽略过去的事实，是很容易加以说明的。在他看来，最重要的一点，也是真正关键的一点，是要了解这件事的背景，了解迪克和玛丽的处境以及他们的性格，了解他们的生活方式，但这是很不容易办到的。他已经转弯抹角地讲到事实真相，真的，要说出来必须转弯抹角才行。现在他在感情上对玛丽、迪克和那个土人怀着一种不带个人感情色彩的怜悯，这种怜悯其实是对环境的愤恨，他简直不知道从哪里说起。

　　"唔，"他说，"我把所知道的情形从头讲给你们听，只是要费些时间，我怕……"

"你的意思是说，你知道特纳太太为什么被杀，是吗？"这句话是一种机智和狡猾的遁词。

"不，并不是这样。我只是从理论上推测而已。"这样的措辞真是糟糕透了。

"我们不要理论。我们要的是事实。无论如何，你别忘了迪克·特纳。这种事情对于他是极不愉快的。你千万别忘了他，这个可怜的人。"

又是这一套，完全是不合逻辑的话——当然对他们两个来说，并不显得不合逻辑。整个事情荒谬到了极点！托尼开始动怒了。

"你们到底要不要听我说？"他气愤地问道。

"你就说吧。只是请你记住，我不要听你的那些假想。我要听事实。你有没有看到什么有根据的事情，足以说明这起谋杀案的真相？譬如说，你有没有看到这个黑小子想要去偷窃她的手饰，或是其他的什么？凡是有根据的事都说出来。不要捕风捉影。"

托尼笑起来了。那两个人目光犀利地望着他。

"你们和我一样明白，这桩案子并不像你们所说的那样，三言两语就能说清楚。你们自己也明白这一点。这件事不可能直截了当，不可能一下子就把是非黑白说清楚。"

这一来完全陷入了僵局，谁也不说一句话。德纳姆警长就像没听见这最后几句话似的，紧皱着眉头说道："譬如说，特纳太太对待这个黑小子怎么样？她是不是待她的雇工很好？"

托尼气得再也控制不住自己，情绪变得异常激动，怀着一种连他自己也弄不明白的赤诚之心，抓住这一点开始讲起来。

"不，她待他很坏，我想。虽然在另外一方面……"

"她唠唠叨叨地骂他吗，呃？在这个国家里，女人在这方面通常都是很差劲的。可不是吗，斯莱特？"警长说话的声音安详亲切，还很随便。"我那个黄脸婆简直把我逼疯了——这地方就是这个情形。她们完全不懂得怎样对付黑人。"

"这些黑鬼需要男人来对付才好。"查理说，"女人对他们发号施令，他们是不买账的。他们一个个都能够把自己的女人弄得服服帖帖的。"他笑了。警长也笑了。他们转过脸来望了一眼，大大地松了一口气，甚至连托尼也不例外。紧张的气氛缓和了，危险过去了，托尼又一次被看成无足轻重的人，这一次的面谈好像就到此为止了，他简直不能相信眼前的事实。

"但是请注意。"他刚说了一句就停住了。两个人都转过脸来望着他，脸上都显出沉着、严肃并且气恼的神气。他们的的确确是在警告他！一个爱多话、自讨没趣的小子，自然会受到这种警告。托尼明白了这一点后，感到再也无法承受。他让步了；他不准备再过问这件事。他十分惊愕地望着这两个人，他们的心思和感情完全一致，双方彼此了解。尽管他们自己并未意识到彼此之间的了解，也不承认有什么默契。他们对这件事的处理，之所以会步调一致，完全出自本能。他们根本没有觉察到这件事有什么出格的地方，甚至没有觉察到有什么非法的地方。究竟有没有非法的地方呢？从表面看，这是一场很随便的谈话，并没有什么严肃认真的内容，笔记簿也合上了——事实上从他们谈到紧要关头时起，笔记簿就合上了。

查理转过身对警长说："最好把她的尸体弄走。天气太热了，不能再搁下去了。"

"是的。"警长说着，立即去下命令了。

托尼后来才意识到，他们只有这一次提到可怜的玛丽·特纳，而提到她的就是这么一句就事论事、冷冰冰的话。但又有什么理由非要提到她呢？除非他们三个人是在进行一场友好的谈话。一个是住在她邻近的农场主，一个是顺道过访的警察，一个是在这里待了好几个星期的助手。这一次不能算是正式解决问题，托尼始终这样想。还得好好地开一次庭呢。

"当然，上法庭不过是手续而已。"警长不觉把这种想法说出了声，还望了托尼一眼。他站在警车旁边，看着那些土人警察把裹着被单的玛丽的尸体搬到车子的后座上。尸体僵硬，一条硬邦邦的、张开的胳膊在狭窄的车门口可怕地撞了一下；最后总算费了点工夫把尸体搬了上去，车门砰地关上了。可接着又出现了新问题：不能把杀人犯摩西和她放在同一辆车子上。一个黑种男人绝不可以和一个白种女人待在一起，尽管这女人已经死了，而且是给这个男人杀死的。剩下的只有查理那辆车子，精神失常的迪克·特纳正坐在车子后座上瞪着两眼。尽管大家都认为，既然摩西犯了谋杀罪，就该用车子把他带走，无奈事实上没有别的办法，只能决定让他步行；警察们则手推自行车，押着他到警察署去。

一切都安排妥当，出发之前又稍停了片刻。

临走前大家站在汽车旁边，定睛望了一眼那所红砖砌成的房子，只见晒得热烘烘的屋顶一亮一闪，又看了看遍地密布的灌木丛，以及在树荫下准备赶长路的那几个黑人。摩西举止漠然，一副完全听任摆布的模样。他呆滞的表情又好像在瞪着眼睛看太阳。难道他正在想，他能看见太阳的时间已经不多了吗？这确实很难说。难道他后悔了吗？表面上一点儿迹象也看不出。他害怕吗？看上去也不像。三个人不约而同地望着这个杀人犯，都显出眉宇紧蹙、若有所思的样子，其实各人在想各人自己的心事，并没把他放在眼里。是的，他是无足轻重的。他是个黑人，一有机会就要偷窃、强奸或是谋杀，一辈子也改不了这种本性。即使在托尼眼里，这个土人现在也无足轻重了；而他对于土人的心理了解得太少，根本无从去推测。

查理用大拇指指着迪克·特纳问道：“他怎么办呢？”他的意思是说，开起庭来，他能够派什么用处呢？

“我看他派不了多大的用处。”警长说。对于死亡、犯罪以及发疯这一类的案件，他毕竟见识得多了。

不，对他们来说，重要的倒是玛丽·特纳，她把事情弄糟了；但是她既然已经死了，也就不成为问题了。只是有一件事仍须加以注意，那就是要顾全面子。德纳姆警长懂得这一点，这是他分内的事；虽然并没有明文规定，但是这个国家的精神中体现了这一点，而他通身都浸透了这种精神。查理·斯莱特对这一点也领会得很透彻。临行前一刻，他们两人依旧并排站在一起，好像有某种冲动、某种遗憾、某种恐惧的心情同时触动了他们两人似的，他们对托尼做了最后一次无声的警告，脸色铁青地望着他。

托尼现在开始明白了。至少他现在弄清了这一点：刚才他们在房间里争论的那些事情，本质上与谋杀案毫不相干。谋杀案本身算不了什么。无论是刚才争辩所得出的寥寥数语的结论，或是每谈一阵就沉默一阵的那种相持不下的场面，实际上与这桩案子的表面现象都无关。再过几个月，等他"在这个国家里混熟了"，他就会明了得多。那时候他要尽量忘掉这次经历，因为在一个种族歧视微妙复杂的社会里想要生活下去，有许多事情他就只好不看不想。但是在这段时期里，他不可避免地会看清一些事实真相，知道这是"白种文化"在进行自卫，这可以从查理·斯莱特和警长的态度中看出来，这种"白种文化"决不允许一个白种人——尤其是一个白种女人和一个黑人发生什么人与人的关系，不管这种关系是好是坏。"白种文化"一旦允许建立这种关系，它本身就要崩溃了，无法挽救。它最经不起失败，就像在特纳夫妇身上的这种失败。

以托尼刚才思维难得清醒的时刻和目前认识混乱的状态来看，可以推测他是那天责任最重大的一个人。斯莱特和警长两人都没觉得自己有什么错，正如他们在处理一切有关白人和黑人之间的关系时那样，始终奉行着一种近似殉道者的责任感。托尼也希望能够在这个陌生的国家里立足，所以他必须适应环境，如果他不肯俯首就范，就会遭受排斥，这个问题他看得很清楚。"应该习惯我们的想法"这句话他已经听得够多了，因此不可能在这个问题上再抱有任何幻想。如果他根据是非的观念来行动（虽然这种观念现在已经很模糊），根据自己的感觉（他认为这件事处理得极其荒谬）来行动，那么，对于那个唯一置身于这场悲剧中既未死也未疯的人，结果又有什么不同呢？摩西反正是要被绞死的，他犯了杀人罪，这个事实无法抹杀。托尼竟想为了坚持自己的原则，继续秘密地斗争下去吗？如果是这样，又是为了什么样的原则呢？如果警长德纳姆最后上车的时候，他挺身而出——他几乎真的就这样做了——说道："瞧，我并不打算闭口不谈这件事。"那又会有什么收获呢？警长一定不会理他的，一定会紧皱眉头，面孔发青，把脚从汽车离合器的踏板上拿开，责问他说："闭口不谈什么？谁叫你闭口不谈了？"那时候，如果托尼期期艾艾地说出有关责任所在的问题，他一定会意味深长地看看查理，耸耸肩。托尼也许会不理睬他的耸肩，也不理睬他耸肩的意思是责备他不识时务，而依旧这样说下去："如果你要责备什么人，那就应该责备特纳太太。白人应该对自己的行为负责任，反之就是自我放任，二者必居其一。像这种谋杀案，无疑双方都有责任。不过，我们也不能真正地责备她。她那样的行为也是出于不得已。告诉你们，我在这儿住了一阵子，你们两个却没有在这儿待过。整个事件非常复杂，究竟应该责备谁，确实很难说。"于是警长很可能会这样说："你可以把你认为正确的意见到法庭上去陈述一遍。"这正是他不到十分钟前想要说的话，意指这桩案子还没有得出结论，虽然谁都没公开说这桩案子已经有了结论。警长可能还会说："这不是责备谁的问题。谁说到责备了呢？但有一个事实你不能否认：谋杀她的是这个黑鬼，不是吗？"

当然，托尼一言未发，警车早已穿过树林开走了。查理·斯莱特和迪克·特纳坐着另一辆车跟在后面。空旷的林地上只剩下托尼一个人和那座空无一人的房子。

他脚步迟缓地走进屋去。自从早上许多事情发生以来，他脑子里始终闪现着一幅清晰的景象：警长和斯莱特望着尸体的时候，竟是那样一副脸色，好像在歇斯底里中还含着恐惧和憎恨。这对他倒像是一个关键启示，可以借此把整个事件想明白。

他坐了下来，头痛得厉害。他用手捧着头，然后又站起来，从厨房里一个布满灰尘的架子上拿下一只药瓶，瓶上标着"白兰地"的字样。他一饮而尽，觉得膝盖和大腿都开始发起抖来，同时他还感到软弱无力——这丑恶的小屋，在它的四壁之内，甚至在砖头和泥灰里面，都含有谋杀的恐惧和恐怖，真使他厌恶透了。他突然觉得再也不能在这里待下去了，哪怕是一小会儿也待不下去了。

他抬起头来望望那哐哐作响的光秃秃的铁皮屋顶，它已经被太阳晒弯了；又望望褪了色的、花哨而不实用的家具以及铺着破烂兽皮的肮脏的砖地，不禁觉得诧异：特纳夫妇怎么能在这个地方年复一年地住下去，住了这么久？他自己在后面住的那个小棚屋也要比这屋子好一些。为什么他们一直住下去，甚至连天花板也不装呢？这地方真热得使人要发疯。

接着，他觉得有些头昏（因为天气热，白兰地喝下去很快就起了作用），弄不懂这一切是怎么开始的，这悲剧从哪儿起源的。不管斯莱特和警长怎样说，他始终认为，这桩谋杀案一定要追根溯源到底，才能查明原因，而以下这些原因才是至关重要的：玛丽·特纳在没有来到这个农场以前，在没有被炎热、寂寞和贫困一步步折磨得精神失常以前，究竟是怎样一个女人？

至于迪克·特纳本人，他原先又是怎样一个人？还有那个土人——想到这里，由于对这些情况一无所知，便觉得再也想不下去了。他甚至无法想象一个土人的脑子是怎样的。

他的手在前额上慢慢抚过，做了最后一次苦苦的思索，希望能把与这桩谋杀案有关的许多疑团和错综复杂的情景理出头绪，也许还可以从中找出象征性的或是前车之鉴的意义。但是他仍然想不出个究竟来。天气太热了。刚才那两个人的态度依旧使他愤怒。他头昏脑涨，不由气恼地想，这房间里一定有一百华氏度以上。他从椅子上站起来，可两条腿站也站不稳。他充其量只喝了两匙白兰地呀！他气得身子一阵摇晃，心里想：这个该死的国家！我刚刚来到这儿，怎么就碰上这种纠缠不清的事情？而且，我不能当审判官、陪审员，更不能扮演仁慈的上帝！

他跌跌撞撞地走到阳台上，昨夜的谋杀案就是在这里发生的。砖头上有一层红色，雨后的一汪积水也被染得通红。那几条肮脏的大狗正在水边舔血吃，托尼喝了一声，它们就逃开了。他斜倚在墙边，举目望去，他的目光越过草原上被水浸润透的绿色和棕色植物，一直望到那些小山；大雨过后，山丘变得轮廓分明，呈现出一片青灰色。他听到一阵响亮的声音，过后才辨别出是四周的蝉鸣。他心思沉重，无心细听。每一簇矮树丛里，每一棵树上，蝉都在叫个不停，叫得刺耳。他被这声音弄得神经躁动不安。"我要离开这个地方，"他突然说道，"我坚决要离开这儿。我要到这个国家的那一头去。我不愿过问这件事了。让斯莱特和德纳姆之流去恣意妄为吧，与我有什么相干？"

那天上午，他收拾了行李，到查理·斯莱特家里去，告诉查理说，他不愿再待在这里了。查理显出满不在乎的样子，甚至觉得去掉了一个累赘，因为他正在盘算：现在迪克再也不会回到农场上来了，因此也用不着再雇一个助理了。

从今以后，特纳夫妇的农场上可以让查理任意放牛牧羊，满目望去都将是他的牛羊在吃草，一直可以吃到住宅所在的那座小山跟前。住宅没有人住了，马上就要倒塌了。

托尼回到城里，花了些时间逛遍了各个酒吧间和旅馆，打听有没有合适的工作可以做。他原先那种无忧无虑、随遇而安的性格消失了。他也成了一个难讨好的人。他找了几个农场，但每一次都是看一看就走了，经营农场对他已没有什么吸引力了。正如德纳姆警长所说，开庭只不过是个手续而已，他在法庭上只说了些人家指望他说的话。大家都认为土人之所以谋杀玛丽·特纳，是因为喝醉了酒，妄图抢劫她的金银珠宝。审判完了，托尼漫无目标地东飘西荡，到最后钱都花光了。他经历的这桩谋杀案，以及和特纳夫妇相处的那几个星期，都对他的个性产生了很深的影响，影响的程度究竟有多大，连他自己也不清楚。他的钱已经用完了，必须得找份差事干，挣点钱活下去。他遇到一个北罗德西亚的人，那人把开掘铜矿的事告诉了他，又说，干这份差事薪金特别丰厚。托尼听得很着迷，立即乘了火车赶到产铜的地区，打算在那儿赚点儿钱后自己创业。但是到了那儿，薪金并不像在外面听到的那么高，因为当地的生活标准很高，每个人又都好酒贪杯……不久他就放弃了开掘工作，干上了经理之类的差事。他终于坐在办公室里工作了，而他当初之所以到非洲来，正是为了避免这种工作。其实这种工作并没差到哪里去。一个人应当随机应变，因为生活并不像你所期望的那样——每当他灰心失意的时候，每当他把往年的壮志和如今的处境相比对照时，他就对自己说这一类的话。

"这个地区"的人们，根据道听途说的传闻，都认为这个来自英格兰的青年，连经营几个星期的农场也没能耐。大家都说他没有能耐。他本该坚持下去的。

第二章

在整个南部非洲，铁路线纵横交错——沿着铁路线每隔几英里就会出现一个小镇。过往的旅人也许丝毫不把它放在眼里，认为只不过是一片丑陋的房子罢了，殊不知这些地方就是农场区的中心，其中大的地方方圆就有二百英里左右。每个镇上都有车站、邮电局，有的地方还有旅馆，一般都有商店。

如果你想找出南部非洲的特征——这是一个被金融巨子和开矿大王一手创建起来的南部非洲，也是被旧日的传教士和探险家视为"黑暗大陆"而怕去观光的南部非洲——你可以在那儿的商店里找到。商店到处都有。你坐在火车上，刚在这儿看到一个，驶过十英里后就会看到另一个；你只消从车窗里探出头，就可以看到每一个矿区、每一个农场都有一个商店。

这种商店通常是一座矮矮的平房，像一块巧克力似的分成几格，在一个波纹铁皮的屋顶下排列着杂货店、肉铺和酒店，木头柜台都高高的，漆成了黑色，柜台里的架子上货色齐全，从胶画颜料到牙刷，全都杂七杂八地摆在一起。店里还有两只搁板架子，上面往往放着色彩鲜艳的廉价棉衣，也许还堆着一盒盒的鞋子、一玻璃箱的化妆品或者糖果。店里混杂着一股特别的气味——有油漆的气味、宰杀牲口的后院里晒干了的血污气味、干兽皮的气味和碱性很重的黄肥皂的气味。站柜台的不是希腊人就是犹太人，或者是印度人。这种人总是被全区的居民所痛恨，把他当作一个剥削者、一个异己。他们的孩子大都在蔬菜堆里游戏，因为他们的住宅就在店铺后面。

对于整个南部非洲千千万万的人来说，这种店铺已经成了他们童年的背景。许多东西都集中在这个店铺的四周。譬如说，他们会回忆起那无数个夜晚的情景：乘着车在寒冷而多尘的黑夜里不停地前行，突然意想不到地停在了一个明亮的广场上，只见人们一个个拿着酒杯在那里逛来逛去，于是自己也被带下车子，走进一家灯光雪亮的酒吧间，喝一杯烈酒，"免得发热"。那种地方你也许一星期去两次，去取信件。你能看到许多农场主从几英里以外赶来，有的购买日用杂货，有的把一只脚踩在车子的踏板上读着从祖国寄来的信，暂时忘了那酷热的太阳，忘了那满布红色灰尘的广场，忘了那躺在广场上的狗，它们像叮在一块肉上的苍蝇那么多，忘了那一群群瞪着眼睛的土人——当他们暂时忘记这一切时，他们就会回想起自己深为怀念却又不愿再待下去的那个祖国，这些自愿流放到这里来的人会忧伤地说："南部非洲已经和我血肉不可分了。"

对玛丽来说，带着思乡情调说出的"祖国"，指的就是英格兰，虽说她的双亲都是南非人，从来不曾到英格兰去过。她之所以把英格兰当作祖国，是因为她每逢取信的日子上店铺去时，总是看到一辆辆的卡车载来大量寄自海外的货物、信件和杂志。

对玛丽来说，这种店铺才真正是她生活的中心。店铺对于她甚至比对一般孩子还来得重要。她就住在一个多尘的小镇上，抬眼就能看见那种小店。她常常跑去买一磅桃脯或一听鲑鱼给她母亲，或是到那边去看看周报有没有寄到。她会在那里盘桓几个小时，望着那一堆堆黏糊糊的五颜六色的糖果，抓起一把装在墙边袋子里的上好谷粒，让它们从手指缝间漏下去；不时还悄悄地望望那个希腊小女孩。她的母亲说那小女孩的双亲都是穷外国佬，不准她跟她在一块儿玩耍。后来她长大了，那种小店铺对她又有了另外一层意义，她明白了那种店铺就是她父亲沽酒的地方。有时候她母亲恼恨起来，就跑到掌柜那儿埋怨说，她的家用入不敷出，而她丈夫却把薪水都花在喝酒上面。玛丽从小就知道，她母亲跑去埋怨，只是为了闹一场，出出气；站在酒吧间里，被那些荒唐的酒客同情地望着，她母亲才得意呢，她喜欢用一种严酷而悲愁的声调埋怨她丈夫："每天晚上他总是从这儿回家，每天晚上都是如此！碰到他高兴时回家，就会把剩下来的那么一点钱交给我，指望我靠着这一点点钱去养活三个孩子。"埋怨过后，她就站在那里不动，等着那个赚了亏心钱的人来安慰她。那些钱本该是她用来养活孩子的。可是那个人总是说:"我有什么办法呢?我不能不卖酒给他喝呀,是不是?"最后,吵也吵过了,也受到人家足够的同情了,她便慢慢地走开,挽着玛丽,穿过那一大片红色的尘土走回家去。她是个身材高大却骨瘦如柴的女人,一双亮闪闪的眼睛带着病态,又含有怒意。玛丽从小就被她当成心腹。她常常一面缝衣服一面就哭起来了。玛丽伤心地安慰她,既想走开,又感觉到自己的重要性,同时非常憎恨自己的父亲。

这并不是说他喝起酒来就会醉得失去人性。玛丽常常在酒吧间外面看到有些人喝得酩酊大醉,吓得她对那个地方产生了一种真正的恐惧,可是她父亲倒难得喝成那种样子。他每天晚上都喝得高高兴兴、适可而止,只是回家稍微迟一些,独自吃一顿冷冰冰的晚饭。他老婆待他非常冷淡。至于她侮蔑性的嘲笑,则要保留到她的朋友们到她家里来喝茶时才发泄出来,似乎她连丝毫的关心和体贴也不愿意施舍给她丈夫,免得让他得意,甚至连轻蔑他和讥嘲他的心情,也不愿意让他看到。她那种举止作风,仿佛全然没有他这个人似的;事实上他确实什么用处也派不上,他给家里带回钱来,可是总不够用。他在家里是个毫无用处的人,连他自己也明白。他身材矮小,头发肮脏蓬乱,一张干瘪的面孔虽有几分诙谐的情趣,却又显得不自然。芝麻绿豆大的官来找他,他都叫他们"大人";见到身份比他低的土人,他就大声呵斥。他的差事是在铁路上当抽水员。

对玛丽来说,这种店铺不仅是地区的中心和她父亲醉酒的地方,而且每到月底,就成了一个铁面无情、威风凛凛送账单来的地方。这些账单总是付不清,她母亲总是恳求债主宽限一个月。为了这些账单，她的父母一年要打十二次架。他们俩吵来吵去都是为了几个钱；有时候她母亲也会冷冰冰地说，要不是她，家里可能会弄得更糟。譬如说，她本可以像纽曼太太一样，养上七个孩子，而如今只能养活三个。过了好久，玛丽才弄明白这几句话联系起来说明了什么问题。那时候，她父母只要养活她一个人了。原来她的哥哥和姐姐都在一个凶年患痢疾死了。由于家里出了这桩不幸的事，父母曾经和好了一个时期，玛丽还记得自己当时倒并不真认为这件事是灾祸，因为死了的两个孩子都比她大得多，跟她玩不到一块儿；他们死了以后，家里虽然悲伤，但从此以后父母之间就突然不争吵了，母亲依然哭泣，却不像从前那样冷淡得可怕，所以，这样得到的快乐实在是弥补了悲伤还有余。不过这种情景并没有维持多久。她回想起这一时期，真是她童年最幸福的阶段。

在玛丽上学以前，家里搬迁了三次；但是她住过的那些地方的火车站，后来她都分辨不清了。她只记得一个暴晒在烈日下的尘土飞扬的村庄，村后是一排茂盛的橡胶树，还有一个广场，由于牛车经常往来，灰尘时起时落；此外，由于火车轰隆隆的驶过，燥热而呆滞的空气一天里会有好几次震动。留在她记忆中的就是灰尘和小鸡、灰尘和孩子、东逛西荡的土人、灰尘和店铺——老是店铺。

再后来她进了寄宿学校，生活就此改变了。她觉得极其高兴，高兴得连假期也不愿意回家去看看醉醺醺的父亲和辛酸的母亲，以及那座风吹得倒的小屋子，那屋子就像架在台阶上的小木箱似的。

十六岁时，她离开了学校，在城里的一个公司找到了工作。所谓城里，就是那种像蛋糕上的葡萄干那样密布在南部非洲的小城。她觉得很高兴，她好像天生就适宜做打字、速记、簿记，以及写字间里那一套例行公事的惬意工作。她喜欢那种平平稳稳、有条不紊的刻板工作，尤其喜欢这里人与人之间那种友好而又各不相涉的气氛。到了二十岁，她有了一份好工作，结交了一些朋友，在城市生活中找到了安身立命的地方。几年以后母亲死了，她实际上只剩自己孤零零的一个人了，因为父亲被调到另一个火车站去工作，离她有五百英里的路程。她难得看到父亲。父亲虽然觉得她为自己争了光，却对她不闻不问（这样说是比较中肯的）。父女俩甚至连信也不通，他们不是喜欢写信的人。父亲不在眼前，玛丽倒觉得愉快。她孤零零地一个人生活，一点也不觉得害怕，反而喜欢这样。从某方面说，丢开父亲倒是为母亲生前的痛苦报了仇。她从来没有想到父亲也会痛苦。如果有人提到这一点，她总是要反驳："他有什么可痛苦的呢？他不是个男人吗？他大可以随心所欲。"她从母亲身上继承了一种刻板的女权思想。其实这种思想对她是毫无意义的，因为她在南部非洲过的是无忧无虑的独身女人的生活，她根本不知道自己有多幸运。她怎么会知道呢？她一点儿也不了解别的国家的情况，也没有一个标准来衡量自己的情况。

譬如说，她从来没想到过：她父亲只是个铁路局小职员，母亲由于经济压力，一生不幸，以致最终憔悴而死，作为这种家庭出来的女儿，现在居然能够过着南部非洲富裕之家的小姐生活，这是多么不容易。她可以随着自己的心意去做事，如果想结婚，也可以随便嫁给什么人。这些事情，她从来没有想到过。"阶级"这个名词在南部非洲是不存在的，而和它意义相当的"种族"这个名词，对她来说，指的是她工作的那个公司里的听差，别的女人们的用人，以及大街上一群群散漫的土人，这些人她都不大去注意。她知道这些土人一天天变得"脸皮厚起来了"（这是当时流行的说法），可是她实在和他们毫无关系。他们和她是两路人。

这种平静而舒适的生活她一直过到二十五岁，没有遇到一点波折。就在这时，她父亲死了。于是，她害怕记起的那段童年生活，从此被切断了最后一根记忆的纽带，从此她和台阶上的那所肮脏小屋、鸣叫的火车以及父母之间的争吵全都一刀两断了，一点儿牵扯也没有了！她自由自在了。殡葬了父亲回到公司以后，她盼望着生活照目前的样子继续过下去。她很快活。这也许就是她唯一的好品质，此外她没有一点儿引人注目的特点，虽然以她二十五岁的年龄来说，她正处在人生中最美丽的时期。称心如意的生活使她显得容光焕发；她是个苗条的姑娘，举止却不太灵活，留着一头时髦的浅棕色头发，碧蓝的眼睛显得很严肃，衣着也很漂亮。她的朋友都把她描写成一个秀丽的金发碧眼的美人儿，因为她总爱模仿孩子气的电影明星的打扮。

到了三十岁，生活没有一点儿变化。在三十岁生日那一天，她感到一种隐隐约约的惊异，这种心情也还算不上什么不愉快——因为她没觉得境遇有什么变化——她只是惊异于年华的飞逝。三十岁了！听上去年纪不小了，可是这与她毫不相干。她并没有庆祝自己的生日，而是把它忘了。玛丽还是十六岁时的玛丽，她居然会有这种感慨，这几乎使她自己都感到荒唐。

她现在已经当上了老板的私人秘书，薪金相当可观。如果她想住公寓，她完全有能力租一套，过上舒适体面的生活。她目前的情况确实挺称心如意。她的相貌是南部非洲白人那种平凡的相貌，她的声音是千千万万普通人的那种声音：低平而单调，还有些含糊。她的衣着也和别人没什么不同。无论什么都不会妨碍她独立生活，她也可以驾着自己的汽车独来独往，在小范围内交友应酬。她完全是一个独立自主的人。但是这又违背了她的本性。

她住在女子俱乐部里——这本是为了帮助那些收入较差的女子而创办的，可是她在那里住了那么久，却并没有人叫她搬出去。她爱住在这里，是因为这里能使她回想起学校生活。她当初才不愿意离开学校呢。她喜欢那一群群的姑娘。大家在一个大饭厅里一起吃饭；看完电影回到家里，总会看见有个朋友待在她房间里，等着和她聊一会儿天。在俱乐部里，她是有些威信的，与一般人不同。这主要是因为她比别人年长了好几岁。她简直成了个未出嫁的安安适适的姑母，大家都来向她倾诉心里的烦恼。玛丽从来不会做出大惊小怪的样子，也从不责备人家，不搬弄是非。她好像有些超凡脱俗，摆脱了一切琐碎的烦恼。她的表情有点儿生硬不自然，有些害羞，因此也少了许多遭人怨恨和妒忌的麻烦。她好像很洁身自好，这是她的长处，但也是她自己不肯承认的弱点；一想到跟人家亲近、应酬交往，她就觉得讨厌，甚至觉得厌恶。她跟那些年轻小姐相处，总是带着些微疏离的意味，那样子似乎在明明白白地说：我可不愿意跟你们搞在一起呢。她自己并没有感觉到这一点。她住在俱乐部里够快乐的。

在公司里工作的时间久了，已经拥有比较重要的地位；出了俱乐部和公司，她的生活也是丰富多彩、很有生气的。不过在某些方面，这种生活仍是被动的，因为它完全仰仗别人。她不是那种会主动发起社交活动的女子，也不是社交场合中受众人瞩目的中心人物，她仍然是一个要人家"带出去"的姑娘。

她的身世实在是相当不平凡的。造成这种身世的客观条件现在已经过去了，女人们每逢情况完全变化了的时候，总爱回首往事，就好像回想一个逝去的黄金时代一般。

她早上起床很迟，正好能赶得上办公时间（她是很准时的），但是来不及吃早饭。她的工作效率很高，工作态度却很闲适，就这样一直干到中午，回到俱乐部去吃中饭，下午再工作两小时，一天的事情就算完了，然后去打打网球、曲棍球，或是去游游泳。平时总有一个男人跟她在一起。"带她出去"的男人数也数不清，大家都把她当作姐妹看待。玛丽竟成了他们那么好的朋友！在她成百个女朋友中找不出一个知己，而在她成百的男朋友中又何尝有一个知己？他们都带她出去过，或者现在正在带她出去。他们中也有已经结了婚的，便邀她到他们家里去玩。镇上一半的人都是她的朋友。晚上，她总是去参加落日晚会（这些晚会总要挨到午夜才散场），或者上舞厅去跳舞，再不就是看电影。有时候她一星期要看五次电影。不到十二点，她决不上床睡觉，有时甚至还要迟些。她的生活就这样一天又一天、一周又一周、一年又一年地过下去。对于还没有结婚的白种女人来说，南非真是个美妙的地方，可是对她来说，却没有像一般未婚妇女那样享受到这里的好处。一年年过去了，她的朋友们都结婚了，她已经替别人做了十来次伴娘；别人的孩子都一个个长大了，她还是个老处女。但她还是像往常一样人缘好、疏离、清高，像往常一样心安理得，在公司里工作还是像往常一样起劲、自得其乐，除了晚上睡觉以外，从来没有孤独的时候。

她好像并不把男人放在心上。她总是对她的女友们说："男人！他们真是滑稽透了。"可是出了办公室，出了俱乐部，她的生活便完全依靠男人，而且非难她的那些话，她听了一定会气得要命，一定会加以驳斥。也许她事实上并不是那样离不了男人，因为每逢她听到别人哀叹身世的时候，她并不随声附和。有时候她的朋友们见她这样，觉得有些失望，便不再讲下去。她们隐隐约约地感觉到，她只是听朋友谈话，替他们出主意，做出一副悲天悯人的样子，一点儿也不谈她自己的事，这未免有失公平。其实这都是因为她不愿自寻烦恼。她听到别人谈起那些错综复杂的感情经历，不免觉得惊异，甚至有些恐惧。她竭力避免这些事情。她这样的女子真是天下少有，年纪已经三十，竟然没有恋爱的烦恼，没有头痛、背痛、失眠或是神经衰弱，确实令人称奇，可是她并不知道自己的性格有多么古怪。

她仍然是个"小姑娘"。如果有什么板球队到镇上来访问，需要接待人员，负责组织的人总是会打电话来找玛丽。她擅长的就是这类事情，遇到任何场合，都是又聪明又冷静，应付自如。她愿意替慈善事业的募捐舞会卖门票，也愿意跟一个踢足球的后卫跳舞，两种事情都做得同样亲切。

她的头发依然梳成少女式样披在肩上，她也常常穿着浅色的少女式上衣，态度还是那样羞怯天真。如果让她一直保持这种模样，她一定还是这样自由自在、自得其乐地过下去；不过有一天人们会发现她已在不知不觉中变成一个未到中年就步入老态的女人：她不但外貌显得干瘪，脾气也变得有些古怪，为人刻板却又容易多愁善感，此外，不是一心沉醉于宗教就是整天与小狗做伴。

大家本该同情她的，因为她"错过了人生最大的乐趣"。但是天下自有那么多人，他们并不需要这些乐趣，这些人大都是从小就饱经辛酸的人。玛丽每逢想起"家"，就会记起那所像鸽子笼似的木头小屋，火车一经过，房子就震动；一想到结婚，就记起父亲生前回家时那种醉得眼睛通红的模样；一想起孩子，就记起哥哥姐姐死了时，母亲那副哭丧着脸的样子——既悲痛，又那样冷若冰霜。玛丽喜欢别人的孩子，但是一想到自己生孩子，就心惊胆战。看到人家结婚，她就觉得伤感，可是她又很讨厌男女关系。想起从前在父母家里，毫无安宁可言，她就不愿意再回忆那许多事情；好多年以前，她就下决心要把这些事情忘了。

有时候她的确感到不安，感到一种隐隐约约的不满，以致失去了娱乐后的快感。譬如说，看过电影以后，正想心满意足地睡觉，可是这时候她突然会想到："一天又过去了！"于是时间仿佛浓缩了，她觉得离开学校独自到城里来谋生，好像就是不久前的事；她有些惊慌，似乎身上那一股无形的生命力就此消失了。但接着她便清醒了，咬紧牙关说，一个人老是感叹自己的身世，那是病态的，于是连忙上床熄灯睡觉。上了床，她又不禁疑惑:"人生不过如此吗?等到我老了,回首往事,就只有这些内容吗?"然后她才恍恍惚惚地睡着。可是一到第二天早上,她又把这些忘了。一天天过去,她又重新快乐起来。她不知道自己究竟需要些什么。她只是模模糊糊地想到,她需要一些更有意义的东西——需要另一种生活。但是这种心情不久就消失了。她非常满意自己的工作,觉得自己在工作中既满足又胜任。她也满意自己所信赖的朋友,满意俱乐部的生活,那样的生活愉快热闹,好像住在一个唧唧喁喁的大鸟舍里似的,而且常常有人订婚结婚,总是令人觉得兴奋。对于自己结交的那些男朋友,她也很满意;他们都把她当成一个宝贝似的看待,而闭口不谈男女之间的那种蠢事。

可是所有的女人,迟早都会意识到一种微妙而强大的压力——结婚;至于玛丽,虽然不会为环境所动心,也不会为人们所谈的那一类事情而烦心,还是终于突然地、极不愉快地不得不面对这个问题了。

那天她在一个结了婚的朋友家里,房间里灯光明亮;她坐在阳台上,只有她一个人。她听到有人在低声谈话,并且提到了她的名字。她干脆站起身来,准备走进房间去——可是她又想到,要是朋友们知道她在偷听,那会弄得多不好意思啊。这样一想,她又重新坐下来,等待着一个适当的机会再走进去,对朋友只说是刚从花园里回来的。就在这时她听到了下面一段对话,不禁脸上发烫,双手也变得又湿又冷。

"她可不是个十五岁的小姑娘啦,真可笑!应该有个人去告诉她一声,她那种打扮太不像话了。"

"她有多大了？"

"总有三十出头了吧。她这几年还混得不错。我开始工作时，她就已经工作很久了，那都是十二年前的事了。"

"她为什么不结婚呢？她应当有很多机会的呀。"

只听得一声咯咯的干笑。"我并不这样想。我的丈夫一度对她很有意思，可是认为她永远也不会愿意结婚。其实她不是那么一回事，绝不是那么一回事。大概总有什么地方不对头吧。"

"噢，我不知道。"

"不管怎么说，她的模样变得实在有些厉害。有一天我在街上碰到她，简直认不出来啦。我绝不是胡说！她在娱乐时的那种样子真叫人恶心。她皮肤粗糙得像砂纸似的，人又那么瘦。"

"可是，她是个非常可爱的姑娘。"

"我看也没什么特别的。"

"她会成为一个好太太的。玛丽是个蛮不错的人。"

"她得嫁一个年纪比她大的人。五十岁的人正适合她……你等着瞧吧，她总有一天要嫁上一个大得可以做她爸爸的男人。"

"谁说得准！"

又是一声干笑，笑声是好心的，但玛丽听上去却觉得恶毒到极点。她简直气蒙了，气炸了，可是最使她伤心的是，朋友们竟会这样在背后议论她。她是那样天真，丝毫没有察觉到这些朋友是不是拿真心待她，做梦也没有想到别人会在背后议论她。她们竟会说出那些话来！她坐在那里不安地转动着身子，两只手揉来搓去。过了好大一会儿，她才勉强平静下来，回到房间里去，和那些没有良心的朋友在一起。她们诚恳地招呼她，好像刚才刺痛了她的心、把她气得难以自持的那些话并不是她们说的。她们把她描述成那种样子，连她自己也不认识自己了！

这样一件小事情，显然是微不足道的，对于一个不了解她处境的人来说，原是无所谓的，但对她却产生了很大的影响。她从来不曾想过自己的这些事情，可是这一次她却坐在房间里接连思索了好几个钟头，左思右想也想不明白："为什么她们要说那些话呢？那与我又有什么关系呢？她们说，我不是那么回事，这话究竟是什么意思呢？"她小心翼翼地带着探究的神气，仔细瞧着那些朋友的脸，看看她们脸上是否还留着刚刚讲她坏话的痕迹。只见她们都像平常一样，对她非常友好，这使得她更加心烦，更加不高兴。她开始怀疑她们有什么不良用意，其实事实并非如此。她又想从她们的目光中看出她们是否有什么坏心眼儿，其实人家对她毫无恶意，而且对她非常亲切。

她把偶然听到的那些话想了又想，想出许多办法来改变自己的模样。从那天起，她就解下了头发上的那根缎带，可是她又有些舍不得，因为她觉得，用一圈鬈发围住她那瘦长的脸，会使她显得漂亮些。接着她又买来了定做的衣服，可穿上身觉得很不舒服，因为她只有穿着童装式上衣和裙裤时才觉得称心。她生平第一次感到同男人在一起很别扭。她本来有些看不起男人，虽然不是有意的，可那样一来，男人们都把她当作一个不可亲近的人，反而保全了她的贞操。现在这种看不起男人的心理却消失了，她不像从前那样心安理得了。她开始注意周围有没有可以和她结婚的人。她在心里当然没有非常明确地向自己提出这个问题；可是说到底，她也是个不能脱离社会生活的人，但她自己却从来没有想过"社会"这一抽象的概念；如果她的朋友认为她应该结婚，那自然就不能不把它当一回事了。如果她也懂得把自己的感觉用语言表达出来，那么这也许就是她自己心情的自白。第一个和她亲近的男朋友是个儿女快要成年的五十五岁的鳏夫，因为她觉得跟他相处比较安全……因为这样一个中年人对她来说，正像父亲对女儿一样，她认为跟他相处绝不会发生什么热恋或拥抱之类的事情。

　　而那个男人却自有他选择老伴的标准：他需要一个怡情快意的伴侣，一个孩子们的好母亲和操持家务的能手。他发觉玛丽是个好伴侣，待孩子们也好，实在是再适合不过了。既然她也得结婚，那这门婚事对她也是再好不过的。可是事与愿违。他低估了玛丽的世故阅历。在他看来，一个独身了这么久的女人，应该有自知之明，嫁上他这样一个人也应该知足了。双方的关系一步步发展下去，互相都是心中有数。终于有一天，他向她求婚，她答应了。接着他就要和她亲热，不料她竟起了一阵强烈的反感，从他身边逃走了。那一次是在他家里，待在舒适的客厅里。他吻了她，她立即跑出门去，奔入黑夜，走过大街小巷，一直跑回俱乐部。她往床上一倒，哭了起来。要是这次对她动手动脚的是一个年轻些的男人，那么，她挣脱逃走，也许会使人家觉得她这种傻里傻气的举动很可爱，可是他毕竟是个中年人了，哪里会有这种情趣呢？第二天早上，她想起自己的举动，感到很害怕。她一向都能够控制自己，生平最害怕的事情莫过于跟人家吵闹、对人家态度暧昧，这次怎么做得这样不像话呢！她又去向他道歉，但是这件事就此宣告结束。

她现在被弄得不知所措，不知道自己需要的是什么。她觉得之所以要逃避他，是因为他已经是个"老头儿"——她对这件事的想法就是如此。这事叫她吃了一惊，从此便避免跟三十岁以上的男人接触。其实她自己也已经三十多岁了。尽管如此，她依然把自己看作一个小姑娘。

　　此后她一直不知不觉地在物色一个丈夫，可是自己心里并不肯承认。

　　在她结婚前的那几个月里，人们在背后议论她的话，她要是知道了，一定会觉得非常恶心。玛丽对于情爱热恋之类的儿女私事，实在存着根深蒂固的厌恶心理；平时她对别人的失意、别人所遭到的诽谤，总是寄予同情，而她自己却成了人家飞短流长的对象，说来未免伤心。不过事实既是如此，又有什么办法呢？她那夜逃开年老情人的惊人而可笑的一幕，不久就在她许多朋友之间传开了，说不准是谁先知道这件事的。人们听到后，都是点点头，笑笑，好像这件事他们早已知道，现在不过得到了证实而已。三十多岁的女人竟会做出那种举动来！大家都笑了，笑得叫人很不愉快；在时下性生活科学化的时代，性的冷漠才是再可笑不过的事呢。大家没有原谅她；大家都笑，觉得她有些活该。

　　人们议论说，她变得太厉害；她看上去那么沉闷，那么懒散，脸色又那么差，简直像是要生病的样子。她显然有些精神失常，以她那样的年纪，又过着那种生活，精神失常本是意料中的事；她想寻找一个男人，可是不能如愿以偿，因此近来她的态度便变得那样稀奇古怪……这就是他们谈论的一部分内容。

一个人感到最可怕的事，莫过于自己的幻想在事实或是在某种抽象原理面前破灭。因为他（她）无法知道是否有把握再创造一个幻想，使自己生活下去。玛丽的自信破灭了，她没有办法重新振作起来。一旦失去了那种泛泛而交的肤浅友谊，她就感到生活艰难。现在她觉得人家望着她的时候，总是带着怜悯和一些不耐烦的意味，好像她当真是个毫无用处的女人了，这种感觉她以前从来不曾有过。她心里一片寂寥空虚，同时又有一阵不知来自何处的极度恐慌，直袭她空虚的内心。这世界上似乎没有一点儿东西是她掌握得了的。她怕见人，尤其怕见男人。如果有一个男人吻了她（照她新近的心情看来，据猜测是有人吻过她的），她就要起反感；另外，她看电影的次数比从前更多了，看完电影出来，就昏头昏脑，心神不安。银幕上的虚妄镜头和她自己的现实生活之间没有丝毫的共同点，她无法把自己的主观愿望和客观经历协调起来。

　　这个女人已经三十多岁了，受过很"好"的正规教育，享受着文明而舒适的生活，对于自己所处的时代也有足够的认识（只是除了拙劣的小说她什么都不读），可惜毫无自知之明，因此听到几个唠叨的女人说她应该结婚，她就心神不安起来。

　　后来她遇到了迪克·特纳。其实，不遇到他也会遇到别人。或者还不如说，她第一次碰到了这样一个把她当作天下唯一宝贝的男人。她迫切需要这样对待她的男人。她需要借此恢复自己对男人的优越感——其实这些年来，她都是在这样的优越感中生活的。

　　他们俩是在电影院里偶然结识的。迪克那天凑巧从农场赶到城里来。他难得进城，除非有些用品在当地小店里买不到，才上城里来，一年大概来一两次。这一次他无意中碰到了一个多年不见的朋友，劝他在城里住一夜，去看看电影。他竟答应了，自己也觉得好笑，这一切他本来是万难答应的。他那辆卡车上装满了一袋袋的谷子和两把耙子，正停在电影院门口，看上去很不雅观，而且妨碍交通。玛丽从后面窗口望着这些不熟悉的东西，笑了笑。她看到这些东西，自然禁不住要笑。她喜欢这个城市，住在这里自由自在。这里的四郊有那么多小村庄都是她从前住过的，数十英里连绵一片，空无一物——数十英里连绵一片，都是草原，这使她联想起自己的童年。

迪克·特纳不喜欢城市。他从非常熟悉的草原上驱车进城，经过了十分荒凉、仿佛没有人烟的四郊，经过了平原上那些与非洲的棕色硬土和蓝色苍穹颇不相称的丑陋小屋，还经过了那些舒适小乡村里特有的舒适小屋，然后才来到这城市的商业区，看到这里的店铺中摆满了时髦女人穿用的时髦服装和奢侈的进口食品，这使他感到不安和难受，简直像在蓄意谋害他。

他感到恐怖。他要逃走——若不逃走，就要捣毁这个地方。所以他一到城里，总是尽快地逃回农场去，他只有待在农场里才觉得舒适。

但是在非洲有成千上万的人离开郊区，进入城市，进入这世界的另一面。他们并没有看出什么不同之处。郊区正像工厂一样，总是少不了、除不掉的，即使美丽的南部非洲也不能例外，它的土地上到处蔓延着一小块一小块的郊区。土地就像得了病一样，给弄得破了相。迪克·特纳看着这些郊区，想起住在那里的人们过的是一种什么日子，又想到郊区那些小心谨慎的人，怎样毁了他的国家，他真恨不得要破口大骂，要捣毁这个地方，要杀人。他受不了。他只是没有把这些感觉说出口来，因为整天在旷野里干活，那种日子过久了，就变得不太善于表达了。但是他这种感觉是极其强烈的，他恨不得宰了那些银行家、金融家、商业巨头和职员——宰了所有那些盖起这些端端正正的小屋、在屋旁拦起篱栅花园并在花园里栽满了英国花的人。

他尤其厌恶电影。这一次进电影院，他自己也弄不懂是被什么东西迷住了心窍。他没有心思去看银幕。银幕上那些长手长脚、面孔光滑的女人使他讨厌，故事也让他觉得无聊。天气又热又闷，过了一会儿，他干脆不去注意银幕，转而去看周围的观众了。在他的前后左右，一排排的观众都倾身向前，瞪眼望着银幕——这成百成千的人，都已经忘了自己，沉浸在银幕上那些愚蠢之人的生活里，他看了感到很不自在。

他实在坐不住了，点着了一根烟，呆望着各个出口处挂着的黑丝绒门帘，然后望望自己坐的这一排，从他头顶上方的什么地方投下一团光亮，照见了一张脸蛋儿和一头亮闪闪的浅棕色头发。那张脸蛋儿好像浮在空中，渴望向上，在那奇怪的绿色灯光之下，显得艳丽非凡。他推推身边那个人，问道："那是谁？"那人望了他一眼，咕哝着回答道："玛丽。"但是"玛丽"这两个字并不能消除迪克的疑问。他目不转睛地望着那张可爱的、飘飘忽忽的脸蛋和那一头披散的头发。等到电影散了场，他连忙到门外的人群中去找她，可没有找到。他模模糊糊地想道：她是不是跟别的什么人走了？他的朋友请他把一个姑娘送回家去，他连看都没有看她一眼。那姑娘的衣着在他看来很可笑，他看到她那双高跟鞋就要发笑——她就穿着那双鞋子从他身边橐橐橐橐地走过了大街，上了车。她回过头去望望堆在车后的一堆东西，匆忙而做作地问道："那后面古里古怪的东西是什么玩意儿？"

"你没有见过耙子吗？"他问。到了她住的地方，他便毫不惋惜地让她下了车。她住的地方是一座大房子，灯光雪亮，里面住满了人。他马上就把她忘了。

他晚上梦见了那个面孔微仰、头发蓬松闪亮的姑娘。本来，梦见女人是一件奢侈的事，他早就禁止自己去想这一类的事情。他着手经营农场已经五年了，仍然没有赚钱。他欠了大陆银行的钱，另外抵押借来的债也很多，因为他开始的时候根本没有资本。他戒了烟酒，除了生活必需品以外，一无嗜好。他每天从早晨六点干到晚上七点，中饭也在地里吃，全部精力都集中在农场上。他之所以这样起劲，只因为醉心于一个美好的将来。他的梦想就是娶老婆生孩子。可是他不能要求一个女人和他共同过这样艰苦的生活。首先他得还清债务，盖一所房子，能够有点钱，生活稍为舒适一些。他劳苦了这么多年，实在也想娶个妻子来宠宠。他完全清楚该盖一所什么样的房子，当然不是街道上那种毫无意思的高楼大厦。他要盖一所茅草顶的大房子，有宽大的通风走廊。他甚至已经仔细筹划好了，要把那些蚁冢掘起来做砖，此外，农场上好几处地方的草长得比人还高，可以割下来盖屋顶。但是有时他又觉得自己的心愿无从实现。他遇上了坏运气。附近一些认识他的农场主都管他叫"约拿"[1]。每年发生旱灾，他总是首当其冲；久雨成涝，也是他受损最重。如果他开始试种棉花，那一年棉价就惨跌；要是发生虫灾，他总是只好认栽，带着气愤而又坚决的宿命论者的声调告诉别人：这些蝗虫马上就要把他一块可望丰收的玉蜀黍吃光了。他的梦想近来已不那么不切实际了。他孤寂，需要一个妻子，尤其是需要子女；照现在的情形看来，他还得过好几年才能实现这个愿望。他开始想到，如果他能够还掉一部分债，把自己的房子再添盖一间，置办一些家具，那时候他就可以考虑结婚了。这会儿他想起了在电影院里遇到的那个姑娘。无论是在干活时，还是闲来幻想，他总是一想就想到了她。他责骂自己不该这样，因为他知道，想女人，尤其是专门想某一个女人，对他来说，正像喝酒一样危险。但是责备自己也没有用处。距上次到城里去了一个月以后，他又打算去了。其实并不需要进城，他自己也知道。他甚至骗自己说，他非去不可。进了城，他很快地把一些要办的小事办完，便去找一个知道"玛丽"姓什么的人。

他驾着车赶到那幢大厦跟前时，认出了那幢房子，可是没想到那天晚上在电影院里看到的姑娘，就是自己送回家的那个姑娘。直到后来那姑娘走到门口，站在门廊里看看他是什么人的时候，他都没把她认出来。他只看到一个又瘦又高的姑娘，一双碧蓝的眼睛带着不可捉摸的神气，看上去怪伤心的样子。她的头发烫得整整齐齐的。她穿着长裤子，在他看来，女人穿

1《圣经·旧约全书》中的先知，后被喻作带来不幸的人。

了长裤子，就不成其为女人，可见他是个相当老派的人。后来她问他："你是不是找我？"她的神气相当困惑，相当羞怯。他马上记起了上次她问他耙子时那种傻里傻气的声调，半信半疑地瞪着她。他非常沮丧，以致说话期期艾艾，两脚不停地移来移去。然后他想到站在那里呆呆地望着她总不是回事，便请她一块儿乘车去玩玩。这一个下午过得并不愉快，他气恼自己为什么这样欺骗自己，这样懦弱；而她呢，既很高兴，又弄不懂他为什么要请她出去，因为他在车上简直不跟她讲话，只是漫无目标地在城里兜圈子。他希望她就是他朝思暮想的那种理想女人，等他送她回家的时候，发觉她果然是那样一个女人。两人走过那些街灯的时候，他不断地斜瞅着她，发觉灯光真是奥妙无穷，能够把一个并不十分有吸引力的平平凡凡的姑娘照得那样美，那样稀奇。于是他便喜欢起她来，因为他必须爱上一个什么人，在此之前他还没意识到自己已经寂寞到什么地步。那天晚上和她分手时，他有些依依不舍，说是不久就会再来看她的。

回到农场上，他又静下心来干活。如果他不克制自己的话，照此下去，就非得马上结婚不可，而他眼前又结不起婚。那么，事情只能到此为止。他得把她忘掉，把整个事情丢到脑后去。再说，他对她有些什么了解呢？一点儿也不了解！除了只了解这一点——拿他自己的话来说，她显然是个"完完全全被宠坏了"的姑娘，像她那样子显然过不惯艰苦的农家生活。所以他心里总也拿不定主意该怎么办，干活却比以前更卖力了。有时候他还这样想："话说回来，要是这一季的收成好，我还是可以去看她的。"他每天干完活以后，还得扛上枪，在草原上走到十英里以外的地方去打猎，弄得精疲力竭。他太劳累了，人一天天瘦下去，憔悴得脱了形。他思想斗争了两个月之久，终于有一天，决定乘车进城。这事情好像在很久以前就决定下来似的，好像他以前对自己的一切勉励、自我克制，都只是为了找一块挡箭牌，把自己真正的意图隐藏起来。他一面打扮，一面兴致很高地吹着口哨，不过吹的是一种意气消沉的低调子；他的脸上笼罩着一种奇异而沮丧的微笑。

对玛丽来说，这两个月的时间是一个漫长的梦魇。他认识她不过五分钟，就从那么远的农场赶来找她；可是他才不过和她消磨了一个下午，便又认为不值得再花费时间来找她。她朋友的话说得对，她在某些方面有所欠缺，她有什么地方不对头。虽然她心里承认自己一无是处，是个废物，是个没人要的可笑的人，可又老惦记着他。她夜晚不出去了，终日待在房间里，等他来找她。她独个儿一坐就是几个小时，伤感得心灵也变得麻木了；晚上，她净做一些凄楚的长梦，梦见自己费尽力气走过沙地，或是攀登楼梯，登上最高一级便跌下来，跌到底层。她早上醒来，又疲倦又懊丧，白天的日子好难挨。她的老板习惯于她平日工作一向高效，便叫她休假，等身体好一些再回来。她离开了办公室，觉得好像是被撵了出来似的，尽管老板对她的体力衰弱已经照顾得无微不至。她整天待在俱乐部里，如果她到别的地方去过假期，迪克来时就找不到她了。然而细想起来，迪克和她又有什么相干呢？毫不相干。简直可以说，她几乎都不认识他。这个皮肤被太阳晒得黝黑，说起话来慢条斯理、眼睛深凹的瘦削青年，完全是突如其来闯进她生活的。她对他的了解仅此而已。可是她之所以会生病，也可以说是为了他的缘故。她的不安，她隐隐约约的自卑感，全都是为了他；她带着阴冷而凄惶的心情问自己，为什么在她所认识的那么多男人当中，她一个都不放在心上，却偏偏会想到他呢？每逢这种时候，她总是得不出满意的答案。

过了几个星期，她失望了，去找医生诊病，因为她"觉得疲乏"。医生告诉她说，应该休假一个星期，否则身体会完全垮下来；这时候，她的心情已经坏到不愿意和老朋友见面的地步，因为她已经认定他们在友谊外衣的遮蔽下，都在恶意地讲她的坏话，而且讨厌她。就在这时候，有人上门来找她了。她没有想到就是迪克。一眼看出是他，她好容易才控制住自己，镇静地招呼着他；如果她当时把自己的内心感情流露出来，他一定会把她甩掉。现在迪克总算拿定了主意，把她看成一个讲求实际、易于变通和性格镇静的女人，只要在农场上生活几个星期，就会成为他理想中的女人。她要是歇斯底里地哭起来，那他可要大吃一惊，而且会毁了他对她的幻想。

迪克之所以会向玛丽求婚，是因为看见她外表上很沉静，带有贤妻良母的意味。当她接受他的求婚时，他简直感恩膜拜，自惭形秽。两星期以后，他们就凭特许结婚证[1]结婚了。她那样急于结婚，真是出乎迪克的意料。他本以为她是个忙于交际应

---

1 特许结婚证：按英国从前的法律，结婚多用结婚通告，由牧师在礼拜天做早祷时，读完了第二遍《圣经》经文以后，当众宣布，连续宣布三个礼拜。如果男女双方中有一方未成年，家长或保护人出来反对，结婚通告就不生效。如需提早结婚，则不用通告，而用特许结婚证。此证只有大主教或主教有权颁发。凡请求颁发者，男女双方必须有一方在所在地教区居住十五天以上。

酬、颇有声望的女人，在城市的社交生活中有她安身立命的地方，需要多花一些时间才能安排好婚姻大事；她之所以会吸引他，一部分原因也是由于他对她的这种评价。不过事实上，尽早结婚也正符合他的打算。他一想到让一个女人去忙于嫁妆和邀请伴娘，而让自己在城里久等，就觉得讨厌。他们没有度蜜月。他说自己太穷，度不起蜜月，可是她如果坚持，他还是愿意尽力办到。她没有坚持。逃掉了蜜月，她倒觉得很快慰。

第三章

从城里到农场有一段很长的路——足足有一百英里以上；当迪克告诉玛丽说，他们已经过了城郊地界的时候，已是深夜了。半睡半醒的玛丽振作起精神来，望了望他的农场，看见一些影影绰绰的矮树，就像一些飞掠而过的长着柔软羽毛的大鸟一样。地界那边是一片灰蒙蒙的天空，空中缀着点点繁星。她疲乏得四肢也松弛了，精神也安定了。前几个月她的精神那么紧张，人因此变得沉闷，待人也麻木冷淡。她想，现在能够换一个环境，安安静静地生活，那一定是很愉快的；但是这么多年来，她一直心心念念不断向往着新的生活，并没有意识到自己的身心已经精疲力竭；此刻她带着面对现实的坚定心情对自己说，她一定要"接近自然"。这个念头减轻了一些她对非洲大草原的厌恶心情。所谓"接近自然"，是从她所读的一些怡情的伤感小说中学来的，成了她让自己安心的一条抽象准则。当她在城里工作的时候，每逢周末，总是跟着大群的青年人出去野餐，一整天坐在树荫下发热的石头上，听着手提留声机里放出的美国舞曲，她认为这种生活就是"接近自然"。她总是说："走出了城市真有意思。"但是，像大多数人一样，她口上说的和她内心的真实感受完全不同。只要一回到城里，打开热水龙头洗澡，或是逛街购物，到公司里去办公，就会使她觉得城市生活舒适无比。

然而，她毕竟要独立自主，婚姻就是这么回事；她的朋友们之所以要结婚，就是为了自己有个家，谁也没告诉她们该怎么做。她模模糊糊地觉得结婚是正确的，每一个人都应当结婚。她回想起前些时候的情景，觉得她所认识的人都在暗地里不事声张地、冷酷无情地劝她结婚。她就要过幸福生活了，但她完全不知道将要过怎样的一种生活。迪克曾经小心翼翼、低声下气地把自己贫穷的处境告诉她，她脑子里空空洞洞地想道，这种贫穷与她那备受折磨的童年生活毫无关系，完全是另一回事。她把它看成一件和艰苦环境做斗争的爽心快意的事情。

卡车终于停住了，她醒了过来。月亮已经隐退到一大团亮闪闪的白云后面，天色突然黑了下来。在星光黯淡的天空下，好几英里路以内都是一片黑暗。四下全是树木，草原上那平整的矮树林，好像都被太阳的压力压弯了似的，看上去像是许多黑压压的人影，站在卡车停下的那块小空地周围。当月亮从云层后面慢慢露出脸来，把光亮洒到这块空地上时，那座四方形小屋的铁皮屋顶发出了雪亮的闪光。玛丽下了车，看着车子绕房子转了一圈，开到了房子后面。她望望四周，只觉得树林间吐出了一股阴冷之气，树林那边的山谷被笼罩在一股雪白的寒气里，不禁打了个哆嗦。她在这一片寂静中仔细倾听着，听见树丛中发出无数的声响，好像那成群成群的奇鸟怪兽先前看到他们两人来了，都静了下来，留神注意着，现在又开始干起它们自己的事情了。她望望房子的四周：在那如水的月光下，房子看上去是紧闭的、漆黑的、窒闷的。一条石头砌成的院界在她面前闪闪发亮。她沿着界石散步，从屋子跟前走到树林跟前，越走近前，越觉得那些树高大、柔和；接着她又听到一声奇怪的鸟鸣，是一只夜游鸟的声音。于是她转过身往回跑，突然下意识地感到恐惧起来，好像从另外一个世界，从树林间向她身上吹来一阵可怕的风。她因为穿了高跟鞋，在崎岖不平的地面上绊了一下，等到她站稳的时候，几只家禽被车灯的光亮照醒了，骚动起来，嘎嘎地叫了一阵。这熟悉的声音使她听了有些安慰。她站在屋子跟前，伸出手去摸摸阳台上铁盆里一株植物的叶子，她的手指上有了天竺葵的香气。接着，屋子光秃秃的墙壁上出现了方方的一块亮光，她看到迪克在屋子里的高大身影：他弯着腰，手里拿着一支蜡烛，烛光把他的形象映照得朦朦胧胧。她走上了通向屋内的石阶，站在那里等待。迪克又不见了，蜡烛被放在桌子上。在昏黄的灯光中，屋子显得很小很低；屋顶就是她在门外看到的那种波纹铁皮做的顶。她闻到一股强烈的霉臭味，好像是动物的气味。迪克走回来时，手里拿着一个可可粉罐子，罐子的边缘被压平，做成了平边漏斗。他爬上一张凳子，给挂灯加上油。煤油滋滋滋地一滴滴往下淌，嗒嗒嗒地落在地面上，强烈的臭味使她一阵恶心。灯光闪亮起来，火苗乱摇乱晃，然后又变成小小的黄色火焰。她现在看到红砖地上摊着许多兽皮；好像是些野猫皮，或者是小豹皮，还有一张很大的、黄褐色的鹿皮。她坐下来，被这种奇异的情景弄得不知所措。迪克望着她的脸，她知道迪克要看看她有没有露出失望的神情，她勉强挤出微笑，虽然她已经被一种不祥的预感弄得扫了兴。这个憋闷的小房间，这光秃秃的砖头地面，这油腻腻的灯，都不是她所想象的。迪克显然很满意，感激地对她说："我来沏些茶。"于是他又不见了。等他走回来的时候，她正站在墙边，看着墙上挂的两张画片。一张画是从巧克力盒子上扯下来的，画的是一个女郎，手里拿着一束玫瑰花；另一张画是从日历上撕下来的，画的是一个六岁左右的孩子。

迪克一看到她便红了脸，连忙把两张画撕了下来。"我已经好多年没看这两张画了。"他一面说，一面把画片撕成两半。她说："就让它们放着吧。"她觉得自己打扰了这个男人的内心生活。她一看到这两张用图钉随随便便钉在墙壁上的图画，就看穿了他内心的寂寞，明白了他为什么要那样急促地结婚，那样盲目地需要她。但是她觉得内心和他并不投合，觉得自己不能适应他的需要。她望望地上，看到画片上那张美丽的、童稚的脸，头上长满了鬈发，被撕成两半，摔在地上。她把它拾起来，心想：他一定很喜欢孩子。他们俩从来没有谈起过孩子，因为他们谈话的机会很少，来不及讨论许多问题。她想找一个废纸篓，因为看到地上抛了这些纸屑，她心里很不好受，可是迪克把碎纸从她手里抢过来，搓成一团，丢到屋角里去了。他难为情地说："我们可以再贴上一些别的东西。"他的难为情，他的自我表白，倒使她把自己的话忍住了没说出来。他显出那种羞怯而恳求的神气，使她对他起了一种怜惜之情，因此也就不把他看作一个配做她丈夫的男人了。他用托盘端茶进来，她安安静静地坐下来，看着他倒茶。铁皮托盘上铺着一块龌龊的破布，摆着两只有裂痕的大杯子。她在厌恶的心情中听到他的声音："现在是你的事情了。"于是她从他面前把茶壶拿过来，倒了茶。她觉得他带着骄傲而喜悦的眼神看着她。现在她真的嫁到这里来了——一个女人来到这里，点缀了这所空无一物的小屋。迪克简直欢欣鼓舞得跟什么似的，觉得自己从前真是太傻了，等待了那么久，孤孤单单地住了那么久，筹划着前途，而前途竟这样轻易地来到面前。过了一会儿，他望望她的城市装束，她的高跟鞋、染红的指甲，又觉得不安起来。为了掩饰不安的心情，他开始谈起房子，可是因为觉得自己穷困，谈起话来羞羞怯怯的，眼睛一会儿也不离开她的脸。他告诉她，这屋子是他亲手用一块块砖头砌起来的，虽然他丝毫不懂得建筑，却节省了一个土著砌砖匠的工资；又说他怎样慢慢地添置起家具，起初只有一张床睡觉，一只箱子当饭桌；又说一个邻居怎样给了他一张桌子，另一个邻居给了他一把椅子，于是这地方就渐渐像个样子了。橱子都是用那种上了漆的汽油箱子做成的，还罩上了花布帘子。两间房当中并没有门，只是在中间挂上一块笨重的麻布门帘，门帘上用红色和黑色的毛线绣上了花，那是隔壁农场的查理·斯莱特的老婆绣的。他就如此这般地讲下去；她听他讲述着一样样东西的来源，凡是她认为寒碜和简陋的东西，他都认为是克服艰难困苦后得到的胜利。她渐渐开始感觉到，现在并不是在这所屋子里跟丈夫坐在一起，而是回到了母亲身边，看着母亲在无休无止地筹划家务，缝衣补袜。最后她实在忍不住了，突然跌跌撞撞地站了起来，着了魔似的，好像觉得是自己的亡父从坟墓中送出了遗嘱，逼迫她去过她母亲生前非过不可的那种生活。

"我们到隔壁房间里去吧。"她突然用粗哑的声音说。迪克被她这样猛地打断，也站了起来，觉得有些吃惊，又有些难受。隔壁一间就是卧室，里面有一个挂衣物的橱子，也罩上了绣花麻布，还有一些架子，一些汽油箱，箱子上嵌着镜子；此外迪克为了结婚新买了一张床。那是一张体面的老式床，又高又结实，这足以说明他对结婚的看法。这张床是大减价时买来的。当他付钱的时候，他觉得简直就等于获得了幸福。

她站在那儿，脸色迷惘凄恻，向四周张望了一下，不自觉地用双手托着腮帮，好像很痛苦似的。他看到这情形，很为她难受，便让她独个儿去脱衣服。他在门帘外边脱衣服，心中重新感到一阵强烈的内疚。他是没有权利结婚的，没有权利，没有权利。他低声地说着，一遍遍地说得自己很难受。后来他懦怯地敲敲墙壁，看见她侧身睡在床上，他便带着胆怯的崇拜心理走近她。只有这样去接触她，她才受得了。

事情过去之后，她倒觉得并不怎么糟，并没有糟到那个地步。这件事对于她根本无所谓，一点儿也没有什么。她本以为他会对她有粗暴强迫的举动，结果事情并非如此，她倒松了口气。她尽可以献身给这个低声下气的陌生男人，而同时又可以做到无动于衷，只把自己当作他的母亲。女人有一种特殊的能力，能对性关系采取一种冷冰冰的态度，不让自己的感情受到性关系的影响，而且所用的手段虽然使男人觉得失望、难堪，可是当你真想埋怨她时，却又觉得没有什么可埋怨的。玛丽可用不着学这一套，因为这样做对她来说是很自然的。首先，她就没有想到过这种事情，根本没有想过这个男人会对她怎么样，没有想过他也是个有血有肉的男人，而并不是她所想象的那种有手、有嘴而没有肉体的人，现在看来，真是显得有些可笑。如果迪克觉得自己好像被轻视、被拒绝了，因而准备显出粗暴和愚蠢的态度，那么他的内疚感就会告诉他说，他不配有过高的要求。也许是他自己需要觉得内疚？也许这毕竟不是一门太糟的婚姻？因为天下有数不清的婚姻，虽然男女双方内心里都觉得别别扭扭、格格不入，却也能匹配得当。他们用一种双方所需要的方式，一种由双方的生活所决定的方式，彼此折磨。无论如何，当他侧过身去熄灯，看见她的尖头小鞋子歪歪斜斜地倒在他前年所猎到的那张豹皮上的时候，他又对自己说道："我没有权利。"但是他这句自卑的话中带着一种得意的兴奋。

玛丽看着那快要熄灭的火焰狂飞乱跳。火焰跳向墙壁、屋顶，跳向闪闪发亮的玻璃窗。她紧紧地握着他的手睡着了，好像以保护人的身份握着一个被她伤害了的孩子的手似的。

第四章

当她醒来的时候，她发觉自己孤单单一个人睡在床上，只听见屋后什么地方有喤喤的锣声。从窗口望出去，她看见树上镀了一层温柔的金光，白色的墙壁上映照出一块块淡淡的玫瑰色阳光，照出了粗陋的粉刷痕迹。她望着望着，只见阳光的颜色逐渐变深，变成了橙黄色，在房间里划上了一条条的金线，使得房子看上去变小了，变矮了，比起昨夜在昏暗的灯光下显得更空了。没多久，迪克进来了，穿着睡衣，用手摸摸她的面颊，使她的皮肤上感到一阵清晨的凉爽之气。

"睡得好吗？"

"很好，谢谢你。"

"茶就要来了。"

夫妇之间很客气，又很别扭，不愿意提起夜里的接触。他坐在床沿上吃着饼干。不一会儿，一个年纪较大的土人用托盘托了茶进来，放在桌上。

"这是新来的太太。"迪克对他说。

"玛丽，这是萨姆森。"

老头儿的眼睛一直望着地面，嘴里说了声："早安，太太。"接着他又好像顺着迪克的心意似的，对迪克说道："好极了，好极了，老板。"

迪克笑了，说道："他会好好地服侍你的，这个老畜生不坏。"

玛丽对这种不把黑人当人看待的随便态度很是气恼，后来她又看出这只不过是一个形式问题，便竭力叫自己冷静下来。她心里起了一阵愤慨的感觉，想道："他把他看成一个什么呢？"不过迪克并没有看出来，只是愚蠢地自得其乐。

他一口气喝下了两杯茶，然后出去穿了一身咔叽布的衬衫和短裤回到房间里来，跟妻子说了声再见，便下田干活去了。他走了后，玛丽便起了身，朝四下张望了一番，只见萨姆森正在打扫他们昨夜先进的那个房间，把所有的家具都放在了房间中央，因此她只好从他身边走到小露台上去。所谓小露台，其实不过是把铁皮屋顶向外扩展了一点，用砖头砌起的三根柱子撑住，再围上一堵矮墙罢了。露台上有几只漆成墨绿色的汽油罐，油漆斑斑驳驳，里面栽着天竺葵和一些正在开花的植物。靠露台墙的一边望出去是一块白色的沙地，再过去是一些密密的矮树丛，一直斜斜地绵延到下面一个长满了亮闪闪的长草丛的大水塘里。水塘那边又是连绵一片的矮树丛、蜿蜒曲折的大水塘和山脊，一直和地平线上的山丘接界。她往四下里环顾一圈，只见这所小屋子建在一个低低的山丘上，那山丘隆起在一个连绵数英里的洼地里，洼地四面环绕着连绵成片的丘陵，迂回曲折，从前面很远的地方伸展过来，到小屋背后终止，蓝雾迷蒙，十分美丽。她想，屋子被丘陵包围着，一定热得很。她用手罩着眼睛，目光扫过那片水塘，看到了苍郁的树木，连绵无际的一片棕色草地在阳光下闪烁成金黄色，还有那蓝色的苍穹，她觉得它们十分新奇可爱。鸟儿在齐声合唱着，那一片尖脆的像瀑布四泻的声音，是她从来不曾听到过的。

她绕到屋子背后，看到这小屋子是长方形的，前面两个房间她已经看过了，房间后面是厨房、储藏室和浴室。在一条小路的尽头，隔着一块歪歪斜斜的草地，有一个狭窄的岗亭式的小棚子，那就是厕所。另一边是一个鸡舍，拦着一大片铁丝网，里面养满了精瘦的白鸡，光秃而坚硬的地面上有一大群吐绶鸡在咯咯咯地叫。她从屋后穿过厨房走进屋来。厨房里有一个木头火炉、一张结实的桌子，是用小树干刮干净了做成的。桌子占了半间厨房。萨姆森正在卧室里收拾床铺。

她以前从来没有以主人的身份跟土人打过交道。她的母亲从小就禁止她跟用人讲话；她住在俱乐部里时对待侍者很和善，所谓"土人问题"和她是不相干的，那是别的女人的事情，她们老是在茶会上埋怨她们的用人。她当然是害怕土人的。凡是在南部非洲长大的女人，从小就被教养成这种样子。在她小时候，大人不允许她单独一个人出去散步，她如果要问明根由，大人就悄悄地低声用一种理所当然的声音告诉她（她一想到这种声音，就联想到她的母亲），土人是怎样的下流，保不定就会对她做出恶劣的事情来。

现在她非得同土人打交道不可了，这真让她伤透了脑筋——她认为这必然是一件伤脑筋的事——她心里实在不大乐意，可又下决心不让自己被吓倒。好在萨姆森是个面貌和善、很有礼貌的老年土人，因此她对他还不大有恶感。当她走进卧室的时候，萨姆森便问她："太太想要看看厨房吗？"

她本以为迪克会带她把住宅周围看一遍的，但是这个土人既然很想代劳，她也就同意了。土人赤着脚，带头轻手轻脚地走出房间，领她到屋后去。他替她打开了食品室，这是一间阴暗的、窗户开得很高的小房间，里面摆满了各色各样的食品，地上放着一只只很大的金属箱子，盛着糖、面粉和谷物粗粉。

"钥匙在老板那里。"他解释道。主人家提防他偷窃，他却毫不介意，听其自然，这让玛丽觉得很有趣。

萨姆森和迪克彼此之间是完全理解的。迪克把样样东西都锁了起来，只把萨姆森所需要的三分之一物品放在外面给他用。萨姆森并不认为这是在防止他偷窃。其实在这个单身汉家里也没有什么可偷的，现在添了一个主妇，他希望情况会好转一些。他毕恭毕敬、礼貌周全地指给玛丽看那些数量很少的麻布、炊具和屋后的柴堆，还告诉她火炉的使用方法。他的一举一动都好像是一个忠实的管家在把钥匙交给名正言顺的主人。他又答应了她的要求，指给她看那面用旧犁上的圆盘做成的锣，它被挂在木材堆那儿的树枝上，还有一根从货车上拆下来的生锈的铁棍，那是用来打锣的。她今天早上醒来时听到的就是这锣声；每天早上五点半敲锣，锣声唤醒附近矿工院[1]里的人们，十二点半和两点又敲一次，表示午饭休息时间；锣声沉重、洪亮、有穿透力，从矮树丛的上空飘到好几英里以外。

她回到屋子里，让用人去准备早餐；天气越来越热，鸟儿的歌声已经停息了。到了七点时，玛丽发现自己的前额已汗水淋淋，四肢也是湿答答的。

---

1 原文是 compound，指有篱笆或围墙的大院，在南非称作矿工院，为土著黑人聚居处。

过了半小时，迪克回来了，见了她很高兴，可是心事重重。他从屋子里走到屋后，她听到他用一种土语向萨姆森吆喝，她一个字也听不懂。一会儿，他走回来，说道：

"那个老笨蛋又把狗放出去了。我告诉他不要放出去的。"

"什么狗？"

他说："只要我不在这儿，这些狗就不安静，自己跑出去逐猎，有时候出去几天不回来。只要我不在这儿，就老是这样。是他把它们放出去的。这一来，它们就会在矮树林里闹事。这都是因为他太懒了，不去喂它们。"

吃饭的时候，他坐在那里一直闷闷不乐，一句话也不说，眉宇之间显露出一种神经质的紧张。原来这位农场主懊丧透了，为的是运货车上丢失了一个轮子。怪只怪他自己驾驶货车时粗心大意，没有放开刹车就启动车子开上了一个小山坡。他一心一意记挂着这件事，心里涌起了常有的那种烦恼，只觉得无可奈何。玛丽一句话也没说，这种事对于她实在是太陌生了。

一吃过早饭，他就从椅子上拿起帽子，重新走出去。玛丽找到了一本烹调的书，拿到厨房里去。半个上午过去了，那些狗才回来，其中有两条大的杂种狗，对萨姆森兴奋地摇头摆尾，好像请求他原谅它们的不告而别，可是对她这个陌生人，却理也不理。两条狗拼命地喝着水，在厨房的地上滴下一条一条的垂涎，然后走到前面房间里去，睡在那些腥味极其浓烈的兽皮上。

她做完了烹调的实验以后（土人萨姆森一直又客气又耐心地在一旁看着），便坐在床上，拿了一本土语手册阅读起来。学会土语是她目前的第一件大事，否则萨姆森就无法听懂她的话。

第五章

　　玛丽用她自己积攒下来的钱，买了些花布来做垫罩和门帘、窗帘，又买了麻布、陶器，以及一些用作装饰的布料。屋子里有了起眼的帷帐，又有了图画，于是贫苦凄惨的情景就淡化了，转换成一种美观但并不奢华的气氛。玛丽起劲地布置着，希望迪克干活回来，看见家里焕然一新，会对她显出赞美和惊异的神气。到这里一个月以后，她把整座房子全部看了一遍，觉得再没有什么地方需要加以装潢了，况且钱也花光了。

　　有了这种新的情致，她在这里也就住得安心了。她觉得变动是这样大——她自己几乎变了一个人。每天早上锣声一响，她就醒来，睡在床上跟迪克一块儿喝茶。每天迪克下地去干活以后，她就把这一天吃的东西拿出来。她用起东西来非常小心谨慎，因此萨姆森觉得，事情不但不比从前对他有利，反而越来越糟，甚至原有的三分之一的数量也没有了，因为玛丽把钥匙系在自己的裤带上。每天一到吃早饭的时候，家里要做的事情她都做好了，只要随便烧些吃的就行了；但是萨姆森的烹调技术比她高明，因此没过多久，她也就把这事情交给他去办了。整个上午她都做缝纫工作，一直做到吃中饭为止；吃过中饭又做。一吃过晚饭就睡觉，一觉睡到大天亮。日子过得活像个孩子。

　　在开头那一阵子，她精神饱满，意志坚决，使生活过得很有乐趣。她把事情安排得妥妥帖帖，一点小事情都要弄得很周详。她尤其喜欢每天清早那一段时光。那时候天气还没有炎热得使她四肢麻木，身体疲乏；她喜欢这新鲜的闲暇生活，喜欢迪克对她的赞许。她对于家务的计划安排（他简直不相信这样一个凄凉的家会弄得这般像样），使他引以为傲，并且由衷地感激她。既然有了这种骄傲和感激的心理，在他心头一直忍耐着的沮丧情绪也就暗淡下去了。而她每当看到丈夫那种窘困和感伤的脸色，原先心中对他的体恤之情就会消失，因为她觉得那种脸色表示了他对她不满意。

没过多久，住宅收拾好了，她又着手缝制衣装，为自己置办了一份朴素的妆奁。结婚几个月后，她便觉得实在没有什么事可做了。于是，她本能地觉得这样无聊的日子过下去实在危险，应该及时提防，便又动手装饰内衣，把凡是可以刺绣的东西，都一一绣上图案。她整天坐在那里缝呀绣呀，一小时一小时地毫不间断，仿佛靠了刺绣才可以活下去似的。她是个长于针线活儿的女人，成绩也确实不错。迪克赞美她的手工。他本以为她住在这里一定要挨过一段很难挨的时期，开头一阵子一定会寂寞难熬，现在看了这情形，反而觉得很意外。她一点也没有流露出什么寂寞的迹象，似乎这种整天不断的刺绣生活使她极其满意似的。在这段时期里，他一直以一个哥哥的身份去看待她，因为他也是个明白人，只是期待着她能主动地把心思转到他身上来。玛丽看到他对她的感情只不过是一种仁爱，心里反倒觉得放下了重负，而且把这种心情流露在脸上，这未免使迪克很伤心，不过他仍然认为到头来总会有美满的一天。

刺绣的活儿终于做完了；她又没有事情可做了。她又得重新找些事情做。她认为屋里的墙壁很脏，于是打算把它粉刷一下，而且为了节省钱，她决定自己动手粉刷。于是在以后的两个星期中，迪克每天回到家里，都看到家具堆在屋子中央，地板上放着一桶又一桶的浓石灰水。她做起事情来井井有条，先粉刷好了一间，然后再动手粉刷另一间。迪克一方面赞扬她能干，有自信心，居然能做这种毫无经验的事，另一方面也觉得诧异。她的精力这般充沛，做起事来又这样能干，到底要做到什么地步为止呢？看到她这样做，反而更伤害了他的自信心，因为玛丽这个特点正是他自己的缺点——他打从心坎儿里明白这一点。没过多少日子，四壁统统粉刷成了耀眼的白里泛蓝的颜色。每一寸墙壁都是玛丽亲手粉刷的。她站在一架简陋的梯子上，接连干了好几天。

　　现在她感到疲倦了。她觉得，闲散一下，坐在一张大沙发上，叉起双手休息一阵，也很有意思。但是这种闲散的生活过久了可不行。接着她又不安起来，简直不安到不知所措的地步。她把带来的几个装小说的包裹解开来，一本本地阅读。这些书都是她这几年来凑巧碰到的，便陆续买了下来。每一本都读了十多次，熟得都能背出来。每看一遍熟悉的故事，就好像一个孩子听母亲讲一遍家喻户晓的神话似的。在过去，她看这种书时就放不下手，简直像是服麻醉剂，服催眠药，而现在呢，读起来便不免没精打采——说也奇怪，这种书竟不像从前那样有意思了。她下定决心一页页翻过去，可是思想总是开小差；看了一个小时，竟连一个字也看不进去。她丢下一本，拿起另一本，效果仍然是一样的。有那么几天，屋子里到处摊满了这种封面褪了色的、满是灰尘的书本。高兴的倒是迪克，他可是有点儿得意，居然让他娶到了一个爱看书的老婆。有一天晚上，他随手拿起一本名叫《美娘子》的书，从中间翻开一页读下去：

　　……旅行者向北方驶去，到乐园去，在那儿，可恨的英国人那双巧取豪夺的冷冰冰的手，再也够不着他们了。像一条生长在寒带的蛇爬过一片炎热的地方，旅行者的队伍盘绕成一圈又一圈。普兰涅拉·范凯琪戴着一顶白帽子，那帽子压在她那浓密的鬈发和标致的、汗涔涔的脸上。她骑着马在队伍的周围玩了一个小花样。皮埃特·范弗赖斯兰德望着她，他的心和南部非洲那颗伟大的、沾满血迹的心合拍地跳动着。他能够把可爱的普兰涅拉赢到手吗？瞧她在那些小市民、荷兰人，以及头戴白布头巾、脚穿生皮靴子的丰满的德国太太们中间，简直像个皇后！他能把她赢到手吗？他一刻不停地凝视着她。安娜姑姑把面包和腌肉拿出来当中饭吃。这些食品装在一个像珊瑚树那样颜色的红布头巾里。她那肥胖的身子直笑得前俯后仰，一边又自言自语道："这可算得上好匹配呢。"

　　他把书放了下来，探过头去望玛丽，只见玛丽坐在那里，膝上放着一本书，眼睛正望着屋顶。

　　"迪克，我们不能装上天花板吗？"她气恼地问道。

　　迪克疑惑地说道："那要花很多钱，如果我们明年过得好一点，也许装得成。"

不出几天工夫，玛丽就把所有的书都收了起来，放到不用的地方去；这些书不能解决她的问题。她重新研读起那本厨房土语实用手册，把所有的时间都花在这本书上面，在厨房里和萨姆森练习，吩咐他干这干那，快快不乐地指责他，弄得他很不好受。不过她的行为举止倒还冷静沉着，不失公允。

萨姆森越来越不高兴。他同迪克处熟了，彼此之间都非常了解，迪克也常常骂他，不过骂过之后又会对他露出笑脸。这个婆娘却从来没有笑脸。她是那样小心眼儿，食品和糖都只拿那么一点儿出来。他们夫妇吃剩下来的东西——无论是一个冷土豆，或是一片面包，她都记得一清二楚，不见了就要追问，真是丢人透顶。

萨姆森原来那种比较舒适的生活既然不复存在，当然憋着一肚子的气。他和玛丽在厨房里吵了好几次架，有一次迪克看见玛丽在哭。原来玛丽拿出了很多葡萄干放在厨房里，准备做布丁，可是后来她去取葡萄干吃的时候，却发现没剩下几颗了，而那个用人却矢口否认自己偷窃……

"老天爷啊，"迪克说，他倒觉得蛮有趣，"我还以为真的出了什么大岔子呢。"

"可是我知道是他偷了的。"玛丽啜泣着说。

"可能是他偷的，不过这个老畜生大体上还算不错。"

"我要扣他的工资作为赔偿。"

迪克看见她这样气愤，不禁慌张起来，说道："如果你觉得非要这样做不可，你就照做吧。"他心里想，这还是第一次看见她哭呢。

于是萨姆森一个月一镑的薪金被扣除了两个先令。萨姆森听到主人这样通知他，顿时面孔铁青，一句话也没有跟玛丽说，只是向迪克求情；迪克说，他应该听从玛丽的命令。当天晚上萨姆森便提出辞职，理由是自己的村子里需要自己去干活。玛丽追根究底地问他，为什么他村子里需要他去？迪克碰碰她的手臂，一面又对她摇摇头，意思叫她不要做得太过分。

"我为什么不能问他？"她责问道，"他明明是在撒谎，难道不是吗？"

"他当然是在撒谎，"迪克气恼地说，"那还用说吗？问题不在这里。你可不能勉强他待在这儿呀。"

"我凭什么要受他的骗？"玛丽问道，"难道我活该吗？他为什么不爽爽快快地说他不愿意替我干活，却要拿村子的事来撒谎呢？"

迪克耸耸肩，不耐烦地望着她。他实在弄不懂她为什么要这样无理取闹，坚持己见。说到和土人打交道，他是很在行的，同他们打交道，有时候很有意思，有时候又不免棘手，虽说没有什么明文规定可以遵守，但是双方之间有着一定的规矩。

"如果他照直说出来，你要发脾气的。"他忧伤地说，可是声音里仍然带着柔情。在他看来，她这种行为是出于孩子气，因此不能和她过分认真。倒是这个为他干了许多年活的老土人，一旦离开，他会非常难受，但他还是非常豁达地说："我应当早就料到的。开头要是重新请个用人就好了。管理家务的工作，一旦变动，总免不了有麻烦。"

玛丽在后门口看着他们主仆二人在石阶上告别。她心里充溢着好奇，甚至是反感。迪克居然舍不得让这个黑人滚蛋！她不能理解为什么一个白人会体贴一个黑人；这样一想，她不免厌恶起迪克来了。她听到迪克跟那个黑人说："等你自己村里的活儿干完了，你还愿意回来替我们干活吗？"那土人回答道："会来的，老板。"他一面说，一面已经转过身走了。迪克回到屋子里后，一声不响，很不开心。"他不会回来了。"他说。

　　"黑崽子不是多的是吗？"她调皮地问道，显出很不喜欢他的神气。

　　"是的，"他只得表示同意，"是的。"

　　过了好几天，才有一个新的厨子找上门来要求工作。在此之前，由玛丽亲自照料家务。虽然家里并没有多少事要做，她却觉得出乎意料地繁重。不过她喜欢整天这样独自待在家里，负责做这些事。她擦呀，扫呀，抹呀；操持家务对于她完全是一种新鲜的活儿；她长这么大，都是由土人来替她干这种活的，他们干起来轻轻巧巧，没有半点儿叫人觉得不顺眼的地方。干家务活充满了新奇感，所以她干得很有兴致。但是当每样东西都擦洗完毕，食物也放到餐室里去以后，她总是走到前面房间里那张油腻的沙发边上，浑身散了架似的往那上面一倒，好像两条腿的力气都被抽空了。天气是这样的热！她从来没有想到会这样热。她整天都是汗水淋漓，觉得汗水流遍了她的肋骨和大腿，好像遍身都有蚂蚁在爬。她常常一动不动地坐在那里，闭着眼睛，感觉到铁皮屋顶上的热气直往头顶上泻。真是糟透了，甚至在家里也要戴帽子。她想，倘若迪克不是整天下地干活，而是整天待在家里，他一定早就装上天花板了。装上天花板不至于要花那么多钱吧？随着日子一天天过去，她渐渐起了一种懊恼的感觉，她怪自己不该那么笨，把那一点点积蓄下来的钱都花在窗帘上，而不用来装天花板。如果她再向迪克要求一次，向他说明天花板对她是多么重要，也许他就会软下心来去筹钱吧？但是她知道自己不能随随便便地去要求，害他脸上显出那种沉闷痛苦的神情，现在她已经看惯了那种脸色。不过真正讲起来，她从内心深处喜欢那种脸色，非常地喜欢。每当他亲切地握着她的手，柔顺地吻一下，恳求地问她："亲爱的，我把你弄到这儿来，你恨我吗？"这时候她总是回答道："不，亲爱的，我并不恨你。"只有在这种时候，她才觉得自己是胜利者，能够原谅他，对他表示一点情意。迪克渴求她的原谅，在她面前卑躬屈膝，这是她最满意的事情，不过她同时又鄙视他的这种表现。

她常常坐在沙发上，闭着眼睛忍受酷热，可是因为自己愿意熬，所以一方面哀婉自怜，另一方面又有些自命不凡。

后来天气一下子热得叫人受不住了。室外的蝉儿尖厉地叫个不停，令她觉得头痛不已，四肢沉重、紧张。这时候她总是站起身来，走进卧室，检查一下自己的衣服，看看有没有什么针线活儿可以做，结果却发觉既没有什么可绣的，也没有什么可改的了。她又检查了迪克的衣裤，看看有没有什么需要织补的地方，但是他只穿衬衫短裤，能够让她找到一个纽扣钉钉就算是她的运气了。既然无事可做，她便走到走廊上，坐在那儿看着远处蓝色山坡上那瞬息万变的光线，或是走到屋后去，那儿有一个小山坡和一堆粗糙的大砾石。她看见滚热的石头上冒起一团团的热浪，还有那花花绿绿的蜥蜴，像火焰一般在岩石上跑来窜去。她一直看到头昏脑涨，才回到屋子里去喝一杯水。

后来有一个土人来到后门口，要求帮工。那人要十七个先令一个月。她还价十五个先令，他答应了，这让她非常高兴。那人是直接从村里来的一个土人小伙子，大约还不到二十岁，从他的家乡尼亚萨兰赶到这儿有几百英里的路程，路走得多了，人也消瘦了。他听不懂玛丽的话，又很有几分神经质。他的举止很不自然，双肩硬邦邦的，做出一副弯腰曲背、全神贯注的样子，眼睛一刻也不离开玛丽，生怕漏看了一眼她的脸色。他这种奴性叫玛丽看了很气恼，使她的声音也严厉起来了。她领着他在整个房子里看了一遍，每个角落、每个橱柜都看了，又用一口流利的土话，跟他讲这件事应该怎么做，那件事应该怎么办。他像一条被吓慌了的狗似的追随着玛丽。他以前从来没见过刀叉和盆子，只听到那些给白人家干活的人回来谈起过这些不平凡的东西。他连这些东西怎样用都不知道；玛丽还希望他分辨得出布丁盆子和用餐盆子。每当他摆桌子的时候，玛丽总是站在一旁望着他；整个下午，她都让他在桌边忙着，对他解释，再三告诫他，督促他。可那天晚上吃晚饭的时候，他还是摆不好桌子。她气得要命，厉声训斥，迪克却坐在一旁不安地看着她。后来那个土人出去了，迪克说道："你要知道，一个新来的用人，你应该体谅他一些。"

"我不是早就跟他说过了吗？！我跟他说了一遍，就等于说了五十遍！"

"不过，这也许是他第一次到白人家里来干活！"

"我可不管。我只知道他应该怎么做。他干吗不照做呢？"

他蹙着额头，紧抿着嘴唇，聚精会神地望着她。她气愤到了极点，简直控制不住自己。

"玛丽，请你听我说几句话。你要是对用人盛气凌人，那你可糟了。你必须把你的标准放宽一点。你得随便一些。"

"我不愿意放宽标准。我就是办不到！干吗我非这样不可？已经够糟的了……"她说到这里便停住了。她本来打算说："住在这种猪圈里已经够糟的了……"

迪克也感觉到她要说出这种话来，于是低下了头，凝视着自己的盆子。但是这一次，他并没有向她求情。他很气愤，心里不甘屈服，而且并没有觉得自己有什么错。玛丽还在继续唠叨："我已经告诉他怎样摆桌子了。"激动的声调中透出不管不顾和厌倦的情绪，这使他听得实在忍不住了，便放下餐盆，站起身来，走到外边去。玛丽看见他擦亮一根火柴，迅速点着了一支烟。不错，他生气了！可不是吗？他本来规定了要吃过饭再抽烟的，现在竟气得打破了这条戒律！好吧，让他去生气吧。

第二天吃中饭的时候，那个用人由于神经过度紧张，失手把一只盆子掉到地下摔碎了，玛丽马上就把他解雇了。从此她又得亲自操持家务了。这一次她可真的心生不满，对家务活感到厌烦了。她恨那个冲撞了她的土人，因此解雇了他也没给他工资。她亲自动手把桌椅碗盆好好地洗擦了一番，好像要把一个黑人的脸刮掉一层皮似的。她因为心中愤恨，人也憔悴了不少。同时她又暗地里下定决心：下回找到用人，可不能过于吹毛求疵了。

第二次找到的用人是个完全不同类型的人。他服侍白种女人已经好多年，白种女人简直把他当作一架机器看待；他学会了脸上毫无表情，让人一点儿看不出喜怒哀乐，答起话来也是声音平稳，不卑不亢。无论女主人说什么，他总是斯斯文文地回答："是，太太。是，太太。"眼睛也不望着太太。玛丽看见他望也不望自己一眼，又生起气来。她不知道土人有一条规矩，那就是不能正眼看一个比自己身份地位高的人；可是在她看来，这足以说明土人性格的狡诈和不诚实。那个土人看上去简直好像没有生命一般，只是一具黑色的肉体在她面前听候指使，这也使她恼火。她恨不得随手拿起一只盆子，照他脸上直摔过去，那么，即使他流露出痛苦的表情，也还有几分表情，有点人味。但是她这次倒很冷静，没有轻举妄动；虽说她的眼睛一直盯在他身上，一刻也不放松，等他把活儿干完了，她还是跟在他后面，发现一点灰尘或是腻垢，便要叫他回来重新擦洗。不过，她毕竟还是十分当心，没有做得太过火。她在心里对自己说：这个用人一定要好好地用下去。她也并没有因此而放松自己的主张——那就是一定要他百依百顺，即使芝麻大的小事情也要做到这样。

迪克把这一切情形都看在眼里，越看越觉得不是个好兆头。她究竟是怎么了？看起来，她和迪克好像过得相安无事，心平气和，对迪克几乎带着母性的关怀，可是她对待土人，简直就是个泼妇。为了不要让她一天到晚守在家里，迪克要求她一块儿到地里去看他干活。迪克觉得，要是她当真能够多关心一些他的问题、他的心思，那么夫妇之间就会亲密起来。再说，迪克独个儿接连几小时在田里走来走去，监视雇工们干活，也未免感到寂寞。

她犹犹豫豫地答应了他，因为她实在不想去。她一想到迪克待在那热气直冒的红土附近的热浪中，待在那许多汗气腾腾的土人身旁，就联想到一个待在潜水艇里的人，想到一个自愿到那异样的、陌生的世界里去的人。但她还是拿了帽子，顺从地跟他上了卡车。

她整个上午都跟着他到处转，从一片田野走到另一片田野，从一群雇工身边走到另一群雇工身边。但是在这段时间里，她心里却一直在想：新来的用人独个儿在家里，很可能会做出各种各样的坏事来。只要她背过身去，那家伙就会偷窃。他可能去弄她的衣服，翻她的私人物品！迪克耐心地跟她解释土壤、排水，以及土人工资等事情，她却心不在焉，只是想着那个土人可能在家里弄她的东西。当她回到家里吃中饭的时候，第一件事就是在屋子里巡视一遍，查看用人是否有什么事没做好，又检查了一下那几个看上去没有动过的抽屉。可是，这种土人毕竟是些狡猾透了的猪，谁能料到以后的事呢！因此，第二天，迪克问她是否愿意跟他一块儿再下地去，她便神经紧张地说："我不想去了，迪克，你别在意。地里那么热，我想你是习惯了。"她觉得，虽然待在家里也热得要命，可是要她再到地里去烤一个上午的太阳，她实在受不了。她待在家里，毕竟还有点儿事情可以做，同时也可以监视那个土人。

随着时间的推移，天气越来越热，简直热得难以忍受。铁皮屋顶上泻下来的那一股损人精力、耗人元气的热浪，使她快撑不住了。连那些平常爱活动的狗，也整天躺在露台上，睡热了一块砖地，就换一块砖地，移来换去没个停。它们的舌头伸得长长的，口水直滴，弄得地面上积满了一摊摊的水。玛丽听到它们轻轻的喘气声，或是被苍蝇纠缠后发出的怒吠声。那些狗热慌了，往往走到她身边来，把头搁在她膝上，向她乞怜，这时候她总是怒气冲冲地把它们赶走。她实在讨厌这些浑身臭气的庞然大物。她在这小屋子里走到哪里，它们便跟到哪里，在地毯上留下许多毛；当她要休息一下的时候，它们却大声地哼着鼻子捉跳蚤。她平时总是把这些狗锁在室外。每天上午十点左右，她叫用人用汽油桶盛上一桶温水，送进卧室，直到确信用人走出去了，她才脱下衣服，站在砖头地上的一只盆子里，用水淋浴。四溅的水滴落在多孔的砖地上，被砖块吸收进去后，发出嘶嘶的声音。

"什么时候会下雨呢？"她问迪克。

"噢，再过一个月也不会下雨。"他轻松地答道，但是他却对她这个问题觉得诧异。玛丽自己应当知道什么时候会下雨呀！她比他在这个国家待得久。但是她觉得城里和这儿乡下不同，城里没有四季之分。她已经无法捉摸冷热晴雨的规律。本来，天气热久了就要转冷，晴久了就要下雨——是的，确实是如此；但是现在季节的变换完全不是她所能了解的。在这里，一个人的身心都得听从季节的缓慢运行；她站在露台上，眯眼望着那大片大片密集的白云，它们好像一块块闪闪发亮的石英，飘过蓝色的天空——她平生从没像现在这样望着铁面无情的天空，想找出一星半点儿要下雨的迹象。

有一天，迪克皱着眉头说："水用得真快。"

他们每星期从山下的井里打两次水。玛丽总是听到叫喊和吆喝声，好像有什么人在做痛苦的挣扎。她走到屋子外面，看见水车从树林子里驶出来，由两头样子好看但行动迟缓的公牛拖着，吃力地爬上山坡。车子是用两个汽油桶连在一起做成的，前面有一根辕杆架在那两头强壮的公牛脖子上。她看见牛那结实的肉在皮肤下面鼓起来，又看见油桶上覆盖着树枝，免得水被晒热。有时候水溅出来，在阳光中变成一团团闪烁的水花。两头公牛晃着头，喷着鼻子直嗅水。那个赶车的土人始终吆喝着、吼叫着，在牛身边来回跳跃着，挥舞着长长的鞭子，使它在空中绕成一圈，发出啪啪的响声，可是鞭子从来没有落到牛身上。

"你是怎样用水的？"迪克问。她便告诉了他，他马上变了脸色，带着半信半疑的讨厌神气望着她，好像她犯了什么罪似的。

"什么，你那样浪费水吗？"

"我并没有浪费水，"她冷冷地说，"我真热得受不了。我要淋淋浴凉爽一下。"

迪克咽了一口唾沫，竭力保持冷静。"听我说，"他用一种从来没有过的怒气冲冲的声音对她说，"听我说！每次我叫水车运一车水到家里来，需要叫一个车夫、两个推车的人和两头牛，忙上整整一个上午。把水弄到家里，是需要花钱的。你却随便乱泼！为什么你不把浴缸里装些水，洗一个澡，而每次要乱泼？"

她被气炸了，实在是忍无可忍。她住在这儿，吃了多少苦头，而现在她要用两加仑水也不行！她正要张口对迪克喊叫，迪克已经后悔不该用那种语调同她说话；他低声下气地向玛丽道歉，这一幕小插曲使她平了气，感到安慰，因此也就原谅了他。

　　他走了以后，她便走进浴室，瞪眼看着浴缸，仍然恨他刚才说的那些话。这浴室是房子盖好以后才搭起来的，其实是一间披屋，四面的泥墙是用泥土糊在小树枝上砌成的，铁皮屋顶上接缝的地方有雨漏进来，粉刷的地方已经剥落，泥土也裂开了。浴缸是锌做的，浅浅的锌质浴缸嵌在烂泥地里。这个浴缸曾经也是亮闪闪的，她看得出它以前是什么样子，因为只要在那乌黑的外表上一刮，就会出现一道亮闪闪的痕迹。时间久了，油腻和污垢在上面积成了一层绿锈，用力擦一擦，有几块地方的绿锈就薄了一些。真脏呀，真脏！玛丽瞪眼望着，厌恶得呆住了。由于弄起水来很麻烦，花费很大，她每星期只洗两次澡，洗起来总是小心地坐在浴缸的顶端，尽量少碰到浴缸的其他地方，一洗好就赶快起来。在这里洗澡真好比病人服药一样，到非洗不可时才洗，而不是当一桩乐事去享受。

　　浴室的设备不堪想象，当时她看了就不由得哭出声来，气愤使她肝肠寸断。每逢洗澡的晚上，她先把汽油桶里的水在炉子上烧热，提进浴室，放在地上。桶上覆盖着庄稼地里用的那种厚布袋，免得水冷掉。一会儿袋子被烫热了，有水汽冒出来，散发出一股霉味儿。桶的上端安装了木头提柄，由于提得次数太多，摸上去也是油腻腻的。最后她禁不住对自己说，这实在让人不堪忍受，便又气愤又厌恶地走出浴室，把用人叫来擦浴缸，叫他一定要把它擦干净。用人以为她只是要他像平常那样擦擦，于是不到五分钟就擦好了。她走过去一看，还是原来的模样，又用手指在上面摸了一下，摸着了一块块的脏迹，便命令他回来重擦，要他尽力把每一块地方都擦得发亮。

那是上午十一点钟左右。

那天对于玛丽是一个不幸的日子。就在那一天，她第一次同"这个地区"有了接触，具体来说，也就是结识了查理·斯莱特夫妇。那天的事情很值得详细地说一遍，因为从这件事中可以了解到很多别的事情。那天她犯的错误可不少，在客人面前把头抬得高高的，嘴抿得紧紧的，一脸的骄傲相，死也不肯示弱。那天中午迪克回来时，发觉她在厨房里烧饭，脸色由于气愤显得很难看，面孔通红，头发蓬乱。

"用人上哪儿去了？"他问。因为他看见她在为用人代劳，觉得很诧异。

"在擦浴缸。"她直截了当地回答。由于又气又恼，说起话来就好像跟人吵架似的。

"为什么要现在擦？"

"脏了。"她说。

迪克走进浴室，听见刷子在浴缸上嚓嚓嚓的刷洗声，看见那个土人正弯着腰拼命地擦，可是几乎不见成效。迪克又走回厨房里。

"为什么要现在动手擦？"他问，"这浴缸好多年来就是这个样子。锌做的浴缸就是这样的。那不是脏，玛丽，实在不是脏，只不过颜色变了。"

她看也不看他一眼，便用托盘托了一盘食物走到前面房间里去。"那是脏，"她说，"除非把它真正擦干净了，否则我再也不到里面去洗澡。你怎么能让自己的东西弄得这样脏，我实在不懂。"

"你自己用了好几个星期都没有埋怨呢。"他冷冷地说,一面不由自主地拿起一支香烟塞进嘴里。但是玛丽没有回答。

玛丽告诉他说,饭已准备好了,他摇摇头,转身走到田里去呼唤狗。每逢看到玛丽这样不高兴,他就受不了跟她在一起。玛丽收拾了桌子,自己也没吃饭,坐在那里听用人刷浴缸。她坐了两个小时,听着听着,头也痛起来了,全身每一块肌肉都感到紧张。她下定决心不让这个用人敷衍了事。到了三点半时,刷子的声音突然停止了,于是她坐直了身子,很机警地准备走到浴室里去,叫他重新动手干。但是房门开了,用人走了进来,他看也没有看她一眼,只是朝着她那看不见的影子打了个招呼,说是他要回家去吃饭,吃完饭回来再继续擦浴缸。她已经忘了他的吃饭问题。她从来没有想到过土人也是要吃饭、要睡觉的人,只要这些人不在她跟前,她从来不会想到世界上有没有这些人的存在,他们的生活怎么样。她点点头,心里觉得惭愧。后来她又克制了这种惭愧的感觉,心想:"这只怪他自己第一次没有好好地擦干净。"

刚才听用人擦浴缸时的那种紧张感觉松弛了下来,她走到外面去望望天空。空中没有一点儿云,低低的澄蓝色苍穹,带着一点儿灼热的硫黄色,因为空气被烟弄得昏暗了。屋前灰白色的沙地上泛出耀眼的光波,沙地上长着枝干弯曲、闪着光的一品红灌木丛,树干上有奇形怪状的深红色裂痕。她把目光移向了树木,树木微黑而带红棕色;接着又望望那片连绵几英亩、随风起伏摇摆并且闪闪发亮的草丛。最后,她朝小山那边望去,小山烟雾弥漫，模模糊糊。草原上四面的火已经烧了好几个星期，她的舌头上也尝到了烟味儿。有时候一小片烧焦了的草叶会落在她皮肤上，留下一块油腻腻的黑斑。远处升起一道道烟柱，还有混浊的淡蓝色烟圈浮在空中动也不动，使空气中显出一幢变化无穷的空中楼阁。

　　前一个星期，他们农场上有个地方着了火，烧毁了两个牛棚和几英亩草地。火烧过的地方就成了一片黑色的废墟，到现在为止，到处仍然有烧断的树干在漆黑的废墟中冒烟，烧焦的地面上仍会冒出一缕缕浅灰色的烟。她移开目光，因为她不愿意去想损失了多少钱。她只看到在她面前大路拐弯的地方，有一团团淡红色的灰尘。那条路是随时都可以辨别得出来的，因为沿路的树木都成了铁锈色，好像蝗虫在上面栖息似的。她看见灰尘从树木中间扬起，好像有一只甲壳虫从里面钻过，于是她想道："哦，那是一辆汽车！"过了几分钟，她看见那汽车正向他们这边开来，感到非常惊慌，原来是一些客人！迪克早就跟她说过，一定会有客人来。她赶忙跑到屋后去，叫用人备茶，可用人不在。那时是四点钟，她记得半小时以前，她就告诉他可以走了。她从那一大堆碎木片和树皮上跑过去，又从树杈上取下那根生锈的铁棍，敲打起锣来。锣喤喤喤地响了十下，表示要找用人回来。然后她回到屋子里。炉灶熄灭了，她很难点着，又没有吃的东西。迪克不在家喝茶的时候，她也懒得去烤蛋糕。她打开一包从店里买来的饼干，又低下头来望望自己的外衣。穿得这样破破烂烂，叫她怎么见人！但是现在已经来不及补救了。汽车已经开上了小山。她快步跑到屋子外面，不安地扭着双手。从她眼下的举止来看，她似乎是一个过了好几年孤僻生活，已经不习惯见人的女人，而不是一个多年来都生活在都市里，连一分钟的孤独滋味都没尝到过的女人。她看见汽车停下了，有两个人下了车。一个是身材结实、淡褐色皮肤的矮个儿男人，还有一个是体态丰满、肤色黑黑的和蔼女人。她等待着他们，用羞怯的笑容来回应他们友好的表情。接着她看到迪克的车子开上山来，这使她多么愉快啊！她感谢他的体贴关怀，在第一次有客人来访时，他想到要回家来帮助她。原来他也早已看到树林间那一道灰尘，于是尽快地赶回家来。

那一对男女客人跟她握了手，并向她问候。但是把客人请进屋子里去的还是迪克。宾主四人坐在那间小小的屋子里，房间显得比平时更挤了。迪克和查理·斯莱特在一边谈话，她和斯莱特夫人在另一边谈话。斯莱特夫人是个和颜悦色的女人，她看见玛丽嫁了这样一个一无是处的迪克，很为玛丽惋惜，因为她听说玛丽是个城里姑娘，而且她本人也深深尝过艰苦寂寞的滋味，虽然那种艰苦的日子早已成为过去。她现在已经有了一幢大房子，三个儿子都在大学里读书，生活过得很舒适。可是从前的穷苦屈辱，她一辈子也忘不了。她怀着真切的同情望着玛丽，同时又记起了自己的过去，愿意和玛丽交个朋友。但是玛丽这时心里却气得要命，表情也显得有些僵硬，因为她注意到斯莱特太太目光锐利地望着整个房间，把每一个坐垫都做了估价，还注意到窗帘和新粉刷的墙壁。

"你布置得多美呀。"她听到玛丽把面粉袋染了色做窗帘，又把油漆了的汽油箱做成橱子，便不禁流露出真正的赞许神情说道。但是玛丽误会了她的意思，她的气决不会消掉。斯莱特太太虽然那样赏识她，她却不愿意同她讨论自己的住宅。过了片刻工夫，斯莱特太太仔细望了望这位夫人的神情，自己禁不住红了脸，改用了一种拘谨而疏远的声调，开始谈到别的事情。一会儿，用人端茶进来，玛丽看见那些茶杯和铁皮托盘，又重新感到难受。她竭力要想起一些不牵涉到农场的事情来谈谈。谈谈电影好吗？她把最近几年来看的几百部片子都想了一下，可是只有两三部记得起名字。电影对于她本来是极其重要的，现在却觉得有些虚无缥缈了；斯莱特太太一年最多看上两次电影，大都是趁着到城里去买东西的难得机会看的。那么谈谈城里的店铺好吗？不行，那样一谈又要谈到金钱问题上去，而她自己现在身上穿的正是一件褪了色的棉布衣服，她真觉得害臊。她用目光向迪克示意，向他求助，但是他正和查理谈得起劲，讨论着收成、物价，尤其谈得多的是土人雇工问题。大凡有两三个农场主碰在一起的时候，总不外乎谈些土人的短处和缺陷。一谈到土人，他们的声调里总是带着一种气愤。可能也有个别的土人会讨他们喜欢，但是从整体上说，他们是厌恶土人的。他们对土人厌恶到神经质的地步。他们老是喋喋不休地埋怨自己命运不济，要同这些毫不关心白人的福利、只为了自己开心作乐而干活的土人打交道。这些土人完全没有意识到劳动的尊严，没想到要在艰苦的工作中改进自己。

玛丽听着这两个男人的谈话，很是惊异。这是她生平第一次听到男人们谈起经营农场的事，她还看出迪克极其热衷于谈这方面的问题。她自己在这方面知道得很少，不能同他一块儿谈谈农场，替他分担一些心事，心里也觉得过意不去。她重新转向斯莱特太太，只见她默不作声，显得不大好受的样子，因为玛丽不愿意接受她的同情和帮助。来宾们终于告辞了，迪克颇有歉意，而玛丽倒觉得松了口气。迪克夫妇送客人出门后道了再见，接着目送那辆豪华汽车滑下了山坡，扬起一团团红色的灰尘，消失在树林中。

迪克说道："他们来了真叫我高兴。你一定觉得很寂寞吧。"

"我并不寂寞。"玛丽老老实实地说道。她想，所谓寂寞，就是渴望和别的人在一起。但是她也知道，寂寞也可能是因为缺少朋友而在不知不觉中引起的一种精神郁闷。

"不过，你有时候也得谈谈女人家的话题呀。"迪克说，带着一种不自然的诙谐。

玛丽惊奇地望着他。迪克这种声调是她从来没有听见过的。迪克望着那辆开走的汽车，脸上带着依恋的神情。他并不是舍不得查理·斯莱特，那人他并不喜欢，他难舍的是那场谈话，那场具有男人气的谈话，这使他对于自己和玛丽的关系有了自信。他觉得在那个小房间里谈了一小时话以后，自己好像被灌注了一种新的生命力。两个男人在一边，谈着他们自己的事情；两个女人在另一边，谈的大概是有关衣服和用人的事情。斯莱特太太和玛丽的一场谈话，他一个字也没有听进去。他当时没有注意到两个女人是多么窘迫。

"你应该去看看她，玛丽。"他郑重其事地说，"等到哪一天下午活儿轻松一些，你可以驾着我的车子到她那儿去，谈个畅快。"他很愉快、很随便地说着，脸上的愁云完全消失了，双手插在衣袋里。

玛丽不明白自己为什么竟然觉得迪克既陌生又讨厌。听到迪克那样小看她，仿佛料定她对于人生并没有多大的奢望，这实在使她很气恼。她根本不想和斯莱特太太做朋友。她不需要和任何人做朋友。

"我不想去。"她孩子气地说。

"为什么不想去？"

这时候，用人走到阳台上来，站在他们身后，一声不响地拿出雇佣合同来。他要告辞了，他故乡的家里需要他干活。玛丽立即发起脾气来；她一肚子的气正好出在这个令人生气的土人身上。迪克只是把她往后拉了一把，好像她是个无足轻重的东西似的。随后，迪克跟那个土人进了厨房。她听到那个土人埋怨说，从早上五点钟干活到现在，他没有吃一点东西，因为他到矿工院没有几分钟，就听见敲锣叫他回来了。他吃不消这么繁重的工作，他的孩子在家里病了，他立刻就要回去。迪克这时也不管那不成文的雇工法，只是回答说，新夫人还不大懂得管家，需要学习，以后再不会有这种事情发生了。用这样的方式跟土人讲话、求情，原是违背了迪克在白人和黑人关系上遵循的准则的，但是他看到玛丽这样不为别人着想，不讲方法，感到很气愤。

玛丽完全气呆了。迪克怎么竟敢站在土人的立场上来反对她！迪克回来的时候，她正站在露台上，双手紧握着，面孔铁青。

"你竟敢这样！"她说，气得声音都嘶哑了。

"你如果一定要这样做，后果你得负责。"迪克疲乏地说，"他也是个人，也得吃饭，可不是吗？为什么那个浴缸要一下子擦干净？如果非擦不可，也可以分几天擦。"

"这是我的家，"玛丽说，"他是我的用人，不是你的用人。不要你多事。"

"听我说，"迪克直率地说，"我干活干得够辛苦的了，是不是？我整天都在地里，跟这些懒惰的黑色野蛮人混在一起，逼着他们干出些活来。这你也知道。我不愿意回到家来，又看到家里吵吵闹闹没个完。你明白吗？我不愿意这样。你应该学得懂事些。如果你要他们干好活，你就必须懂得怎样去对付他们。你不该要求太高。归根结底，他们不过是些野蛮人。"迪克虽然说出了这一番话，可是他心里却一直认为：多少年来，这些野蛮人烧饭做菜给他吃，比他妻子烧得好，还替他管家，使他在困苦的生活条件下过得还算舒坦。

玛丽气疯了，为了要伤一下他的心（他这一次竟破天荒地对她傲慢无礼，她实在非得伤一下他的心不可），她说道："你对我要求太高了，是不是？"眼看快要闹出不幸的事情来了，她竭力控制住自己，但又无法完全住口，迟疑了一会儿又继续说下去："你对我要求太高了！你要我像一个穷苦白人似的生活在你这个肮脏的小屋子里。你希望我每天亲自烧饭做菜，因为你不要装天花板……"她说话时用的是一种新奇的声调，她生平从来没有用过的一种声调。这声调是从她母亲那里学来的。当年母亲每逢和父亲为了金钱问题而吵起来的时候，总是用这种声调。这并不是玛丽个人的声调（她其实并不太在乎浴缸或是土人去留的问题），而是一个受苦女性的声调，她要求丈夫不要那样对待她。再过一会儿，她就要哭出来了，就像她母亲遇到这种场合时那样哭泣，带着一种庄严的牺牲者的愤怒。

迪克气得脸色发白，粗鲁地说道："当你和我结婚的时候，我就告诉过你，你嫁了我可能过上什么样的日子。你可不能怪我欺骗你。我把一切都跟你讲得清清楚楚，在这个国家里，所有农场主的妻子都不比你生活得更好，也没有人像你这样闹得鬼神不安。至于天花板，你也可以将就一些。我在这所房子里住了六个年头了，也没有热出什么毛病来。你也可以对付着过啊！"

她惊得目瞪口呆。迪克从来没有对她说过这样的话。她心里开始变冷，开始痛恨他。任什么也不能使她心软下来，幸亏最后他向她道歉，请求她原谅，她才罢休。

"用人现在愿意留下来了，我已经设法打了圆场。现在你可要待他好一些，别再拿你自己开玩笑啦。"迪克说。

她立即走进厨房，把应付的工资付给了用人。她一个先令一个先令地数着，好像舍不得这些钱似的，付过钱以后就把他解雇了。她带着冷酷和得胜的神情走回来，但是迪克并不承认她的胜利。

"你并没有使我伤心，你在使你自己伤心。"他说，"你这样下去，是找不到用人的。凡是不知道怎样对待用人的女人，他们一下子就看得出来。"

玛丽开始自己动手烧晚饭，光侍弄炉子就让她费了很大的劲。等到迪克上床睡觉的时候（他一向睡得很早），她还是独个儿待在前面的小房间里。过了一会儿，她觉得很闷，便走到漆黑的室外去。闪着淡淡微光的两道白色石界中间有一条小径，她在小径上走来走去，想要吹一点儿凉风，使滚热的双颊舒服一些。草原上微微地闪着亮光,起了火的地方是一片惨淡的红光。她抬头望望天空，天空是黑暗的、窒闷的。憎恨的情绪使她浑身紧张。她在黑暗中走来走去，四周全是可恨的灌木丛，她不由得联想起自己目前的处境，在迪克所谓房子的那个小猪圈外面，白天里得干一切的活儿——而不到几个月以前她还自由自在地住在城里，身边全是爱她和需要她的朋友。她不由得一阵心酸，勾起满腔自怜的情绪，接着便哭了起来。她接连哭了好几个小时，一直哭到再也走不动为止。她跌跌撞撞地走回屋子，上了床，说不尽的伤心沮丧。他们夫妇之间的这种紧张关系，持续了一个星期之久，实在很不好受。最后下雨了，天气凉快了，紧张的空气才和缓下来。迪克这一回并没有向她道歉，只是干脆不提那件事。既然彼此不再认真计较，一场冲突就算过去了，两人又照常相处下去，好像没有发生过那件事一样。其实自从那件事发生以后，双方的态度都改变了。迪克的自信心虽然没有维持多久，马上又像从前一样地依靠她，声调中也常常流露出一种淡淡的歉意，可是他内心里却对她存着一种深深的怨恨。为了共同的生活，玛丽本应打消对迪克行为方式的不满，然而这毕竟不是那么容易做到的；这种不满，原是因为那个辞退了的土人而引起的，因此也就间接地引起她对所有土人的不满。

那个周末，斯莱特太太来了封信，邀请他们夫妇去参加晚会。

迪克实在不想去，因为他对于集体娱乐已经毫无兴趣；他和大伙儿待在一起很不自在。但是为了玛丽，他打算去。可是玛丽也不肯去，她写了封客套的感谢函去表示歉意。

斯莱特太太邀请他们做客，原是出于一片真诚的友情。虽然玛丽为人刻板骄傲，她还是为玛丽的境况抱屈。但是一接到玛丽的谢函，她可生起气来了。那封信简直像是从书信指南上抄下来的。这种客套，不适合当地那种随和的作风。她扬眉怒目地把信拿给她丈夫看，一句话也不说。

"随她去吧，"查理·斯莱特说，"她这样摆架子是要吃亏的。她脑子里装满了空想，所以待人处事总是犯错。终有一天她会清醒过来，否则她就要吃苦头。这一对夫妇呀，应该叫他们懂事一些。特纳在自找麻烦。他那么异想天开，连森林防火地带也没有烧[1]，他还谈种树呢。种树！他既然欠了债，还要浪费钱去种树。"

斯莱特先生的农场上简直没有什么树。这足以表明他耕耘无方；农场上犁出了一条条的大沟，许多英亩乌黑肥沃的好地都因为滥用而变得贫瘠。然而他毕竟赚到了钱，这才是至关重要的。他一想到赚钱这样容易，而那个该死的傻瓜迪克·特纳却拿种树开玩笑，他就来气。一天上午，他一半出于好心，一半出于恨铁不成钢的气恼，驾了车子去看迪克，因为他不愿意看见那个骄傲自大的白痴玛丽，就有意避开了迪克的住宅，到地里去找他。他花了三小时的工夫，竭力劝迪克种烟草，不要种玉蜀黍和不值钱的庄稼。他对于迪克所喜爱的那类"不值钱的庄稼"，譬如豆类、棉花、印度麻，极尽挖苦之能事。迪克却

---

1 意即在森林周围烧出一圈空地，以免草原着火时殃及森林。

始终不肯听查理的话。他喜欢多种几样庄稼，觉得把希望分别寄托在几件事上是个好办法。他觉得烟草是一种邪恶的农作物，种烟草根本不是经营农场，那简直是一种类似经营工厂的事情，需要有仓库和摊放烟叶的小屋，晚上还得起来查看仓库的温度。

"等到你的子女一天天多起来，你打算怎么办？"查理粗暴地说。他那一双注重实际的小蓝眼睛直直地盯住了迪克。

"我自有办法解决。"迪克顽固地说。

"你是个傻瓜，"查理说，"傻瓜。将来你不要怪我事先不跟你说明。等到有一天你老婆肚子大起来，你需要现钱用的时候，不要来向我借。"

"我从来不曾向你提过任何要求。"迪克说。他的自尊心受了伤害，气得脸色发黑。有一刻工夫，两个人真的彼此深恶痛绝起来。但是他们尽管脾气不同，某些地方仍然是相互尊重的。也许是因为他们毕竟过着同样的生活。他们告别的时候依然很亲切，不过迪克实在无法消受查理那种非常粗鲁的好意。

查理走了以后，迪克回到家里，心里十分烦恼。这种突如其来的紧张和焦虑，总要使他的胃神经受到影响。他觉得想呕吐，但是他没让玛丽看出来，为的是他自己的烦恼别有原因。他需要孩子，因为他的婚姻生活并不美满，而且看来很难得到补救。有了孩子，夫妻就会亲密起来，就能打破目前彼此之间无形的隔阂。但是他们实在养不起孩子。他曾经告诉玛丽说，他们必须等一等再说（他还以为玛丽很盼望有孩子呢），玛丽表示同意，看她的神气倒好像了结了一桩大心事似的。迪克把她那种神气清清楚楚地看在眼里。不过等到他的困难过去了，玛丽也许会乐意养几个孩子的。

他要求自己更努力地干活，这样才能使境况慢慢好转，能够养得起孩子。他成天地盘算、计划、梦想，站在田里看着雇工们干活。在这段时间里，家庭情况并没有好转。玛丽和土人相处不好，这样的结果是必然的。他只得听之任之，因为玛丽天生就是那样的人，根本无法改变。一个厨子总是用不了一个月就要解雇，家里没有哪一天不拌嘴怄气的。他咬紧牙关忍耐着，心里模模糊糊地觉得，这也该怪他自己不好，因为玛丽的生活实在过得很艰苦；但有时候他也会气得跑到屋外去，嘴里叽里咕噜地说些气话。也许她有点什么事情做做，日子过得不那么无聊就好了，可是难也就难在这里。

第六章

有一天，玛丽偶然在店铺里买了一本关于养蜂的小册子带回家。即使这次她没有看到这本小册子，迟早有一天也会看到的。但是由于这次机会，她才第一次看透了迪克的真正性格；在同一天里，她还无意中听到了一些话。

他们难得到七英里外的火车站去，只是每星期派一个土人到那里去两次取邮件和买杂物。土人大约上午十点出发，肩上背着一个空的糖袋子，天黑以后回来时，袋子总是装得鼓鼓的，还渗出了猪肉的血。一个土人虽然生来具有长途跋涉而不易感到疲倦的能力，可要他把一袋袋的面粉和玉蜀黍都搬回来，他也无法办到，因此他们每个月需要开一趟货车到那儿去。

当时玛丽买好了东西，看着东西装上了货车，便站在店铺走廊上大堆的板条箱和麻袋之间，等着迪克把手续办好回去。迪克走出来的时候，玛丽看到一个不认识的人拦住他说道："喂，倒霉蛋，你的农场这一季又被大水淹了吧，我想？"她陡地转过身子朝那边看去。在前些年，她是听不出这种懒洋洋的嘲笑声调中含有轻蔑意味的。迪克笑着说："今年雨水充足，我们的庄稼长得不错。"

"嗬，你交了好运了？"

"大概是这样吧。"

迪克走到玛丽身边时笑容便没有了，紧绷着脸。

"那是谁？"玛丽问。

"三年前我们刚结婚不久，我向他借了两百英镑。"

"你为什么没告诉我呢？"

"我不愿意让你烦心。"

过了一会儿，她又问道："还他了吗？"

"只欠五十镑了。"

"下一季可以还清了吧，我想？"她的声调极其温柔，极其体贴。

"那得看运气了。"

她看见他脸上有一种奇异的笑容，那与其说是笑，不如说是露了露牙齿。他这是在责备自己，估量自己，他的神情沮丧。她讨厌看到他这副脸色。

他们要做的事情都做完了，到邮局里去取了信，买了够一星期吃的肉。玛丽在一块块干了的泥地上走着，有这种泥地的地方，就表示在整个雨季里都是水坑。她用手罩着眼睛，竭力不去看迪克，还用紧张的声音说着一些俏皮话，他也用同样的声调试着回答；这种做法对于他们双方都很勉强，因此使得两人之间更加紧张。当他们回到那个堆满了麻袋和木箱的走廊上时，迪克的腿撞到了一辆斜放着的自行车的脚踏板，他便小题大做地咒骂了一顿。人们掉过头来看着他俩；玛丽继续向前走，脸变得越来越红。他们俩一声不响地上了车，沿着铁路线经过邮局一路开回家。她手里拿着那本关于养蜂的书。她要买这本书，是因为平时吃中饭的时候，总听见屋顶上有一阵低低的嗡嗡声。迪克告诉她，这是蜂群经过的声音。她曾想过靠养蜂赚点零用钱。但是这本小册子上写的养蜂方法只适用于英国，对这里并不适用。于是她把它当作一把扇子，用来挥去那些在她面前嗡嗡叫、最后又麇集在车篷上的苍蝇。这些苍蝇都是到屠宰铺去买肉时带来的。她不安地回想起那个人的轻蔑声调，这一来完全推翻了她以前对迪克的看法。那不仅是轻蔑，还带有取笑的意味。她自己对他的态度基本上也是轻蔑的，可那只是轻视他作为她的男人的一面；作为一个男人，她对他毫不关心，她简直把他看得无足轻重。可是作为一个农场主，她是尊敬他的。她尊敬他无情地鞭策自己，尊敬他一心一意地干活。她觉得他正在经历着一个必要的奋斗阶段，然后才能达到一般农场主的小康生活。在干活这一点上，她钦佩他，甚至爱他。

玛丽平时对于任何事物都只看到表面，从来不注意人家说话的音调变化，也不注意人家的脸色表情与嘴上所说的话有什么矛盾。可是这会儿在坐着车子回去的路上，她却一直在想着那个人对迪克语轻意重的奚落，第一次怀疑起自己对迪克的看法是否一直都错了。她不停地斜瞟着迪克，在他身上看出了一些她早就该看出的小地方。当他抓着方向盘的时候，他那双被太阳晒成咖啡色的瘦手不停地发抖，不过抖得很轻微，几乎让人看不出。她觉得那种颤抖是软弱的标志；他的嘴抿得紧紧的，抓着方向盘，向前倾着身子，定睛凝神地望着下面那条弯曲狭窄的灌木小径，那神情好像要从中预测出自己的前途。

回到家里，她把那本小册子扔在桌上，然后打开一包包的杂货。当她走回房间时，迪克正在凝神阅读那本小册子，她跟他说话他也没有听见。她已经看惯了迪克这种出神的样子。有时候他吃起饭来一言不发，也不注意自己在吃些什么，有时候盆子里的东西还没有吃完就放下了刀叉，心里盘算着农场上的问题，愁得紧锁着眉头。玛丽已经懂得在这种时候不要去打扰他。于是她也想着自己的心思作为逃避，或是像往常一贯的情形那样，显得迷迷惘惘，心不在焉。有时候他们俩简直能接连几天不说话。

晚饭过后，迪克并没有像平常那样在八点左右就睡觉，却坐在桌旁那盏轻轻晃动并散发出煤油气味的灯下，在一张纸上算着账。玛丽双手交叠在那里看着他。这是她独特的坐姿：安安静静地坐在那里一动不动，似乎等待着什么使她精神振作起来，使她动弹起来。过了一小时左右，迪克把一堆零散的纸推到一旁去，又提了提裤腰，那种愉快的孩子气的动作是她从来没见过的。

"你对于养蜂有什么意见，玛丽？"

"我一点儿也不懂。打算养点蜂，总不错吧。"

"明天我要去看查理。有一次他告诉过我，他的妻弟在特兰斯瓦尔养蜂。"他说这话时充满了新的活力，好像有了新的生命。

"但是这本书只适用于英国。"她翻开了书，半信半疑地说。她觉得迪克这样改变主意，只是一时的兴致；要拿养蜂作为副业这一点，他并没有很好地思考过。

但是第二天吃过早饭以后，迪克真的驱车去看了查理·斯莱特。他回来时皱着眉，板着脸，嘴上却快活地吹着口哨。口哨声引起了玛丽的注意，这声音多熟悉呀。那是他的一种策略，每逢玛丽为了住宅或是为了用水不便而对他大发脾气的时候，他便双手插进裤袋，做出一副孩子气的样子，以感伤而快活的声调吹着口哨。这情景老是使玛丽气得发狂，因为他既受不了玛丽的摆布，又拿不出自己的主张。

"他怎么说来着？"她问。

"他净扫我的兴；不能因为他的妻弟失败了，就说我也搞不成呀。"

他出门往农场走去，下意识地走到了苗圃。这一百英亩左右的土地，是他农场上最好的地，两年前他在这里种上了小橡胶树。使查理·斯莱特大为气恼的就是这片苗圃——这也许是由于他心里产生了一种不愿意说出来的惭愧感，觉得自己从土地里取出了那么多东西，却没有放进去一点东西。

迪克常常站在田野边上，看着风儿柔弱地吹过那亮闪闪的小树顶，小树总在那儿弯腰摇曳。他种这些树，显然是出于一时的冲动，但确实也实现了他的一个梦想。早在他买下这个农场之前，有个矿业公司把这块地方的每一棵树都砍掉了，剩下的只是些粗陋的矮树和连绵的荒草。现在，树又重新长出来了，但是在三千英亩的整片土地上，却看不见什么，只有那些发育不全的小树，那都是从被砍伐的大树干上冒出来的，样子很难看。农场上没有留下一棵好点的树。本来，种上一百来英亩像样的树，长成笔直的白皮大树，并不是什么大不了的事，但是这也算得上一笔小小的报酬，这是农场上他最心爱的一块地方。当他特别烦恼的时候，或是同玛丽吵架以后需要静想一会儿的时候，他总是站在这里看着这些树，或是在轻摇慢摆的树丛之间的长径上散散步，看看那些闪闪发光的小树叶，就像许多小银币一样。今天他一直在考虑养蜂的问题，直到很晚的时候，才想起今天一整天都没有到农场上去看看，于是叹了口气，离开了苗圃，朝雇工们干活的地方走去。

吃午饭的时候，他没有说一句话。他想蜜蜂想得入了神。最后，他对半信半疑的玛丽说，经过一番计算，他认为自己可以每年赚到实实在在的两百镑。这话使玛丽听了很惊奇；她本以为他把几窝蜜蜂当作生财之道是异想天开，可是现在看来同他辩论毫无用处，因为谁也辩不过数字，他的计算无懈可击地说明了两百镑是十拿九稳的。她有什么可说的呢？她对于这种事情毫无经验；只是她的本能告诉她不要相信这一次养蜂的盘算。

　　整整有一个月之久，迪克完全忘记了其他一切事情，沉醉在一个美丽的梦想中，梦见产量丰富的蜂房和一群群黑魆魆的善于产蜜的蜜蜂。他亲自做了二十个蜂箱，并在养蜂区附近培植了一英亩特别品种的草。他叫几个雇工丢下了日常的工作，到草原上去寻找蜂群，又在黄昏的金色光辉中，花上几个小时，用烟把一群群的蜂熏出来，从中找寻蜂王，因为有人告诉他说，这是一种正确的方法。但是死了许多蜜蜂，却找不出蜂王。于是他着手把一些蜂箱摆在蜂群附近的草原上，设法引诱它们。但是没有一只蜜蜂飞近他的蜂箱；也许因为它们是非洲蜂，不喜欢英国式的蜂箱吧。谁知道呢？迪克当然不知道。终于有一群蜂进了蜂箱。但是一箱蜂每年可赚不了两百镑。后来迪克被蜂蜇得很厉害，他被这么一蜇，进入体内的毒素倒好像把他那股狂热劲头赶跑了。玛丽看到他在浪费了好几个星期的时间和好多的钱以后，脸上那种沉思入神的表情也没有了，这不能不使她感到惊异，甚至是气愤。他对于蜜蜂的兴趣从此一天天减弱。不过，总的来说，当玛丽看到他因此而恢复正常，又开始重新盘算自己的庄稼和农场时，倒是放下了心。就像是一时的疯狂，完全不像他自己了。

　　大约在六个月以后，又发生了一件性质类似的事情。玛丽看见他目不转睛地读着一本农业杂志，上面刊载了一篇特别吸引人的文章，讲的是养猪的利润，只听他说道："玛丽，我要到查理那儿去买几头猪来。"直到这时候，玛丽还不相信他旧病复发了。

玛丽狠狠地说:"我希望你不要再闹这种花样了。"

"不要再闹什么?"

"你完全明了我的意思。我指的是你为了赚钱而想出来的那些空中楼阁的办法。你为什么不一心一意地把农场经营好呢?"

"养猪不也是农活吗?查理养猪就养得很不错。"然后他又开始吹口哨。为了要避开玛丽那种气愤而责难的脸色,他从房间里走到了阳台上。玛丽看到他这种样子,觉得他不仅是一个又瘦又高、弯腰曲背的男人,而且是一个不知天高地厚的小孩子,满腔热忱被泼了冷水以后,还是要一股劲地拼命干到底。说到这个小孩子的性格,她摸得很透,一方面会嘴里吹着口哨显得骄傲自大,另一方面又会露出沮丧的神情。她听到阳台上吹口哨的声音,那是一种稍带忧郁的声音,她突然觉得要哭出来了,但是为什么要哭呢?究竟为了什么呢?迪克养猪不是有可能赚到很多钱吗?许多人都已经赚到了手。可是她还是把希望寄托在这个季末,那时候他们就能看出究竟赚了多少钱。收成该不会太坏吧,气候很好,雨水又很充足。

迪克终于在屋后山冈上的岩石块中筑起了猪圈。他说,这样能够节省砖块。岩石可以用来当作一部分砖墙。他用卵石搭好了猪圈的框架,再在上面盖上草皮和树木。他告诉玛丽,用这种方法筑猪圈能节省许多钱。

"但是筑在那儿,不嫌太热吗?"玛丽问。他们俩站在山冈上筑成一半的几个猪圈当中。爬到这儿来很不容易,要穿过缠结的荆棘和野草丛,它们常常会攀住人的腿,使那些绿色的小芒刺像猫儿爪子似的粘在腿上。小山冈上有一棵大戟树,枝叶茂密，耸入天空。迪克说，有了这棵树的遮蔽，这儿就会很阴凉。但是，他们现在站在那浓密丰厚、蜡烛形状的枝叶所投下的阴影里，依然觉得很热。玛丽开始觉得头痛起来。那些卵石热得不能用手去碰，好像这几个月来阳光所发散出来的热量，全都储藏在这些石头里面了。她望望躺在他们脚下喘气的两条农场上的狗，说道："但愿猪不会觉得热。"

"告诉你，不会热的，"他说，"我来装上几个帘子，就不会热了。"

"这热气好像是从地底下冒出来的。"

"唔，玛丽，你挑剔起来很轻松，但是这样一来，我却省了不少钱。我拿不出五十镑来买水泥和砖头。"

"我并不是挑剔。"她听到迪克为自己辩护，立即回嘴应道。他花高价从查理·斯莱特那里买来了六头猪，安置在用岩石砌起的猪圈里。但是猪要吃饲料，如果去买的话，又得花很多钱。迪克觉得应该多买几袋玉蜀黍来。他决定把所有的牛奶——除了他们俩吃的以外——全都用来喂猪。从此玛丽每天早上都到储藏食品的那个小房间去，等牛奶从牛栏里拿来后，除了倒出一品脱留给自己喝以外，其余的就放在厨房里的桌子上，让它发酸，因为迪克从什么书上读到过，猪喝了酸牛奶，猪肉做成的火腿便美味可口，而新鲜牛奶却不成。不久，苍蝇便会集中在这种起泡的、结了皮的白色液体上面，整个屋子里都充溢着淡淡的酸味儿。

以后等到生了小猪，长大了，又会发生新问题，比如把猪运到城里去呀，上市卖呀……不过这些问题并没有发生，因为小猪几乎一生下来就死了。迪克说，猪得了病，这只怪他自己运气不好；玛丽却冷冷地说，她认为这些小猪并不愿意没到时候就让人家把它们烤熟。他很感谢她这句刻薄的俏皮话，这句话会使人失声笑出来，结果也挽回了僵局。他松了一口气似的笑着，沮丧地抓着头，又把裤腰往上提了提，然后开始吹起那忧郁悲伤的口哨。玛丽走出房间，脸色铁青。随便哪个女人，嫁给了像迪克这样的男人，迟早总会懂得自己只能做两种选择：或者是徒劳地气愤、反抗，最后把自己弄得发疯并且粉身碎骨；或者是努力克制自己，任劳任怨，含辛茹苦。玛丽现在越来越经常地回想起母亲生前在自己身边走着的情景，她活像玛丽自己的一个讽刺式的写照，只是年纪比较大些。玛丽现在所走的生活道路，好像是她从小的教养环境给她规定好的道路。在她看来，对迪克发脾气简直是在伤她自己的自尊心；她以前那种愉快而毫不拘谨的脸蛋儿，现在因为心中抑郁而起了皱纹。但是她好像有两副面具，这一副和另一副是矛盾的；她的嘴唇变薄了，抿紧了，气愤的时候就要发抖；她的双眉蹙紧了，同用人发生冲突时，双眉之间有一块敏感的皮肤就会涨得通红。有时候她的脸上会显出一个无视命运打击的倔强老妇人的憔悴面容，有时候又会显出一副无依无靠的歇斯底里的面容。但是无论怎样，她仍然能够从房间里走出来，脸上带着无声的指责。

猪卖出去后没几个月，一天，她看到迪克又露出了以往那种痴迷着什么的面容，心里感到一阵寒意。她看见他站在阳台上，从那一片沉闷的褐色草原直望到小山那儿，不知道他又在想什么心思想得着了迷。她默不作声，等着迪克向她转过身来，带着孩子气的兴奋，把他心中的如意算盘说给她听。即使在这时候，她还没有真正地彻底失望。她在心里驳斥着自己这些不祥的预感，对自己说，这个季节可望丰收，所以迪克特别高兴。他已经还了一百镑的欠款，手头剩有足够的钱维持到明年，不用再借债。而迪克之所以断定这一季的收成不会白忙，是因为他觉得自己目前没有负债。玛丽也不知不觉地赞同了他这种消极的看法。有一天，迪克用大胆的眼光望着她，对她说，他已经读了一些有关饲养吐绶鸡的书籍，玛丽只得勉强装出很感兴趣的样子。她心里想，别的庄稼人也经营这些副业，而且赚了钱。迪克迟早也会交上好运的，或许他的东西会在市场上卖出好价钱，再者，他农场上的天气可能特别适宜饲养吐绶鸡，总有一天他会赚上很大一笔利润。迪克原先预料她会提出一些责难，已经准备好怎样为自己辩驳，可是玛丽并没有责难他。后来迪克又提醒她说，他养猪并没有损失什么（他显然已经忘了养蜂的事），那次实验简直没花什么本钱。猪圈等于没有花钱，用人的工资只花了几个先令。猪食是自己种的，或者说实际上全都是自己种的。玛丽却清楚地记得他曾经花钱买了那么多袋玉蜀黍，还记得他为了筹钱付用人的工钱烦了多大的神，可是她仍然闭口不言，眼睛望着别处，决心不再引他发脾气，免得他用敌对的态度为他自己辩护。

　　在迪克醉心于吐绶鸡的那几个星期里，玛丽看见他的次数比结婚以来的任何时候都要多，或许将来也不会有这么多。他几乎不大到农场上去，整天都在监督搭建砖棚和大铁丝网。细眼铁丝网的花费要五十镑以上。后来又买来了吐绶鸡、磅秤、昂贵的孵化器，以及迪克认为必要的一切设备。可是第一批蛋还没有孵出来，迪克有一天就说，他打算把砖棚和铁丝网用来养兔子，不养吐绶鸡了。兔子只要一把草就养得活，繁殖起来就像——就像兔子一样。的确，人们不大爱吃兔子肉（这是南部非洲的偏见），但是口味是可以培养起来的，如果每只兔子卖五个先令，那他们每个月就可以舒舒服服地赚上五六十镑。等到养兔子养得有点门道后，就可以去买一种特别的安哥拉兔种来，因为他听说那种兔子毛可以卖到五先令一磅。

　　玛丽在这件事上既控制不住自己，也因此而怨恨自己，于是大发脾气——既然是非发不可，也就发得不可收拾。不过当她对他发脾气的时候，她仍然在心里责备自己不该发，因为她这种样子反而使迪克见了得意，而她这种心情又是迪克所不能理解的。她的怒火使迪克感到害怕，尽管迪克不断地跟自己说，是玛丽错了，因为他几次的打算虽然不幸失败，用意却是好的，玛丽没有权利阻挡他的这些打算。玛丽又是怒又是哭又是骂，最后身子一阵发软，站也站不住，便躺在沙发角落里哭着，想要透口气。这次迪克并没有提提裤腰吹口哨，也没有露出一副苦恼的小伙子的模样。他看着她躺在那儿哭了好久，然后挖苦地说道："好了吧，老板。"玛丽不喜欢这种话，她根本不喜欢这种话，因为他这种挖苦的口气，足以说明他们婚姻生活的不幸，而且超过了她历来所想象的那种不幸。她不应当把自己对他的鄙视这样露骨地说出口来，因为她和他这样的人结婚，早就打算好了要对他宽宏大量，要同情他，而不是鄙视他。

　　但是他们再也不谈兔子和吐绶鸡了。玛丽把吐绶鸡卖了，在铁丝网里饲养起普通的小鸡。她说，要赚点钱给自己买些衣服。难道他想她穿得破破烂烂，像一个黑人似的，到处跑来跑去吗？他显然并没有这种用意，因为他对于她的挑衅，甚至都没有回应一声。他又动起心思来了。他告诉玛丽说，他打算在农场上开一个出售黑人用品的商店，他说这话的态度并没有丝毫向她求情或是为自己辩护的意思。他只是把这件事说了出来，眼睛也不望玛丽，完全用一种平平常常、可有可无的声调。他说，人人都知道开这种店可以赚到好多钱。查理·斯莱特的农场上也开设了一个；好多农场主都这么做。开这些商店好比开掘金矿一样。玛丽听到"金矿"这个名词，不禁哆嗦了一下，因为有一天，她发现屋后有许多野草覆盖着的断裂的沟渠。据迪克说，许多年以前，他相信自己农场的地下埋藏着金矿，所以掘了那些沟。玛丽心平气和地说："斯莱特的农场离这儿只有五英里路，他那儿既然有了一个，这儿再开一个就没有意思了。"

"我这儿常有一百个土人来来往往。"

"他们每人每月只赚你十五个先令，有多少钱可以花呢？你可别想靠着他们成为洛克菲勒。"

"这儿经常有土人经过。"他顽固地说。

他去申请了一张营业执照，没有遇到什么困难，一下子就领到了手。于是他就开起店来。对玛丽来说，这真是一件可怕的事，是一种预兆，一个警告——在她儿时就威吓着她的那种丑陋的店铺，竟会跟着她到了这儿，甚至跟到了她的家里来。

其实店铺距离住宅还有几百码远。这个店铺有一个大房间和一个小房间，小房间的外面围着一排柜台，大房间在后边，用来储藏货物。开始的时候，他们的货物可以全部摆在店铺的货架上，可是后来货物逐渐增多，他们便需要第二间房间了。

玛丽帮着迪克把货物一一摆好。那些带有化学药品气味的廉价品，那些还没有用过、摸在手上就显得粗糙油腻的毯子，真叫她碰上手就心生沮丧和厌恶。他们在店铺里悬挂了亮晶晶的玻璃和铜质的首饰。她把这些首饰弄得摇来晃去，发出叮叮当当的响声。听着这种声响，她露出淡淡的笑容，因为她记起了自己在童年时代，最喜欢看这一串串亮闪闪的珠子摇摆晃动。她想，要是住的房子里再多这两个房间，住起来就舒服了；花在店铺、鸡舍、猪圈和蜂箱上的钱，足够用来安装天花板，装了天花板就用不着害怕炎热的夏季降临了。但是说这些又有什么用呢？她简直要溶化在失望和不祥的泪水中了，可她一句话也没有说，而是帮着迪克把工作做完。

等到店铺筹备完毕，黑人的用品多得堆到了屋顶，迪克又高兴地赶到火车站去买了二十辆廉价的自行车回来。这笔生意未免太野心勃勃了，因为自行车的轮胎很容易坏；可是他说，当地的土人老是向他预支工钱去买自行车，现在他们可以到他这里来买了。接着又出现了新的问题：夫妇两人中究竟该由谁来照看店铺？迪克说，等到正式开业的时候，可以雇用一个店员。玛丽闭着眼睛，叹了口气。现在还没有正式开业，看上去要过好长一段时间才能把借来的钱还清，他居然谈到要雇用一个店员。要知道，雇用一个店员至少得三十镑一个月呢。为什么不雇用一个土人呢？她问。迪克说，牵涉到金钱方面的事，黑鬼根本不能信任。店铺不妨由玛丽来管理，因为她反正没有什么事可做。他说最后这句话的声调很苛刻，而且带着厌恶的意味；这一阵他同玛丽说话时，通常都是用这种声调。

玛丽凶狠狠地回答道，她宁愿死，也不愿跨进这个店铺。随便怎么样，她都不愿意。

"那不会伤害你什么的。"迪克说，"难道你的身份这么尊贵，竟不屑于站柜台吗？"

"把黑人用的东西卖给发臭的黑人。"她说。

但是她这时的感觉并不是这样。在她没有动手做这份工作以前，她并没有这种感觉。事实是，店铺里那股气味使她记起了自己童年时代的情景，那时候她总是战战兢兢地站在街头，看着那一排排摆在货架上的酒，猜想着她父亲那天晚上将会喝哪一瓶酒；到了晚上，每当父亲在一把椅子上大张着嘴鼾声如雷、四肢瘫软地熟睡时，母亲便从他衣袋里偷偷取出一些钱，第二天打发她到店铺里去买一些食品。这样，月终的账上就不会有这一笔开销。这些事情，她都没有向迪克提起。因为现在一想起迪克，她脑子里就联想起自己童年时代的灰暗和悲惨，那简直就好像同命运本身争辩一样。最后她总算同意了经营店铺，因为她不管也得管。

现在，当她要开始工作的时候，她可以不时从自己家的后门口往远处瞭望，那儿的树丛中有许多闪闪发亮的新屋顶。她常常沿着一条小径，向前走上好长一段路，看看有没有人正打算买东西。上午十点钟，有六七个土人妇女带着孩子坐在树下。如果说她不喜欢男土人，她也同样地讨厌女土人。她厌恶她们裸露的穿着，她们那柔软的棕色身子以及她们那既忸怩又傲慢无礼的好奇面孔。她们那种带有厚颜无耻和淫荡意味的喊喊喳喳的声音，也使她极其厌恶。她们坐在那里，两条腿盘着，那种姿势是从她们先祖那儿一脉传下来的，一点也没有因时间而变化。她们安详自在，仿佛说：不管店铺开着也好，整天关着也好，反正我们明天还要来——那种样子实在叫她看不惯。尤其使她厌恶的是，她们哺乳时，两只乳房就那样挂着，什么人都看得见。她们那种安然自得做母亲的样子，简直使她看得血液都要沸腾起来。"她们的婴孩偎贴在她们的胸脯上，就像水蛭一样。"她一面自言自语，一面不禁发起抖来，因为她一想到奶孩子，就不禁害怕。一想到孩子的嘴唇吸吮着她的乳房，她就要作呕；想到这里，她便情不自禁地用手抓住乳房，好像要护住它们，不让别人来侵犯似的。有许多白种女人也像她一样，不愿自己哺乳，就用奶瓶来减轻自己的负担，所以她不乏同道，从来想不到自己有哺乳的一天。现在看了这些黑种女人，真觉得是一种奇观；这些妇女都是些奇形怪状的原始人，她们那些龌龊的欲念，她想也不忍去想。

她看到大约有十到十二个黑种女人等在那儿，她们背衬着那绿油油的草木，益发显得触目惊心。她们的皮肤是巧克力色的，戴着鲜艳的头巾和金属耳环。她从衣柜里的钩子上拿下钥匙，把钥匙放在那儿，为的是怕那个土著用人趁她不在时，拿了钥匙到店铺里去偷东西。她用手遮着眼睛沿着那条小路走过去，去完成那不愉快的差事。她总是把店门砰的一声打开，然后让它重重地荡过去撞在墙上。她走进那黑魆魆的店铺，闻到那股怪味道，不由得微微皱起了鼻子。于是那些黑女人慢慢地拥进来，抚弄着一样样的货品，把那些明亮的珠子放在自己漆黑的皮肤上，快乐得叫起来，可是听到价钱又显出吓坏的样子。孩子们都趴在母亲的背上（玛丽心里想，真像猴子啊！）或是抓住母亲的裙子，瞪着眼望着皮肤雪白的玛丽。他们的眼角处麇集着许多苍蝇。玛丽站在那儿大约有半小时之久，摆出一副高高在上的架子，用手指敲着木板。土人问到她有关价格和质量方面的一些问题，她总是听人家问一句才答一句。她才不乐意让这些妇女尽兴地讨价还价呢。过了几分钟，她觉得再也站不住了。被关在这闷人的小店里，还有这么些叽叽呱呱、遍身臭味的土著和她烦个不休，真叫人受不了！她用土话狠狠地说道："快点儿吧！"于是这些土人就一个个逃走了。她们看出玛丽讨厌她们，原有的满腔乐趣便完全被打消了。

"难道为了她们买一串六个便士的珠子，我竟得在这儿站上几个小时吗？"她问迪克。

"让你有点儿事情做做呀。"迪克用一种从未有过的粗暴而冷淡的态度回答道，甚至望也不望她一眼。

这个店铺活活葬送了玛丽，她不得不站在柜台后面侍候顾客。一想到自己要站到那儿去，要永远站在那儿，她心里就压上了沉甸甸的负担。当她沿着那条小径走到铺子里去时，用不着五分钟的时间，那密密的灌木丛和草丛中的扁虱就爬满了她的两腿。但是别人从表面上看，总认为她是为了那些自行车而伤心。不知怎么搞的，自行车一辆也卖不掉。也许是因为这种车子的式样不适合土人的需要，这可实在难说。最后总算卖掉了一辆，其余的都堆在后面的房间里，倒放着，好像一堆钢架子上套满了乱七八糟的橡皮管。后来橡皮轮胎老化了，只要用手一拉，就好像一幅旧油画上的颜料那样一块块裂开。又是五十多镑钱糟蹋掉了！如果说他们的店铺实际上没有亏本，那也没有赚钱。把坏了的自行车和修建店铺的成本加在一起，这次的经营实在亏损不少。他们唯有希望货架上的存货能够卖出去，好使收支持平。但是迪克并不愿意就此罢休。

"你瞧，"他说，"我们再也不会损失了。你可以继续干下去，玛丽。那不会对你有什么害处的。"

可是她却一心想着那损失在自行车上的五十镑钱。那一笔钱可以用来装天花板，或是置备一套不错的家具，换掉他们家里现存的那一套好看而不实用的东西，甚至还可以用来支付一星期的假日。

提起假日，她一直在心里计划着，可是从来不能实现。于是玛丽的心思又转到一个新的方面去了。顷刻间，她的人生有了新的意义。

最近几天以来，她天天下午睡觉，一睡就是几个小时，这样可以很快地打发掉时间。她一点睡下，四点以后醒来，可是醒来之后，迪克还要过两个小时才回来。因此她就随随便便地穿了衣服，依然躺在床上。这时她瞌睡还没有醒，只觉得口干头痛。在这迷迷糊糊的两小时之内，她便听任自己梦游般回到那段"人们没有逼她结婚以前"（她老是跟自己说这种话）的美丽日子里，那时她在一家公司里工作，生活自由自在。每当她这样消极地消磨时光时，她又幻想着有朝一日迪克赚了钱，他们可以重新住到城里去，那时候他们将会多么快活啊；不过当她清醒的时候，她知道迪克这一辈子再也赚不到钱了。然后她又有了一个新想法：她尽可以逃走，去过从前的生活；可是一记起自己的朋友，她就把这种想法克制住了。用这样的方式破坏夫妇关系，他们会怎么说呢？在她的现实生活中，传统的伦理道德观似乎跟她没有什么关系，可是她一记起这些朋友，一记起他们对别人的看法，就不由得顾忌起传统的伦理道德来了。想到要带着失败的生活记录重新去面对朋友，她就觉得伤心。她内心里仍然常常感到不自在，因为"她不是那么一回事"这句话，这些年来一直萦绕在她的脑子里，仍然使她心痛。但是她想逃避悲惨命运的那种愿望，已经到了不可遏止的地步，因此不得不把那些朋友丢到脑后去。现在她一心只想出走，恢复从前的生活。她现在这种处境，与当年做少女时的情形相比，真是天差地别。那时她外表腼腆，洁身自好，能够在众多的朋友中应付裕如。她意识到今昔之间横亘着一条鸿沟，可并没有认为这条鸿沟是她本身的一种转变，从此再也无法补救。她觉得自己好像在演戏一样，本来她演的是一出她所了解的戏，扮演的角色也是她适合的，可是现在却突然要她改扮一个陌生的角色。使她不寒而栗的是自己所演的角色和自己的身份不相称，并不是因为自己改扮了角色。一方面，泥土、黑人雇工总是和他们的日常生活密切相连，可另一方面又好像和他们的生活毫不相干。还有那穿着农民衣服、双手沾着油垢的迪克——这一切都和她的身份不相称，叫她不能信以为真。说来真可笑，这些怎么会都强加到她身上来的？

　　日子慢慢地、慢慢地，一星期又一星期地过去了，她逐渐说服自己坚定了信念，只消搭上火车，回到城里去，便可以重新去过那种美好宁静的生活，去过那种上帝为她安排好了的生活。

有一天，她的用人从车站取回来几袋沉甸甸的杂货和肉，又带回来一些邮件。她抽出一份周报，照常寻找那些出生和结婚的消息。她看报的目的只是为了看看自己老朋友的近况。这次，她忽然在报上看到自己在那儿工作了许多年的公司，急需招聘一个速记打字员。她这会儿正站在烛光摇曳、炉火微弱的厨房里，她身旁的一张桌子上放着肥皂和肉，煮饭的用人站在她身后预备晚餐。刹那间，她的精神恍惚起来，仿佛已经离开了农场，重新回到了往日的生活中。整个晚上她都陶醉在这个幻想里，不断想着这唾手可得的美好未来，其实也就是她的过去。她躺在床上屏息想着，一夜没有合眼睡着。等到第二天早晨迪克下地去了以后，她便换了衣服，收拾好一只手提箱，留下一张字条给迪克，随后便离开了家。字条完全是照着传统的方式写的，只说是到城里去干她原来的那份差事。照她字条上用的措辞看，仿佛迪克早已知道了她的心思，而且赞同了她的做法似的。

她花了一个多小时的时间，走完了从自家农场到斯莱特农场的五英里路。有一半路她简直是连走带跑，手提箱在她手里沉重地摆动着，不断地撞在她的腿上。她的鞋子里满是细软的灰砂，有时候她还会在较深的车辙上跌跤。她看见查理·斯莱特站在一条作为两个农场的分界线的沟渠边，好像没什么事做的样子。他望着玛丽走来的那条路，眼睛眯缝着，喉咙深处哼着什么曲子。当玛丽在查理面前停下脚步时，她忽然想道，这人一向忙忙碌碌，这会儿却闲着，可真奇怪。她根本不会想到查理此刻正盘算着，一等到迪克·特纳这个傻瓜破产之后，就把他的农场买下来。查理需要为自己的牛群开辟牧场。她记得自己和查理只见过两三次面，而每次见面，他都毫不掩饰地流露出他的厌恶感。玛丽抖擞起精神，尽量慢条斯理地和他搭讪，虽然这时候她气都透不过来了。她问查理是否愿意用车子把她送到火车站，让她赶上早班火车，因为要是误了这班火车，就得再等三天，所以时间非常紧急。查理狡黠地望着她，显出一副煞费思量的神气。

"你的老伴上哪儿去了？"他用粗俗的口吻打趣道。

"他在干活……"玛丽结结巴巴地说。

他咕哝了一声，显出一副疑神疑鬼的样子，但是一面却把她的手提箱放到了停在路旁一棵大树下的汽车上。他上了车，玛丽也跟着上了车，坐在他身旁，双手摸弄着车门。而他呢，眼望着前面的路，嘴里吹着口哨；他实在无意用殷勤侍奉的手段去博得女人们的欢心。最后，她坐定了，紧紧地抓着手提箱，仿佛把它当作护照一般。

"你丈夫没有空送你上火车站吗？"查理终于转过脸来，刁滑地望着她，问出了这样一句话。她脸红了，点点头，心里觉得很惭愧；可是她并没有想到自己冤枉了丈夫，她一心只想着那班火车。

查理踩了下油门，于是那辆大汽车开足马力沿着路面飞奔，密密的树林紧贴着车窗直往后退，车轮在尘土中打滑得很厉害。赶到火车站时，火车正停在站上，喷着汽，滴着水。玛丽实在不能再耽搁时间了，她简短地向查理道谢了几句便进站了。火车还没有开，她就把他忘了。她的钱只够用到城里，要想雇一辆出租汽车可就不够了。

出了车站，她提着手提箱，走过这一座自结婚以后就没回过的城镇。有几次迪克进城来，她坚决不愿意和他同来，为的是怕遇见熟人，暴露了自己现在的窘态。这会儿当她走到俱乐部附近的时候，不由得心跳起来。

这一天的天气是多么美好啊，阵阵的微风是那么清香，阳光是那么明亮，连天空看上去也不一样了。从那些知名的建筑物之间望过去，只见天空衬托着洁白的外墙和红色的屋顶，显得那样新鲜洁净。这里的天空不是那种笼罩在农场上空的死板板的天空，这里也不像农场上那样，季节永不变换；这里的天空是碧蓝的，她高兴得简直要从人行道上飞入那一片蓝莹莹之中，在那儿飘荡，平安宁静地过上一辈子。她走的这一条路上种满了黑檀树，树枝上开着红白相间的花儿，好像栖息在树叶丛中的蝴蝶一样。这是一条红白相间的林荫大道，上面笼罩着清晰的蓝天。这里是另一个天地！是她的天地。

她到了俱乐部，碰见一个陌生的女总管，她告诉玛丽，这里不接纳结过婚的女子。那个女人好奇地望着她。玛丽一碰到那种眼光，原先那种突然降临的无忧无虑的快乐心情就全毁了。她已经忘了不接纳已婚妇女的规则，可是她当时实在没有想到自己已经结了婚。她站在门口，忽然神志清醒过来：好多年以前，她就是在这儿遇到迪克·特纳的。她环视四周，只见环境并没有变化，可是在她看来却觉得十分新奇。每一样东西看上去都是那样光亮、洁净、整齐。

　　她冷静地找了一家旅馆，一走进房间便开始梳理头发。装扮好了以后，她便赶到那家公司去。在那儿工作的那些女孩子一个也不认识她。办公室里的家具已经换过，她原来坐的那张桌子已经搬走了——真是岂有此理，她的东西竟会被这样胡乱挪动。她望着那些姑娘，只见她们一个个都穿着漂亮的外套，头发修得整整齐齐；于是她第一次开始想到，自己在这里已经没有立足之地了。可是现在要离开也来不及了。有人已经把她带进她原来那个老板的办公室里，她立刻在他脸上看到了和刚才俱乐部里那个女人一样的表情。她下意识地看了看自己的手：两只手已经起了皱纹，变成了棕色。她只得连忙把手放在手提包下面。和她面对面的老板正目不转睛地打量着她，仔细地瞧着她的脸。接着，老板又望望她的鞋子，鞋子上还沾着红色的灰尘，刚才她忘了刷一刷。他脸色严肃，又显出惊奇的样子，甚至还有些反感。他说很抱歉，空缺已经有人填补了。她又一次地感觉到受了侮辱；她以前一直是在这儿工作的，这个公司已经成了她本身的一部分，如今他竟不要她回来。他避开了她的目光，说道："我很抱歉，玛丽。"玛丽看出空缺并没有人填补，他不过是在推托罢了。沉默了好大一会儿，玛丽这才明白几个星期以来的梦想消失了、幻灭了。后来老板又问她是不是生过病。

　　"没有。"她凄凉地说。

　　回到旅馆的卧室里，她照了照镜子。原来她穿的是一件褪了色的棉布上衣，和公司里那些姑娘的服装一比较，显然是过时了，然而这件衣服应该还算是像样的。她的皮肤的确干枯了，变成了棕色，但是，只要她不那么绷着脸，她并不觉得有什么大不了的变化。每当她脸上的表情保持平和时，眼睛四周散布的皱纹几乎就看不出来了，那些放射状的皱纹就像刷子刷出来似的。她想，一个人把眼睛眯缝起来可真是一种坏习惯。她的头发并不怎么漂亮。那么，那个老板难道以为农场上也有理发师吗？她突然对那个男人，对那个女总管，对每一个人都恨之入骨。他们究竟是怎么想的呢？难道她吃了那么多苦，经历了那么些失望，她的面貌竟会没有变化吗？可是，今天她毕竟第一次承认了一个事实：改变了的是她自己，而不是环境。她想，应该到美容店里去修饰一下，至少要把面容弄得像个样子；那么，本来应当属于她的那个职位，人家也就不会拒绝她了。但是她记起了身上已经没有钱。她翻开钱袋，看见只剩下一个克朗和六个便士，连旅馆里的账也没有钱付了。一时的恐慌过去以后，她直挺挺地坐在墙边的一把椅子上，动也不动，只是琢磨着该怎么办。想着想着便悲从中来，数不尽的屈辱和艰难全都出现在她眼前。接着，她脸上显出了等待什么的神情。又过了一会儿，她的身体不由自主地瘫软下来了，只有两个肩膀好像还在勉强忍耐。后来有人敲门了，她抬起头来一看，似乎在她预料中似的，迪克走了进来，她的脸色并未因此而改变。夫妇俩有好一阵子没有说话，然后他伸出臂膀来请求她："玛丽，请你不要离开我。"她叹了口气，站了起来，不由自主地拉好裙子，抚平头发。她那副模样儿，让人觉得她简直是在做一次有计划的旅行。迪克看到她这种姿态，看到她脸上并没有露出反对或是厌恶的神气，只是显出听天由命的样子，便放下了两条臂膀。他们两人不会吵架，玛丽没有吵架的心情。

接着迪克也清醒过来了，而且像她一样对着镜子望望。他是穿了种地的衣服来到这里的，原来他回家一看见玛丽那张字条，便感到又痛苦又丢脸，心里一阵阵地刺痛，于是连饭也没有吃就赶来了。他的两只衣袖在他那晒黑的瘦胳膊上啪啪地飘动；他的脚上袜子也没穿，只穿了一双皮靴。他邀她一块儿去吃中饭，如果她愿意的话，再一起去看一场电影。听他说话的语气，仿佛夫妇俩是一同到城里来玩的。玛丽心里想，他的用意无非是要使她宽宽心，只当没有发生过这件事一样。但是她望了望迪克，就看出他所以会说这种话，无非是看见她还能逆来顺受，因此才用这几句好话来安抚她。这时迪克正尴尬、痛苦地望着她，把她的衣服抚抚平，又说她应该去给自己买几件衣服。

于是她开口回答了，用她平常那种尖酸刻薄的声调随口说道："我要花钱干什么呀？"

他们现在又要一块回去了，连说话的声调也没有改变。

玛丽选择了一家偏僻的、不会碰到熟人的饭馆，两人在那里吃过饭后，便返回农场，好像一切都极其正常似的，好像她的出走只是一件小事，一件很容易被忘掉的事。

一回到家里，又过起了平常老一套的刻板生活，而且，这会儿甚至连支撑她精神生活的那种白日梦也没有了。她只得以一种使她厌倦的禁欲主义来面对自己的未来。她发觉自己真是到了精疲力竭的地步，无论做什么事都感到疲惫不堪。似乎这一次进城之行已经耗尽了她全身的力气，剩余的一点儿精力只够应付每天必做的事情，多做一点儿也不行。这是她内心崩溃的开始。起初只是一种感觉上的麻木，好像她从此再也没有知觉，再也不能抗争了。

如果迪克后来没有生那场病，事情也许很快就会有个结果，尽管会是不同的结果。她也许会像她母亲一样，害不了几天病就很快死去，理由很简单：她不太想活下去了。也许她会再一次心血来潮，不顾一切地要逃避现实，一走了事。这一次她一定要做得明智些，要按照自己的本性和教养，学会独自丰衣足食地生活下去。但是她的生活中突然发生了一个出乎意料的变动，使她心理上的崩溃暂时受到了遏制。就在她出走以后没几个月，也是在她跟迪克结婚六年以后，迪克第一次生病了。

第七章

六月的天气晴朗凉爽，天空里没有一点云。这是一年中玛丽最喜欢的季节，白天里很暖和，空气中有一种特别的气味；还得再过好几个月，草原上的火堆升起的烟才会渐渐浓浊起来，变成一阵带有硫黄味的烟霭，使灌木林的颜色渐渐变得黯淡。凉爽的空气使她恢复了一部分生命力，是的，她疲倦，但还没有疲倦到不可忍受的地步；她珍惜这几个凉爽的月份，好像这几个月是一块盾牌，可以抵挡住那即将到来的夏天所带来的无聊和沉闷。

每天一大早，迪克下地去以后，她总要在屋前的那块泥沙地上静静地蹓一会儿步，抬头望望那高高的蓝色苍穹。天空蓝得出奇，简直像冰块一样晶莹，没有一丝云沾染，接连好几个月都不会有一丝云去沾染它。泥土中还含有夜里的凉气。她总是弯下身去摸摸泥土，又摸摸墙壁上粗糙的砖块，只觉得手指上又凉又潮。过了一阵，天气转热了，太阳炎热得好像夏天一样，于是她走到屋前去，站在空地边缘的一棵大树下面。她从来不走到灌木丛中去，因为她害怕那儿，她让浓密的树荫来平定她心头的烦恼。头顶上密集的橄榄绿树叶的叶缝中漏出一小块一小块的蓝天，风儿吹得又猛烈又凉快。后来，突然之间，整个天空低沉下来，像是一条厚厚的灰色毯子。那以后，接连好几天，世界整个儿就像换了一个面貌，不停地下起毛毛雨来，气候变得非常冷，冷得她在室内穿了羊毛衫还觉得有点儿发抖。但是这种情形不会长久。只消过半个小时到一个小时，那深灰色的天就会变淡，露出蓝颜色来，那时天空就会开朗变亮，云层就会在空气中融解，顷刻之间又会出现一片辽阔的蓝天，那层层灰色的帷幕便随之消失。阳光闪烁炫目，但并没有给人们造成威胁；这并不像十月里的太阳那样，会那么恶毒地烤干人的元气。空气清朗起来了，这真是个可喜的现象，玛丽觉得自己几乎完全复原了。她几乎已经像原来那样朝气勃勃、精力饱满，但是神情举止中还带有一些小心翼翼的神气，这说明她并没有忘了天气会重新热起来。玛丽深情地沉醉在这奇迹般的三个月的冬季里，而在此期间整个乡村却没有受到冬天的威胁。连草原也变了面貌，燃烧了短短的几个星期，就变成红一块、黄一块、褐一块，这时候树林还没有呈现出繁密的一片浓绿。好像这个冬天是特别为她而降临的，使她激荡起一些生命的活力，要把她从无可奈何的沉闷中拯救出来。她感觉到这是她的冬天。迪克也注意到了这种情形，自从她出走以来，他对她变得殷勤周到了。她出走后又归来，真该使他感激一辈子。如果他是一个善于怀恨的男人，那他早就会对她冷淡了，因为女人要制服一个男人，最便捷的办法莫过于出走，多少女人都是用这种刁滑的手段使自己的男人俯首听命的。可是她从来没有这样想过。归根结底，玛丽的出走并不是存心闹着玩，虽然这件事情的后果是任何一个稍有心机的女人都能够预料得到的。迪克克制住自己的脾气，极尽温柔体贴之能事。使他感到高兴的是，玛丽已经在过着一种新的生活，待在家里比从前要热诚得多，脸上显出一派温柔而凄凉的神色，好像在依恋着一个她明知必然要离开她的朋友似的。迪克甚至又叫她跟他一块儿到农场去。他觉得需要和她待在一起，因为他担心有一天他出去了，她又会溜走。虽然他们的婚姻完全是个错误，彼此之间缺乏真正的了解，可是他已经习惯了任何婚姻生活中都常有的那种双重寂寞。他不能想象回到家里看不到玛丽。在那短短的一段时期里，即使玛丽对用人动怒发火，他也觉得可爱。使他感到愉快的是，玛丽又恢复了生命力。只要看她责备起用人的缺点和懒惰时比从前更加起劲，便知道事实确实如此。

　　但是她不愿意到农场上去帮迪克的忙。她觉得迪克太狠心，竟会要她做这种事情。在这里，屋子位于高坡上，即使屋后有成堆的卵石挡着大风，可是和那些低低地陷在山脉和树木之间的田野比较起来，还是比较凉爽的。在那里，你根本辨别不出什么时候是冬天！即使现在，你低下头来望望那边的洼地，也可以看到屋子上和地面上有热气蒸腾。好吧，她既然不愿意跟他一起去，那就让她待在家里吧。他只得听其自然，像平常一样难过一阵，咕哝一阵，不过比起过去那漫长的一段日子，如今的生活还算快乐些。迪克喜欢晚上看到她交叠双手，安宁地坐在沙发上，舒舒服服地裹着一件羊毛衫，愉快地打着哆嗦。这些日子里，白天烈日，夜晚寒霜，天气转变得太剧烈，夜里铁皮屋顶噼噼啪啪地直响，好像放着一千响的爆竹一样。他常常看见玛丽伸出手来摸摸那冰冷的铁皮屋顶。这是她一种无声的自供，说明她是多么憎恨夏季的那几个月。迪克甚至想到了装天花板。他偷偷地拿出农场账簿来，计算装天花板要花多少钱。但是上一个季度的收成很坏，于是他本来要讨好玛丽的那股冲动，结果只落得一声叹息，他决定等到明年境况好转一些再装。

有一次玛丽真的跟他下地去了。因为他告诉她，地里下了霜。那天早上，太阳还没有升起来，她就站在那儿望着原野上那一块寒冷的土地，看到地面上一层白霜，不禁愉快地笑着。"下霜了！"她说，"谁会相信在这片被太阳烤焦了的不毛之地上，竟会下霜呢！"她随手拾起几片又薄又脆的霜花，放在两只发青的手里直搓，又叫他也拾几片来搓搓手，和他共享这一刹那的愉快。他们俩已在逐步地建立起一种新的关系，他们真的比过去要亲密些了。但是不久迪克就病了，两人之间新培养起来的那份亲切，本可以逐步巩固起来，渐渐变得融洽，可不幸又来了新的麻烦，那一份没有得到巩固的亲密实在经不起这番折磨。

迪克在这个疟疾流行的地区住了这么久，却从来没有生过病。但很可能在这几年中，他的血液里早就染上了疟原虫而一直没有发觉。逢到潮湿的天气，他每天晚上都服奎宁，可是天气冷了就不服。他说，在农场上一个什么地方，一定有一棵中空的树，里面积满了死水，那地方又很热，适宜蚊子繁殖；要不就是什么荫蔽的地方有一个生锈的铁罐子，阳光照不到那儿，因此水分不能蒸发。不管是哪一种原因，总之，有一天傍晚，在容易发烧的那几个星期以后，迪克从地里回来时，玛丽看见他脸色苍白，浑身发抖。玛丽递给他奎宁和阿司匹林，他接过去服下后，便上床睡觉，晚饭也没有吃。第二天早上，他一味责怪自己，不相信自己生了病，照常下地去干活。他穿了一件很厚的皮上衣，防备发冷时出现恶性的颤抖。上午十点时，他开始发烧，汗水流遍了他的脸和脖子，浸湿了他的衬衫。他困难地爬上小山，身上裹着毯子，脑子里一片昏沉。

这次发病来势凶猛，而且由于他平时不太生病，所以发病时容易动怒，很难侍候。玛丽写了一封信，差人送给斯莱特太太，虽然她心里不大乐意去求她帮忙。过了不久，查理便驾着车送来了一位大夫；要知道，他赶了整整三十英里路才请到这位大夫。大夫只对症状做了一般的说明。诊断完了以后，他告诉玛丽，这所房子很危险，应该装置纱窗，防备蚊蚋。他还说，屋子周围的灌木丛应该再砍去一百码，还得立刻装置天花板，否则他们两个人都有中暑的危险。他狡黠地望着玛丽，说她体质虚弱，患了贫血症和神经衰弱，至少应该到海滨去疗养三个月。接着，那位大夫就走了，剩下玛丽站在阳台上。她看着车子开走时，脸上带着一丝冷冷的微笑。她心里恨恨地想道，这些富贵医生说得真好听呀。她恨这个医生，他对他们的困难只是那样毫不在乎地耸耸肩就算了。玛丽曾告诉他说，他们没有钱去度假，他就刻薄地说：“瞎说！难道你们倒生得起病不成？”他还问玛丽有多久没到海滨去了，其实她一辈子也没有见过海。不过，大夫对于他们处境的了解，实际上超过了她的预料，因为她诚惶诚恐地等待着的那份账单，大夫始终没有给她。过了不久，她写了封信去问他要多少钱，他回信说：“你们什么时候有钱，什么时候给我好了。”她的自尊心受了创伤，心里很难过，但也只得听其自然，因为他们实在没有钱。

斯莱特太太从自己果园里摘了一篓柑橘送给迪克，又给了他许多帮助。玛丽感到高兴的是，这位太太和她只隔着五英里路；但她决定，除非遇到紧急情况，否则决不去求人家。她写了一封枯燥无味的短简，谢谢她送的柑橘，又说迪克的病好一些了。其实迪克根本没有好转。他躺在床上，脸朝着墙壁，毯子一直盖到头上，正像一个初次得重病的人一样，处于无法控制的恐惧状态中。“简直像一个黑鬼！”玛丽轻蔑地说。她实在看不起迪克这样怯懦。她曾经见过许多土人都那样躺着，而她都冷漠地无动于衷。但是迪克有时会勉强振作起精神来，问起农场上的情形。他只要一清醒过来，就要担心许多事情会因为没有他的监督而弄糟。玛丽把他当作一个婴儿似的侍候了一个星期。她这样做是出于良心的驱使，但是一看到他那么恐惧，便又不耐烦起来了。后来他的高烧退了，但身体依旧很虚弱，精神也十分消沉，连坐起来都觉得困难。他在床上翻来覆去，东蹬西踢，说不尽的忧烦，始终念叨着农场上的事情。

她知道迪克希望她到地里去照管一下农活，可是他又不愿意明明白白地说出来。她看出他那张虚弱而易怒的脸上含有恳求的意思，可是她暂时没有去理会；后来见他路都走不动还要下床，她只得说，愿意替他到地里去看一次。

一想到要和土人面对面，她心里就不由得深恶痛绝，可现在她不得不首先压制这种情绪。她拿着卡车钥匙站在阳台上，把几条狗唤到了身边，正准备走时，又重新回到厨房里去喝了一杯水，随后坐上车，一只脚踏上了油门；可就在这时，她又突然跳下了车，为自己找借口说，还需要拿块手帕。从卧室走出来时，她看见了那条长长的犀牛皮皮鞭挂在厨房门上的两根钉子上，像是一件装饰品。她已经把这件东西忘记很久了，现在她把它取下来，绕在手腕上。当她向车子走去时，心里多了一份自信，因为手中有了鞭子；她打开了车子的后门，把那几条狗放了出来；她讨厌这些狗在她开车的时候，把热气喷在她的颈背上。她让它们在房子外面失望地哀鸣着，自己独自开着车向雇工们干活的地方驶去。这些土人都知道迪克病了，因此好多天以前就已经纷纷离开，回到矿工院去了，田里根本没有人干活。她驾驶着车子，沿着那条车辙累累、崎岖不平的路，抄近道赶到矿工院去。她把车子开上土人常走的那条踏硬了的小径，只见小径上长满了亮晶晶、滑溜溜的小草。为了避免滑跤，她只得下了车，小心地步行着。那些苍白的长草在她裙子上留下了许多锐利的芒刺，灌木丛又把红色的灰尘抖落到她脸上。

　　矿工院建筑在一个高出原野的矮山丘上，离她的住宅大约有半英里路。根据当地的制度，凡是新来的雇工，必须白干一天活，给他自己和他家里人盖一个小棚子，然后再去和其他的雇工们一块儿干活。因此那儿经常有新的小棚子出现，也经常有空着的旧棚子慢慢地毁坏、倒塌，除非有人想到把它们烧掉。棚子密集地搭建在一块大约一两英亩的地面上，看上去就像是从地底下自然长出来的，而不像人为搭建的住所，好似从天空中伸下了一只巨大的黑手，抓起了一把木棍和草，变魔术般地丢弃到地面上，于是就形成了这些小棚子。棚顶都用茅草盖着，墙是用木杆涂上泥巴砌成的；每个棚子都只有一扇低低的门，没有窗户。屋子里生火冒出的烟，穿过茅草屋顶飘出去，或是一团团地从门口飘出去，所以每个棚子看上去都好像里面着了火似的。棚子与棚子之间是一块块歪歪斜斜的地，栽种着长得很差的玉蜀黍。南瓜藤从各种植物和灌木丛中攀缘而出，爬到了墙壁上和屋顶上。南瓜叶丛中到处是琥珀色的南瓜，有几个瓜已经开始腐烂，变成了一堆淡红色的腐烂物，上面飞满了苍蝇。这里到处都是苍蝇。玛丽一路走过去，苍蝇就成群结队地在她头上嗡嗡地叫。它们还在那十来个挺着肚子、几乎赤裸的黑人小孩眼睛上飞来飞去。当玛丽穿过南瓜藤和玉蜀黍地，经过那些小棚子的时候，这些孩子们都瞪眼看着她。当地那些瘦骨嶙峋的杂种狗，骨头一根根从皮下突出来，露着牙齿，畏缩地夹着尾巴。这儿的女人们身上披着当衣服穿的肮脏布料，有的人从腰部以上都是赤裸的，两只干瘪的黑乳房下垂着。她们看见她这样奇怪地出现在这里，都在门内吃惊地望着她。她们彼此之间对她议论纷纷，咯咯咯地笑着，还说了许多粗俗不堪的话。至于那些男人们，她从门口望进去，只见他们蜷缩成一团在睡觉，还有三三两两的人蹲在那儿聊天。但是她不知道哪些人是迪克的雇工，哪些人是偶尔到这儿来串门或是路过这儿的客人。她叫住了一个人，让他把工头叫来。工头立刻就从一个比较像样的小棚子里弯腰走了出来，那棚子的墙壁上还装饰着红色和黄色黏土的图案。那人眼睛发红，玛丽知道他是喝醉了酒。

玛丽用土话对他说："叫他们十分钟之内都到地里来。"

"老板病好些了吗？"他恶意地、冷淡地问道。

她没有理会这句问话，只是说道："你去告诉他们，谁要是十分钟之内不赶来干活，我就要扣他两先令六便士。"她伸出手来，指着手表，对他说明时间。

那人在阳光下懒懒散散、弯腰曲背地站着，好像很厌恶她的到来；土著女人个个用眼睛紧盯着她，一边还发出笑声；那些营养不良的肮脏孩子都拥挤在周围，小声地交谈着；饥饿的狗在葡萄藤和玉蜀黍中间死样怪气地走着。她厌恨这个从来没有到过的地方。"这些肮脏的野人！"她仇恨地想道。她眼睛直视着那个喝啤酒喝得眼睛发红的工头，又说了一遍："十分钟。"于是她转过身去，从树丛中走到那条弯弯曲曲的小路上，听着土人们从她身后的那些小棚子里窸窸窣窣地走出来。

她坐在车子里等着，车子就停在她认为土人收割玉蜀黍的那块地边上。过了半个小时，几个人游游荡荡地走来了，那个工头也在他们中间。快到一个小时时，来了将近半数的雇工。原来有的人擅自到邻近的矿工院去了，有的人喝醉了酒睡在自己家里。她把工头叫到跟前，记下了那些缺席者的名字。她在一张废纸上写下拙劣的大字，吃力地拼着那些生疏的名字。她整个上午都待在那里，望着那歪歪斜斜的一长列干活的人。太阳光透过她那旧帆布头巾，直晒着她的头顶。她和这些人之间简直没有说过一句话。他们板着脸，一声不响地懒洋洋地干着活。她知道那是因为他们痛恨由她这样一个女人来监视他们。等到鸣锣吃中饭时，她回家把这一切情形都告诉了迪克，不过说得很委婉，免得他心急。吃过了中饭，她又开着车子下地。她本来一直讨厌这种工作，可现在奇怪的是，这种讨厌的心情一点也没有了。一想到自己竟会干上这种陌生的差事，竟会违背自己的意志来管理农场，她反倒兴奋起来。她把车子停在路上，看着那一群土人走到田野中央，淡黄色的玉蜀黍高过了他们的头，她站在田野外面简直看不见他们。他们把沉甸甸的棒子摘下来，放进系在腰上的半截袋子里，另外一些人跟在他们后面，把扯去了棒子的秆儿割下来，斜斜地堆成许多小小的金字塔，一个个匀称地点缀在田野里。她一直跟着他们沿着田地走过去，站在收割过的粗糙的庄稼茬当中，不停地注视着他们。她仍然把那条长皮鞭挂在手腕上。带了这条皮鞭，她便有了一种威风凛凛的感觉，也不怕那群土人恨她了。她一直跟着他们向前走，黄色的烈日照在她的头上和脖子上，晒得她肩膀发痛，这时她才开始明白，迪克是怎样一天天忍受着熬下来的。要是坐在车子里监视土人干活，热气透过车顶直泻下来的滋味实在是很难熬的，可是跟着这些土人的移动走下去，集中全副精力盯着他们干活也是一件不好受的事。在这漫长的下午，她不停地监视着，在昏昏沉沉中保持着警惕；只见那些赤裸的棕黄色脊背弯下去又挺起来，一条条的肌肉在布满了灰尘的皮肤下面滑动着。大多数人都用一块褪了色的破布当围腰，有少数人穿着咔叽布衬衫短裤，但是几乎所有的人腰部以上都是赤裸的。他们是一群又矮又瘦的人，由于缺乏营养而发育不良，可是一个个都肌肉结实，筋强骨壮。除了眼前这一片田地、这些正在干的活儿和这一大群人以外，她把什么事情都丢到脑后去了。她忘了炎热，忘了炙人的太阳，忘了炫目的阳光。她专心地望着那一双双黑色的手剥着玉蜀黍穗，把剥离的金黄色茎秆斜靠在一起。这会儿她什么事都不想，只要看到一个人停下来休息一会儿，或是抹去眼睛旁的汗水，她便看着表，过了一分钟就声色俱厉地催他赶快干活。而那些人总是慢吞吞地朝她望一眼，然后才慢慢地弯下腰来割玉蜀黍，似乎在表示抗议。她不知道迪克平时每隔一个小时就要叫他们休息五分钟，为的是休息以后可以更好地干活；可是在她看来，没有得到她的允许就擅自停下活儿直起腰来擦汗，简直是在蔑视她的权威。她监督着他们干活一直干到太阳下山，方才心满意足地回到家里去，甚至丝毫不感到疲倦。她心里一高兴，手脚也就轻灵了，得意扬扬地把手上那根皮鞭甩来甩去。

迪克依旧卧病在床，待在那间屋顶低矮的房间里。说起这间屋子，冬天太阳一下山就冷得刺骨，夏天里又热得要命。他躺在那里心烦意乱，又是怨恨，又是无可奈何。他简直不愿意去想玛丽成天跟那些土人打交道的情景，那不是女人家的事情。再说，他正缺少干活的劳工，而玛丽对待那些土人偏偏又是那么苛刻。不过当他听说这一天的工作进程后，就安下了心。她根本没有提起对土人有多么厌恶，也没有谈起她能感觉到土人对她的憎恨，而这又影响了她的情绪；她知道迪克还得在床上多躺几天，因此，不管她愿意不愿意，这份工作还得做下去。而且，她实际上还很喜欢这份工作。一想到自己当上了将近八十个黑人雇工的主子，她就有了新的信心；她可以任意指使他们，要他们怎样就怎样，这的确让她感到一阵惬意。

到了周末，她坐在阳台上的一张小桌子旁，四周放着盆景，那些土人站在门外浓密的树荫下，等着她发工资。这是每月一次的例规。

天已经黑了，空中出现了第一批星星；桌子上放着一盏防风灯，那微弱暗淡的火焰，看上去像一只被关在玻璃笼子里的可怜鸟儿。当她翻开名册的时候，站在她身边的工头依次叫出每个人的名字。对那些在第一天不服从她命令的人，她扣除了他们每人半个克朗，把剩下来的钱发给他们，发的都是银币；这个月的平均工资大约是每人十五个先令。土人们愤愤不平，发出了怨言；工头看出一场小小的反抗骚动正在酝酿，便走到矮墙那儿去，用当地的土话和他们争辩。玛丽只是偶尔听得懂一两个字。她对那个工头的态度和声调很不满意，因为她本来指望着他去把他们的疏忽懒惰责备一顿，可是这会儿看上去，他并没有责备他们，而是叫他们认了这次晦气。可毕竟他们先前接连几天不干活，如果她真的照着自己事先威胁他们的那样去做，那么全体雇工每人都得扣除两先令六便士，因为谁都没有遵照她的命令，在指定的十分钟之内到田里来干活。错在他们自己，她是对的；工头应该把这层理由告诉他们，不应该只是说服他们，耸耸肩膀就算了事；至于说他还笑了一次，那就更不应当了。最后，他回到她跟前来，告诉她说，大家不满意，要求发给全部应得的工资。她毅然决然地说，既然早就声明过要扣除工资，就应当照办不误。她一打定了主意就决不改变。说完一股怒火突然从心头冒起，于是她毫不思索地说，凡是不满意的人，可以离开。她继续分配着那一小沓一小沓的钞票和银币，没有去理会外面这一场骚动。有的人已经走回矿工院去，表示甘心认命。另一些人三五成群地等待着，等到她把工资发下去后，再走到墙根去，一个接一个地跟那工头说，他们要离开。玛丽这时感到有些害怕了，因为她知道雇工非常难找，这是迪克一直焦心着的一件事。然而当她转过头去，隔着一层厚厚的墙壁听了听迪克在床上的动静时，她心里依旧是那么坚决，那么充满着憎恨；这些人没有干活却要求偿付工资，而且他们竟利用迪克生病的机会，离开田地到别的地方去玩耍；此外，最使她恼恨的是，他们并没有在她规定的十分钟之内回到地里去。她转过身，对那一群等待着的雇工说，凡是与东家订了契约的雇工，都不得离开。

在今天的南部非洲，这些雇工被招来的情形与从前强征入伍的那一套办法很相似，白人在路上等着那些成群结队出来找活干的土人，把他们装上大卡车，接着便强迫他们（如果他们企图逃跑，白人便在灌木丛中追上好几英里路，把他们抓回来），以工资优厚之类的花言巧语欺骗他们，最后以每个土人五镑或以上的价钱卖给白人农场主，并签订一年的劳动契约。

她知道，在这些雇工中间，有一部分人过不了几天就要逃走，而且在逃走的人中间，有一部分人连警察也找不到，因为他们可以越过群山，逃到边界上去，叫你无从寻找。可是玛丽现在并不会因为害怕他们逃走、害怕迪克短缺雇工而有丝毫的动摇。她宁可死，也不愿意示弱。她把他们打发走了，并且用警察作为威胁。对于那些按月计算工资的雇工，以前迪克对他们一向是半哄半吓，所以一直能够保留到今天，而现在玛丽则对他们说，他们月底可以离开这里。她用冷淡而清晰的声调，振振有词地直接对他们说（并不是叫工头转告），他们犯了怎样的过错，她的处理又是如何正确。最后她还就劳动的尊严和伟大做了几句短短的说教，这本是每一个南部非洲白人都学到了家的一套说教。她说（说的是当地土话，但是有些人因为新近才离开家，所以依旧听不懂），除非他们学会没有人监视也好好干活，学会热爱干活，学会按照主人的吩咐去干活，同时明白做一件事就该做好，而不要只想到工资——除非这样，否则他们永远也不会得到什么好处。她说，白人之所以成为白人，就在于他们是以这种态度对待工作的。白人之所以要干活，是因为他们觉得干活好，因为没有酬劳的劳动才足以证明一个人的品德。

这短短的几句说教是很自然地从她嘴里说出来的，她用不着费神多想。当年她父亲训诲土著用人的时候，这种说教她听得够多了，因此它们很自然地从她最早的记忆里涌现了出来。

土人们听她说这些话时的表情，她认为简直是"厚颜无耻"。

他们阴沉着脸，满是怒气，不拿她当回事地听她说着，或者说，听着他们听得懂的一部分话，只等着她赶快把话说完。

她的话一住口，立刻怨声四起。她只当没有听见，然后突然站起身，把那张放着一袋袋银钱的小桌子端起来，拿进了屋里。过了一会儿，她听见他们动身走了，一边走一边抱怨着。她透过窗帘望出去，看见他们漆黑的身体和树木的影子混合在一起，后来漆黑的身体也消失了。接着又传来他们的声音，那是对她的一声声谩骂和诅咒，她心里充溢着报复的意念和得胜的感觉。她恨他们这些人，没有哪一个不叫她恨，从工头（他那卑劣的奴性使她看了直冒火）直到最小的孩子，在这些雇工中间，有几个孩子不过七八岁。

她站在太阳光下看他们干活看了一整天，也懂得了跟他们说话时不要流露出憎恶他们的心情，但是她从来不打算把这种心情掩饰起来。当他们彼此之间说着她听不懂的土话时，她就恨他们。她知道他们在议论她，甚至还可能拿一些不入耳的下流话来诋毁她——她知道他们会这样，可是她不把它当一回事。她恨他们那样半裸着身子，弯着腰，蠕动着那筋肉结实的乌黑身体，漫不经心地干着活儿。她恨他们板着脸，恨他们跟她讲起话来总是把眼睛望着别处，恨他们隐藏在内心的轻慢无礼；而最使她厌恶的是他们身体上发散出来的一股浓烈的臭味，一种又热又酸的野兽气味，让她一闻就感到难以忍受。

"他们真臭！"她对迪克说这话时，怒火直冒，显然是因为刚才和土人们的争执引起的。

迪克微微笑了一下。他说："他们也说我们臭呢。"

"胡扯！"她大喝一声。这些畜生竟然敢这样放肆，可真把她气昏了。

迪克没有理会她的愤怒，说道："不错，我记得有一次跟老萨姆森谈起过这件事。他说：'你们说我们臭，可是对我们来说，什么气味也抵不上白人身上的气味那么臭。'"

"不要脸！"她气愤地说道；可是当她看见迪克的脸还是那么苍白、凹陷，便忍住了气。她必须十分小心，因为迪克现在身体还很虚弱，容易动怒发脾气。

"你跟他们说了些什么？"他问。

"没有说什么。"她小心地说，一面背过脸去。她决定暂时不对他谈起解雇黑人的事，等到他真正恢复了健康再谈。

"我希望你对待他们小心一些，"他焦急地说，"这几天你可不要对他们性急。他们都被放纵坏了。"

"我认为对他们软弱是不行的，"她傲慢地说，"要是由着我的性子，我就要用鞭子来收拾他们。"

他气恼地说："这样好是好，可是你上哪儿去找雇工呢？"

"噢，这些家伙真叫我恶心。"她一面说，一面不由得心里起了一阵战栗。

这一次她干的活虽然很辛苦，而且对土人充满了仇恨，可是她的厌恶和不满在她心里倒并不占什么重要的地位。她只是一心盘算着，该如何毫不示弱地控制土人，如何料理家务，安排各种事情，使自己不在家的时候，迪克也能感到比较舒服。她同时也仔细地研究了农场上各方面的情况，譬如到底该怎样经营农场，可以栽种些什么农作物等。有几个晚上，等迪克睡着了后，她把迪克那些书拿出来研读了一番。从前，她对这类事情是不感兴趣的，她认为这都是迪克的事。但是现在，她也动手分析起数字来了——一共只有两本现金出纳账簿，所以读起来并没有什么困难——脑子里对整个农场有了一个全面的认识。她对自己研究出的结果大吃一惊。起先她还以为是自己弄错了，觉得迪克的财产不止她看到的这些，可事实上只有这些。她估量了一下庄稼的收成、牲畜的数目，于是一下子就看清了他们贫困的原因。这一次由于迪克卧病而被迫接手管理农场，使她接近了农场，认识了农场。在以前，经营农场对她完全是一件生疏而讨厌的事，她总是下意识地避开它，也从来不想把它弄明白，同时把它估计得比实际情况复杂。现在她倒懊恼自己没有早些来弄清这些问题。

当她跟着土人们一块儿走到田野里去的时候，她就不断地想到农场，盘算着该怎么办。她一向鄙视迪克，可是现在却怨恨起他来了。这并不是运气不好的问题，而完全是他缺乏能力。迪克以前老是突发奇想，一会儿想到养吐绶鸡，一会儿又想到养猪，总是朝三暮四。她总以为他是在逃避本本分分地种庄稼，其实她这种想法是错的。迪克做任何事情都有一个共同的特点，那就是半途而废。到处都可以看到这种情况：譬如这里有一块开垦了一半的土地，后来又让它荒芜了，重新长满了灌木；那边又有一个牛棚，半边是用砖头和铁做的，另外半边是用小树和黏土做的。农场上杂乱地种着各式各样的农作物。有一块五十英亩的地上分别种了向日葵、黄麻、玉蜀黍、落花生和大豆。收获时总是这种农作物二十袋，那种农作物三十袋，结果每种农作物都赚不到几镑钱。他从来没有利用整块地好好地种一样东西。一样也没有种过！为什么他看不到这一点呢？他应当明白再不能这样搞下去了吧？

炫目的阳光照得她眼睛发痛，但是她对雇工们的一举一动，始终保持着清醒的头脑。她努力应付眼下的困境，决定等迪克真正恢复了健康后，好好和他谈一谈，用事实说服他，让他明白，如果他再不改变方法，必定会落到怎样糟糕的下场！只消再过几天，他的身体就会好起来，就可以把工作接过手去；不过她打算让迪克休息一个星期，好使他的身体完全恢复。要是过后他还是不接受她的意见，那她就要吵得他不得安宁，一直吵到他接受意见为止。

但是就在那最后一天，发生了一件出乎她意料的事。

迪克每年收获的玉蜀黍棒都堆在草原上的一个牛栏附近。他先在地上铺一层铁皮，再把玉蜀黍倒出来放在上面，免得白蚂蚁蛀蚀。于是地面上就慢慢形成了一个低低的雪白滑溜的玉蜀黍堆。玛丽这几天就待在这里，监视雇工们将一袋袋玉蜀黍倒上去。土人们把那一袋袋肮脏的玉蜀黍从车子上卸下来，背在肩上，手抓着袋角；沉重的袋子压得他们直不起腰，他们看上去简直像一部人肉运输机。有两个土人站在车上，把沉重的袋子移放到下面弯腰等待着的土人背上。雇工们排成单行，从车旁向着玉蜀黍堆稳步移动，然后沿着那堆成一级级的、胀鼓鼓的袋子，摇摇摆摆地走上去，把玉蜀黍倒在原来的那一堆上，玉蜀黍倒出来时像一阵洁白的骤雨。空气中充满着沙砾和刺人肌肤的碎壳屑。玛丽抬手摸摸自己的脸，只觉得皮肤粗糙，好像细布麻袋一般。

　　那个玉蜀黍堆在蓝色的天空下，宛若一座雪白的亮闪闪的大山。牛群低着头一动不动地站着，等着车子卸完，然后再去赶另一趟路程。玛丽就站在玉蜀黍堆旁，背对着耐心坚忍的牛群。她眼睛看着这些土人，心里盘算着农场的事，手里挥舞着皮鞭，使红色的尘土中扬起一条一条的蛇影。她突然看到一个雇工闲着没干活。他已经掉了队，站在一旁气喘吁吁的，满脸是亮晶晶的汗水。她低下头来看着表。一分钟，两分钟。但是那人仍然站在那儿，交叉着手臂，一动不动。她眼看着手表指针转了三圈，不禁越来越气，这家伙好大的胆子，明知她的规矩，歇口气不能超过一分钟，这会儿却在那儿偷懒！于是她说："快去干活！"那人带着一般非洲雇工常有的表情望着她。那是一种迷惘的神情，仿佛没有看见她似的，仿佛他对她这一类的女人，只是表面上奉承，而内心那个秘密的世界，是她无论怎样也攻不破的。他懒洋洋地放下了两条臂膀，走开了。原来附近树荫下放着一桶水在那儿凉着，他要去弄点水喝。玛丽提高了声音，重新狠狠地说了一遍："我叫你去干活。"

　　听到这话，那人便停下了，大模大样地看了玛丽一眼，用她听不懂的土话说道："我要喝水。"

　　"别跟我说这种叽里咕噜的鬼话。"她呵斥道，望了望四周，想找工头，可是没有找到。

　　那人显出一副迟疑不决的可笑样子，结结巴巴地说："我……要……水。"他这一回说的是英文，而且突然微笑起来，张开了嘴，用手指指喉咙。站在玉蜀黍堆上的土人们都小声地笑了起来。他们的笑本来是善意的，可是她听了却突然气得要命，认为他们是在笑她，其实他们只不过一边干活，一边随便笑笑而已；他们看到一个自己人说着一口拙劣的英文，又用手指着喉咙，实在觉得滑稽。

但是一般白人都认为土人说英文是"厚颜无耻"。她气得上气不接下气地说："不要跟我说英文。"说过便住了口。那人耸耸肩，微笑了一下，眼望着天空，好像在向玛丽抗议，她既不许他说自己的土话，又不许他说英文，那叫他说什么话才好呢？他那种懒洋洋的傲慢无礼的样子，使玛丽气得目瞪口呆。她想张口对他吆喝，可就是说不出话来。她看到那人眼睛里的阴沉和憎恨，而最使她难堪的是那种带有讥嘲的轻蔑神色。她情不自禁地举起鞭子，在他脸上狠狠地抽了一下。她自己也不知道自己在做什么，站在那儿一动不动，只是发抖；她看到那人愣愣地抬起手来摸自己的脸，便不由得望望那根她呆呆地拿在手里的鞭子，仿佛那根鞭子是自己挥过去的，而不是她让它挥过去的似的。她看见他漆黑的脸颊上有一条乌黑的伤痕，从那儿冒出了鲜血。血沿着脸颊流下来，滴在胸口上。那人是个大高个儿，比他的任何同伴都高，身材魁梧，身上一件衣服也没有穿，只是腰上系着一个旧布袋。玛丽站在那儿吓得怔住了，而他却好像高高地俯瞰着她。又是一滴鲜红的血滴到他胸口，流到他的腰上。接着，玛丽看见他突然一动，不禁往后一退，吓了一大跳；她还以为他要扑过来打她呢。其实他只是举起那只微微颤抖的大手，抹去了脸上的血。她知道所有的土人都静静地站在她后面，看着这一幕。她喘着气，用变得尖利刺耳的声音说道：

"去干活！"那人望了她一眼，那种眼神简直吓破了她的胆。过了一会儿，那人才慢慢地转过身去，扛起一只袋子，参加到那些土人组成的"运输机"里面去。大家十分静寂地重新开始干活。回想起那人的那种眼神，她被自己刚才的行为吓得发抖。

玛丽心想，这人也许要到警察局去控告自己打他，但这一点并没有把她吓倒，只是使她气愤。白人农场主最大的不满就是没有权利打土人，如果打了，土人就可以上警察局去控告，其实真正去控告的土人很少。她一想到这个黑鬼居然有权利去控告她，控告一个白人妇女的所作所为，就觉得怒不可遏。然而值得注意的是，她并不是为她自己而害怕。如果这个土人真的把她告到警察局去，她充其量也只会受到警察局的警告，因为她只是初犯。那个警察是个欧洲人，常到这一带巡视，跟农场主们交上了朋友，也常跟他们在一起吃饭，在他们家里过夜，或是参加他们的社交活动。但是这个土人既然是个订了合同的雇工，就一定会被送回农场来，那时候，如果迪克知道有个土人控告了他的妻子，他是不会觉得好受的。她有警察、法庭和监狱做后盾，而那个土人呢，毫无依恃，只有忍气吞声的份儿。可是她一想到这个土人居然有权利控告她，她就气得发疯。她最恼恨的是那些同情心泛滥的人和理论家，她把这些人叫作"他们"，也就是那些立法者和政府行政官员。白人农场主按照自己的意愿对待雇工，原是天经地义的事，然而这些人却要从中加以干涉。

但是在她的怒气中，也夹杂着一丝得意。她得意的是，自己毕竟达到了目的，叫那个土人不得不俯首听命。她看见那个土人跌跌撞撞地走到那些袋子边上去，背上背着的那袋玉蜀黍压弯了他的双肩——这副屈服的模样儿，让她觉得极其满足。但是玛丽的膝盖依旧是虚弱无力的，在她打了他以后，她还当真以为他会反扑过来呢。她站在那儿一动不动，尽管内心斗争激烈，表面上却保持着冷静和严厉。下午她重又回到那个地方，虽然她极不愿意接连几小时面对着那些仇视她、讨厌她而且默不作声的土人们，但她下定决心坚持到底，决不畏缩。

最后，夜晚降临了，天气立即变得寒冷起来，真正是一个七月之夜了。土人们走了，把他们带来喝水的旧铁皮罐子、破烂的外衣、干活时捕捉到的老鼠或是草原上的其他动物都收拾好了带回家去，那些动物他们要带回去烤了当晚饭吃。她知道自己的任务完成了，明天迪克就要亲自到这儿来了。她觉得自己好像打了一场胜仗。这一场胜仗战胜了土人，战胜了她自己，战胜了她自己对土人的厌恶，也战胜了迪克和他的迟钝愚蠢与没有主见。这些土人在她监督下干的活，要比在迪克的监督下多得多。咳，迪克甚至连怎样对付土人也不懂！

但是那天晚上，想到以后的日子又要无事可做，她便重新感到了厌烦和疲倦。至于她盘算了好几天要跟迪克进行的那场谈判，现在也使她心烦。真的，当她离开了迪克身边，独自在地里的时候，曾经考虑过怎样合理经营农场而不要他插足，完全没把他放在心上。那时候问题是那样简单，而这会儿她却觉得，要和他谈这个问题实在是件非常伤神的事。因为迪克准备重新收回大权，似乎并不把她的权力当一回事。那天晚上迪克又有了心事，显得神情恍惚，但他并没有把问题提出来和玛丽讨论。这使玛丽大为不满，感到受了侮辱，因为她很不情愿地想起，这几年来，迪克无论要求她帮什么忙，她都一概加以拒绝，而迪克却处处依着她的意思去行事。怎么这会儿就不把她当回事了呢？那天晚上，前段时间出现的极度疲乏又向她袭来，她觉得四肢沉重得无法动弹。她想，迪克在经营农场这个问题上，虽然许多打算用意都不坏，但大都轻率糊涂，她完全可以利用他这个缺点来制服他。她要像一个蜂后似的坐在家里，逼着迪克照着她的意思去做。

在以后的几天中，她一直等待着时机。她注意观察迪克的脸上是否恢复了血色，留意他在发烧时被汗水冲淡的肤色是否在阳光的照晒下重新变黑。一等到他身体完全恢复强壮，也不再使性子发脾气后，她就要开口同他谈谈农场问题。

有一天晚上，夫妇俩坐在暗淡的灯光下，玛丽便把经营农场的情形一五一十地讲给他听，说得又快又急。她说，即使不出事故，年成不坏，他也赚不到多少钱。她无可辩驳地指出，如果他们继续这样下去，就一辈子休想摆脱穷困，纵然季节有好坏，价格有高低，但他们的收入不会有什么悬殊，最多也就在五十镑到一百镑之间。

她越往下说，声调就越严厉，越坚决，越气愤。迪克一声不响，只是不安地听着。她搬出了他的两本账簿，用数字来证实自己的观点。迪克不时地点着头，看着她的手指在那一长列一长列数字中上下移动着；每逢要着重说明一件事情或是急于要算清几笔账时，她的手指便停顿一下。当她继续说下去时，他心里不由得想道，玛丽这样精明，并不让人觉得意外，因为她是个能干人，他要求她帮忙，不正是为了这个原因吗？

譬如说，她养了许多鸡，每个月靠着这些鸡蛋和小鸡就可以赚到好几镑钱，而她料理起这类事情来，每天只消花两个小时就够了，每月这笔固定的收入对他们的日常生活不无小补。他知道玛丽几乎成天无事可做，但要是换了别的女人，养了这么多鸡，一定会觉得吃不消。现在经她把农场上的情形和庄稼的分布情况一一分析以后，他虽然心里感到惭愧，但另一方面也刺激了他，使他想为自己辩护一番。可最终他还是一声不响，心中混杂着钦佩、怨恨和自怜的感情，后来钦佩的心情终于暂时占了上风。玛丽只在一些细节问题上有差错，大体上是十分正确的；她毫不留情地指出的每一件事，都是一针见血。她一面说，一面用她惯常的那种不耐烦的姿势，把粗硬的头发从眼睛上撩开去，这也使迪克看了很伤心。迪克承认她的指责是正确的。听到玛丽那种毫无偏见的声调，他也不好意思再为自己辩护了。不过，这种毫无偏见的声调同时也刺痛了他，伤了他的心。玛丽只是从表面上去看一个农场，把它当成一架赚钱的机器。她的看法就是这样，她的指责完全是从这个角度出发的，但是她忽略了许多其他方面的东西。玛丽看不起他经营农场的方法，看不起他种的那几百英亩树。他可不是那样看待农场的。他爱农场，农场已经成为他血肉的一部分。他喜爱一年四季缓慢地交替；至于她一提起来就以轻蔑的语调斥之为"不值钱的庄稼"，他也热爱它们繁复无穷的变化。

她说完以后，迪克心里七上八下，想不出一句合适的话来回答，只好沉默着。最后，他才带着颓丧的微笑说道："唔，那我们应该怎么办呢？"玛丽见了他这种微笑，就下定决心把自己的打算说出来，那可是为了他们两个人的利益。她竟然得胜了！他竟然接受了她的批评。于是她详详细细地说明了他们应该怎么办。她建议种烟草，附近的人们都种了烟草，赚了钱，为什么他们偏偏不种呢？她所说的每一句话，每一个声调的变化，都无非是一个意思：他们应该种烟草，等赚到足够的钱以后把债还清，然后尽快地离开农场。

他终于弄明白了玛丽的打算，一时被弄得不知所措，后来才凄然地说道："等我们把钱赚到了手，又该怎么办呢？"

玛丽第一次露出了犹豫不决的样子，低下头来望着桌子，不敢看他的眼睛。她根本没有考虑到这一点。她只希望他事业顺利，能够赚钱，那样他们就可以过称心如意的日子，就可以离开农场，重新享受文明生活。现在过的这种寒酸日子，实在叫人无法忍受；简直是在走向毁灭。当然这并不是说，他们现在吃饭也成了问题，而是他们每花一分钱都得精打细算，新衣服不能做，娱乐得放弃，假期只能期待着永不可知的未来。他们穷得不能随便花一点钱，此外还有债务的重负，使他们受尽良心的煎熬，一直生活在阴影的笼罩下，这实在比挨饿还要难受，这就是她的真实感受。尤其使她怨恨的是，这种贫困完全是自己造成的。别人都不理解迪克为什么这样顾全自尊心，要过现在这种万事不求人的日子。这个地区多的是农场主，事实上农场主遍布全国，那些人和他们一样穷，可是都生活得自由自在，他们借了许多债款从事经营，期待着将来大发横财后偿还。不妨一提的是，他们这种乐观的空中楼阁似的想法，实在也没有错。战争爆发后，烟草价格暴涨，这些人一年接一年地大发其财，迪克·特纳夫妇根本不懂得其中的奥妙，因此在别人的眼中显得更加可笑。如果特纳夫妇决计不顾自尊心，去度一个豪华的假期，或是去买一部新的汽车，那么，那些和农场主们打惯了交道的债主，对他们也是毫无办法的。但是迪克不愿意这样做。玛丽虽然怨恨他这一点，认为他是个大傻瓜，然而，这也是她唯一尊敬他的地方，他可能是个无用的人，是个弱者，可是他无论如何不会退出自尊心的堡垒。

她之所以没有要求他昧着良心，照着别人那样做，也就是为了这个原因。在当时，许多人正大发烟草财，这种钱赚起来是最容易不过的。即使在此刻，当她隔着桌子望着迪克那张疲乏悒闷的脸，她仍然觉得，要发这种财确实非常容易，他只消下定决心去干就是了。可以后怎么办呢？这就是他所问的问题——他们的将来又会怎样呢？

她一想到在未来朦胧美丽的日子，可以自由自在地生活，就想象自己回到了城里，和从前一样跟许许多多老朋友在一起，大伙儿一起住在青年女子俱乐部里。在这幅幻想的图画里，迪克显得不太协调。为此她沉默了好久，对迪克的问题避而不答，连他的眼睛也不看一下。过了一会儿，他又重新提起了这个问题。她缄口不言，因为她觉得双方的想法大相径庭。她再一次把头发从眼睛上撩开，好像要甩掉一件她不愿意细想的事情一样。接着，她反问了他一句："那么，难道我们就一辈子这样过下去吗？"

又是一阵沉默。她用铅笔嗒嗒嗒地敲着桌子，又把它夹在大拇指和食指之间转来转去，这种恼人的声音叫迪克听得身上直起鸡皮疙瘩。

现在该轮到迪克来解决问题了。玛丽已经把整个问题重新推到了他面前，让他去斟酌该怎么办。但是她并不说明希望他朝着什么目标去做。迪克心里开始埋怨和恼恨起她来。当然，他们不能像这样一辈子过下去，难道他说过要这样一辈子过下去吗？他像黑鬼似的干活干得那么卖力，不正是为了能使他们两人过得好些吗？但是他一向没有习惯考虑将来的生活，玛丽在这方面的想法使他很焦心。他已经把自己磨炼得能够预先考虑到下一个季度的事情，但他的计划前瞻性也仅能考虑到下一个季度为止。而玛丽的打算已经远远超过了这个限度，她已经想到另外一些人，想到另外一种生活，根本没有想到他。虽然玛丽没有明说，他也知道。这一来，他感到惶恐，因为他已经好久没有跟别的人打交道了，以致他觉得好像已不再需要他们了。他喜欢偶尔向查理·斯莱特诉诉苦衷，不过，即使他被拒绝，也并无大碍。只有跟别人在一起的时候，他才感觉到自己的无用、无能。他已经跟那些土人雇工在一起生活了许多年，习惯了提前一年制订庄稼生产计划。因此，这样的日子过久了，他的眼界自然就变得狭窄，也想不到别的事情上去。除了生活在农场上，他根本不能想象自己还会生活在其他任何地方。农场上的每一棵树他都认识，这并不是什么譬喻的说法，他对于自己居住的这个草原，和土人一样熟悉。他的感情不像城里人那么多愁善感。他对于风声鸟语、土壤的气息和季节的变换，一直非常敏感，除此以外，对任何其他东西，他的感觉都很迟钝。离开了这个农场，他将会枯萎、死亡。他一心想改善生活境遇，使他们夫妇俩可以在农场上舒舒服服地生活下去，那样玛丽渴望的东西也就能够实现了。最重要的是，到那时候，他们就养得起孩子了。说到孩子，他是一直盼望着的。即使现在，他还是盼望着有一天……他真弄不懂玛丽怎么居然盼望着有一天离开农场，到城里去住，而且要他也一块儿去！这使他感到失落和茫然，这种想法对他的生活没有一点儿鼓舞的作用。他几乎带着恐惧的心情望着她，把她看成一个不配和他生活在一起却又任意指挥他的陌生人。

可是他又不忍心那样看待玛丽。玛丽当初出走时，他就认识到，她在家里对于他具有多么重要的意义。不，玛丽应该慢慢地理解他少不了农场，理解他等到境遇好一些，就会考虑养育孩子的事。她应该懂得，他情绪颓丧，并不是由于农场经营失败，而是因为玛丽不把他当一个男人看待，他们的关系一直相处得不好。等到他们有一天能养得起孩子时，这种创伤就能治愈，夫妻生活也会幸福起来。他双手托着头，一边这样梦想，一边听着那嗒嗒嗒的铅笔声。

尽管他把将来想象得这样美妙，他那颓丧的心情仍然占着上风。他讨厌种烟草的打算；他总觉得烟草不是人种的。一旦种上了烟草，农场就必须用完全不同的方式经营；每天就得活受罪，就得在蒸汽腾腾的屋子里接连站上几个小时，深更半夜还必须起来看温度计。

他摆弄着桌子上那些纸张，又用双手捧着头，痛苦地反抗着自己的命运。但是这毫无用处，因为玛丽坐在他对面，逼迫他照她的意思去做。最后他抬起头来，勉强苦笑了一下，说："唔，我的上司，可以让我考虑几天再说吗？"他的声音很紧张，饱含着委屈。她气恼地说："希望你别叫我上司！"他没有回答。出现了一阵沉默，这种沉默意味深长地说明了双方都害怕说出一些话来。过了一会儿，她轻捷地从桌子旁站起身，动手把那些账簿理到一边去，说："我要睡觉了。"这才打破了沉默，剩下他一个人坐在那儿沉思。

三天以后，他声音平静地对她说，他打算找当地的建筑师来盖两个仓库；说这话的时候，他的目光转向了别处。

当他最后终于望着她，强迫自己去看她那副得意非凡的样子时，他看到她的眼睛里闪着新的希望。他心里不安地想道：要是这一次又失败了，玛丽可怎么受得了！

第八章

玛丽一旦照自己的心意制服了迪克之后，便置身事外，让他一个人去操办具体事宜。迪克好几次用征求意见的方式，想吸引她一块儿来干活，帮着解决一些伤脑筋的事情，可是她像平常一样，一概加以拒绝，理由有三：第一，如果她经常帮他的忙，显示出她的能力明显优于他，那必然会触犯迪克的自尊心，到头来无论要求他做什么，他都不会去做。其他两个理由则完全出于她的本能，她仍然讨厌农场和有关农场的一切，唯恐自己像迪克那样，被农场里琐碎刻板的生活折磨得意气消沉，听天由命。其中第三个理由虽然她自己也没想得很清楚，事实上却是最重要的理由。那就是，她既然已不可挽回地和迪克结了婚，那么只能希望他成为一个有主见的人，能够靠着自己的努力获得成功。每逢看到迪克意志薄弱，漫无目标，一副可怜相，她就恨他，转而又会恨到自己身上来。她需要一个比自己坚强的男人，她要设法把迪克磨炼成这样的人。如果他的意志力确实比她强，并因此真的占了她的上风，那她一定会爱他，也决不会再怨恨自己所遇非人。她等待着的正是这一点，而她在一些显而易见的事情上不愿随随便便地吩咐他去做（其实她心里是很想吩咐的），也就是这个道理。真的，她不愿过问农场上的事，就是为了要挽救他的最大弱点——骄傲自负。她并没有意识到，造成迪克失败的原因正是她自己。也许她的想法是正确的，从她的本意看是正确的，因为只要迪克有真正的成就，她就会尊重他，向他让步。这种错误的逻辑对她而言是正确的。如果迪克原本是另一种类型的人，那她倒真算得上正确，可惜迪克不是。不久，迪克的行为举止又显得那样愚不可及，把钱乱花在一些不必要的东西上，而在必不可少的用途上却非常吝啬。玛丽看在眼里，简直想都不愿去想这些事情。她实在无法去想，这一次可太让她失望了。而迪克见她不闻不问，自然信心大挫，情绪消沉，因而也就懒得去求她，固执地照着自己的想法做下去，心里似乎觉得正是玛丽鼓励他走入泥潭，眼看他无力自拔后，又弃他而去，让他自己去挣扎应付。

　　玛丽只顾待在家里饲养小鸡，或是没完没了地挑剔用人们的短处。夫妇俩都明白，他们正面临着一场挑战。玛丽等待着挑战的来临。在开始的几年中，除了短时期的绝望以外，她一直都在等待着，心里怀着一个信念：情况迟早会发生变化，总有一天会出现奇迹，会让他们渡过难关，万事顺遂。在无法忍受时，她曾出走，过后又回来，这才认识到不可能出现什么奇迹使他们得到解脱。现在，又重新有了希望，可是她并不主动采取什么措施，只是等着迪克动手把事情安排妥当。在那几个月里，她的生活状态仿佛是一个在讨厌的国家里勉强做短暂逗留的旅人，完全没有明确的打算，只是认为一旦换了个新地方，一切事情自然会弄出眉目来。她仍然没有考虑，一旦迪克赚够了钱以后，他们该怎么办。她只是在心里不断想象着自己在办公室里工作的情景，想象着自己是如何能干的一名秘书，别人全都离不了她。她又想象自己住在俱乐部里，大家都把她当成年长的知心朋友，有什么心里话都告诉她；还想象自己受到许多朋友的欢迎，有不少男朋友带她出去，以纯洁的友谊对待她，使她没有一点儿危险。

　　时间过得真快，不断地向前飞跑，就像在那些充满危机的时期里一样；各种各样的危机在生命的旅程中逐步发展、成熟，到了旅程的终点，便像一座座小山似的显露出来，竖立起一块时代的界碑。人需要睡眠的时间本来就没有什么限定，玛丽每个白天都要睡上几个小时，好让时间过得快些，使空闲的光阴得以填满，醒来后发觉离解脱又近了几个小时，她便觉得非常满意。的确，她还没有从梦幻中完全清醒过来，她正徘徊在一个充满希望的梦境中。那个希望一天天地增强，以致好几个星期以来，她每天早上醒来时，心里都有一种宽慰和兴奋的感觉，仿佛预感到奇迹就要在那一天发生似的。

她留意着山坡下烟草仓库的建造进度，就好像留心看着一条正在建造中的船，那船将把她载往远方，脱离这异域的放逐生活。仓库一点点地盖了起来，先是用砖块砌起了一个不规则的框架，就像一个被弃置的废墟，接着被盖成一个内部分成一格格的长方形，好像把许多空箱子合在了一起；再以后，屋顶也盖起来了，那是一块亮晶晶的铁皮，在阳光下闪闪发光，热浪在上面晃动着，看上去好像甘油在那儿闪光一般。在那看不见的山脊上，在草地上空洞的地穴附近，已经预备好了播种床以防万一，因为下起雨来，那被腐蚀了的谷底就会变出一条溪流。一个又一个月相继逝去，转眼到了十月。虽然这是一年中她最讨厌的季节，天气也热得可怕，可是由于精神上有了希望的支撑，她竟很容易地挨过去了。她对迪克说，今年热得不怎么厉害，迪克回答她说，从来没有哪一年比今年热得更厉害了。他一面说，一面不安地甚至不信任地望着她。他真弄不懂她为什么一会儿能安然忍受酷热，一会儿又觉得完全不能忍受。这种感情用事的态度，实在叫他无法理解。至于他自己，无论是炎热寒冷还是干旱，完全听天由命，所以气候对他来说不会成为问题。他听凭天气的自然变化，不像玛丽那样总想着跟它做斗争。

这一年，她怀着激动不安的心情关注着雾气迷蒙的天气，一天比一天紧张。她盼望着快些下雨，好使田里的烟草赶快发芽。她常常装出很冷淡的样子，向迪克问起别的农场主的收成。她明亮的眼睛里带着期待的神情，希望听到他三言两语地叙述某个人的一季好收成赚了一万镑，而另一个人又把所有的债务全还清了。可是他完全不打算理会玛丽这种假装不感兴趣的样子，照直说道，他自己只盖了两个仓库，不像大农场主一盖就是一二十个。即使年成再好，他也不可能赚到上千镑。玛丽完全不把他这些话当不祥的预兆，她非得梦想马到成功不可。

下雨了，雨水量特别充足，非常满足需求，于是人们称心如意地有了一个风调雨顺的十二月。烟草长得碧绿苗壮，在玛丽看来，这一定预兆着丰收。她常常和迪克到田里去走走，欣赏那茂密的绿色作物，想象着那些平坦的绿叶总有一天会变成一张好几位数字的支票。

但是旱灾接着来了。起先，迪克并不怎么担心，因为烟苗只要一种下土，是能够经得住一定时期的旱灾的。可一天天过去了，天空中是一望无际的云海；一天天过去了，地面越来越干燥。接着过了圣诞节，不久又到了一月。这令人揪心的情形使迪克愁眉不展，心急如焚;而玛丽却沉默得出奇。有一天下午，终于下了小小的一阵雨，这阵雨也奇怪，只落在一两块种着烟草的土地上。接着又是旱荒，接连几个星期没有一点儿要下雨的迹象。后来，云块一点点聚集起来，又堆拢起来，可不久又消散了。玛丽和迪克站在阳台上，看着密集的云层从山边飘过，薄薄的雨丝飘过草原的上空又消失了，总是落不到他们的农场上来。过了几天，别的农场主都说他们的农场已有部分获救，可是迪克的农场上还是没有雨。有一天下午，下了一阵温热的毛毛细雨，天空中出现了一道彩虹，雨滴透过阳光，显得绚烂夺目。但是这一阵雨是灌溉不了枯槁的土地的，枯萎的烟草叶子没有抬起头来。接下去好几天都是烈日当头。

迪克烦恼得紧蹙着双眉说："即使再下雨，无论如何也太晚了。"他只希望得到第一次阵雨灌溉的土地，多少还能有点收成。可是等到真把雨盼来时，大部分烟草都已经毁了，只有极少一部分还有希望。能够收割的玉蜀黍也只有寥寥可数的几棵，眼见得他们连今年的生活费用都成了问题。迪克平心静气地把这一切讲给玛丽听，脸上满是痛苦的表情，然而玛丽也在他脸上看出了宽慰的表情，这是因为他虽然失败了，可并不是他自己的过错。运气不好，谁都难免，她不能怪他。

有一天晚上他们讨论了面临的困境。迪克说，为了避免破产，他又去借了一笔债，明年再也不能靠种烟草挣钱了。他实在不愿意再种，如果玛丽坚持要，他可以附带种一些。倘若再遭到一次今年的失败，那就肯定要破产了。

玛丽千方百计地要求再试验一年，她认为不可能接连两年收成都不好。即使他——约拿（她竭力装出同情的笑容，用这个名字称呼他），也不可能接连碰到两个坏年成。不管怎么说，适当贷些款总是可以的，和那些负债数千镑的农场主比较起来，他们根本不能算欠债。如果他们要失败，那不妨让他们在力图改进的试验中轰轰烈烈地失败吧。让他们再盖十二个仓库，把他们所有的土地都种上烟草，把一切都拿来孤注一掷。为什么不呢？既然人人都没有良心，为什么偏偏他要有？

玛丽建议去度一次假，以便让他们俩真正地恢复健康。这时候，只见他脸上又露出了她以前见过的那种神色，一种凄怆而恐惧的神色，让她看得身上凉了半截。"除非不得已，我连一分钱的债都不打算再借，"他终于说道，"不为任何人借债。"他既是这般执拗，她也无法说动他了。

到了明年，一切将会怎样呢？

他说，明年如果年景好，所有的农作物都丰收，价格又不下跌，同时烟草种植也获得成功，那么，今年的损失就可以在明年得到补偿。也许还可以盈余一点。谁说得准呢，也许他的运气会好转。但是在他没有还清债务以前，他决不会再花上全部力量去为一种农作物冒险了。他脸色铁青地说，如果他们破产了，农场就不属于他们了！玛丽却回答他说，她巴不得农场能破产，那时候他们为了维持生活，就会逼迫自己另外干些带劲儿的事情。她明知这些话对他的伤害最大，她还是要说。她认为，迪克如此安于现状，就是因为他，即使濒于破产，总认为还可以种点儿东西、宰几头牲畜来维持生活。

个人的危机也像国家的危机一样，要等到时过境迁，才会痛定思痛。当玛丽听到这位苦苦挣扎的农场主说到"明年"这个可怕的名词时，她觉得厌恶透了；一直过了好几天，支撑着她精神的那种缥缈希望完全消失了，她才明白眼前的困难。先前她因为一心盼望着将来，所以大部分时间都是糊里糊涂混过去的。现在，时间突然在她面前变长了。"明年"这个词，可以做任何含义的解释。它可能就是指再一次的失败。当然，充其量也只能意味着部分的补救。要想出现奇迹、转祸为福，实在是万难做到。什么都不会改变，什么都从未改变过。

迪克看到她并没露出什么失望的神情，觉得有些意外。他早已做好了精神准备看她大哭大闹一场。由于多少年来的习惯使然，他总是动不动就想到"明年"，并根据这个想法来拟订计划。既然玛丽并没有立即表示失望，那他当然也不必去找出她的失望。大概这一次打击并没有像他想象的那样严重吧。

但是一个人受了致命的打击，反应总是慢慢地显露出来的。玛丽一直在痴心幻想，打着如意算盘，因此过了好长一段时间，才听明白了种烟草失败的消息，才算死了心，不再怀抱强烈的希望，完全相信她所听到的消息确是事实：他们即使能够离开农场，也要过好多年才能实现。

随之而来的是一段沉闷痛苦的日子，这种痛苦与她早先经历过的那种一阵阵的强烈不快完全不同。现在她从内心里感到发软，好像遍身的骨头都瘫软下来，散了架。

即使是做白日梦，也得有一点儿希望的因素，才能够使做梦的人心旷神怡。她已习惯于留恋往日，沉湎幻想，盘算着将来重温旧梦，然而现在她不得不打消这些幻想。她闷闷不乐地对自己说，根本没有什么将来。什么也没有。一切都是虚无。

这情形要是发生在五年以前，她一定会依靠浪漫小说来麻醉自己的神经。在城市里，像她这种女人，都爱照着电影明星的生活方式过日子，或者选择一种宗教来信奉。她们大都信奉一种较有美感的东方宗教。要是她多受一些教育，又住在城里，容易找到些书读，那她也许要找本泰戈尔的著作来读，让自己沉醉在那些用文字编织起来的美梦中。

如今她已束手无策，只是模模糊糊地感到要给自己找些事情做。她该多养几只鸡，或是该做些针线活？她只觉得又疲倦又麻木，毫无兴致去做这些事。她想，等到天气转凉了，精神好一些，那会儿再找点事情做吧。她把自己的打算推迟到了以后。原来她已经和迪克一样，农场的现状也对她产生了影响，使她思考问题时，总把希望寄托在下一季。

迪克在农场上干得比以前更努力。他终于看出玛丽的脸变得憔悴了，眼睛的四周浮肿得很奇怪，脸颊两边白一块红一块。看样子，她的确患了病。迪克问她是否觉得身体不舒适，她好像才感觉到似的回答说，确实不舒适。她头痛得厉害，人也很疲倦，看样子是有了病。迪克注意到，她似乎很愿意把疲劳归咎于身体有病。

他向她建议，既然他无钱陪她去度假，她不妨上城里去，到朋友家里住一阵。她一听就露出恐惧的神色。要她去见人！特别是去见那些她年轻幸福时就认识她的人，这等于让她全身裸露着伤口和神经让人去触碰一般。她真是连想也不敢想！

迪克见她这样顽固，只好耸耸肩，回到地里去干活，心里希望她的病能快点儿好起来。

玛丽一连好几天都在家里焦躁地转来转去，无法定心坐下来，晚上也难以入眠。食物并未使她反胃，但是进食时却好像很困难。她老是觉得脑袋里有一条厚厚的棉毛巾，一种轻轻的、沉闷的压力从外部朝她压过来。她机械地干着活儿，喂鸡、照料店铺，做起任何事情来都一反常态。在这些日子里，她不像从前那样动不动就对用人发脾气了。在从前，这种突然爆发的脾气好像只是因为精力过剩，要找一个发泄口而已，等到这种精力消逝了，她又觉得发脾气是不必要的了。可现在她仍然要唠叨，这已经成了她的习惯，她不可能在跟土人说话时不带一点儿气恼的声调。

过了不久，她连这种不安的情绪也消失了。她常常在那张破旧的沙发上接连坐上几个小时，褪了色的印花布窗帘在她头上啪啪地飘动着，她似乎失去了知觉。她的五脏六腑好像突然被什么损坏了，她整个人正慢慢地枯萎，消失在黑暗中。

但是迪克认为她的身体已经好转了一些。

后来有一天，她脸上带着一种他从没见过的新奇神色，一种绝望和迫不得已的神色，来到迪克跟前问道，他们是不是可以生个孩子了。他听了很高兴，她从来没使他感觉到这么大的快乐，因为这是她主动向他提出的。他想，玛丽终于和他心心相印了，而且用这种方式表达出来。他快乐到了极点，几乎当时就答应了她。这正是他最向往的事，他一直梦想着有朝一日，"等到环境好转一些"，他们就可以生几个孩子。可是没多大工夫，他的脸色又阴沉烦恼起来，说道："玛丽，我们怎么养得起孩子呢？"

"别人家也很穷，可孩子还是照养呀。"

"但是玛丽，你不知道我们已经穷到了什么地步。"

"我当然知道。但是我们不能一辈子都这样过下去。我现在没有一点事可做，总得有点儿事情做做。"

他看出来，玛丽之所以希望生个孩子，只是为她自己着想，完全不是为了体谅他，也不是对他有什么真情实意。他固执地说，她只消看看四周那些穷人家的孩子是多么可怜，便会明白他们自己不该生孩子了。

"在什么地方？"她一面含含糊糊地问了一声，一面真的把整个房间打量了一下，好像那些不幸的孩子就在他们家里似的。

他记起了玛丽的生活是完全和外界隔绝的，她从来不和这个地区的人接触交往。这一想倒使他生起气来。玛丽跟他结婚以后，一直过了好多年，才勉强到农场上去看看；经过了这么久的时间，她仍然不知道周围的人们是怎样生活的，她几乎连邻居们的名字也弄不清楚。"你没有见过查理手下的那个荷兰人吗？"

"什么荷兰人？"

"就是他的那个助手。有十三个孩子！依靠每月十二镑的收入过活。斯莱特对他刻薄得要命。十三个孩子！一个个都穿得破破烂烂，像小狗一样到处乱跑。他们吃南瓜和玉蜀黍过活，简直像土人一样。孩子们也不上学……"

"只生一个孩子也不行吗？"玛丽执拗地说。她的声调软弱而哀怨，简直是在哀号。她觉得需要一个孩子来挽救自己。她是经过了好几个星期痛苦的思索，才迫不得已想到这一点的。早些时候，一想到生孩子，想到孩子的幼弱无助、全靠大人照料，想到孩子带来的麻烦和操心，她就觉得讨厌。但是有了孩子，她就有点事情可以做了。对她来说，事情闹到这般地步，也是够稀奇的了；明明是迪克要孩子，她讨厌孩子，如今反而要她求迪克同意生个孩子。但是，在那几个星期的失望心情中把孩子问题想了一阵之后，她就拿定了主意。有个孩子并不坏呀，可以多个伴儿。她想起自己还是个孩子时的情景，又想起了自己的母亲。她开始了解到母亲在心灵上是多么依赖她，把她当成一个安全阀似的。她设身处地地想象着自己的母亲，多少年来一直那么疼爱自己，怜惜自己。她这才了解到做母亲的甘苦。她又想起了自己小时候是个沉默寡言的孩子，成天赤着脚，头上也不戴帽子，从那座鸡舍般的小屋子里进进出出，老是离不了母亲。母亲一方面怜爱她，一方面又恼恨着她的父亲，被折磨得非常痛苦。她又想象着自己一旦有了一个孩子，一个小女儿，也可以安慰她，正如当年她安慰母亲一样。她并没有把这个孩子看成一个小婴孩，她希望婴孩阶段尽快地过去，希望婴孩赶快长大。她需要一位小姑娘做伴，根本不愿意去考虑生一个男孩。

迪克问道："上学怎么办呢？"

"什么怎么办？"玛丽恼火了。

"我们拿什么去付学费呢？"

"根本不用什么学费。我的父母亲就不曾为我付过学费。"

"需要膳宿费、书本费、车费，还得做衣服，这些钱会从天上掉下来吗？"

"我们可以申请政府补助啊。"

"休想！"迪克的口气虽然生硬，神色却显得有些畏缩，"根本办不到！我到那些大腹便便的官员的办公室去了不知多少次，请求他们补助一点儿钱，可他们只管大模大样地坐在那儿，理也不理我。向人家去乞怜！我可不干。我不愿意等到孩子长大了，知道我不能够为他出一点儿力。决不能在这房子里生孩子。决不能在现有的生活条件下生孩子。"

"这么说，我就该这样生活下去了，是吗？"玛丽冷酷地说。

"你在没跟我结婚以前，就该想到这一点。"迪克说。玛丽见他这样铁面无情，蛮不讲理，不禁怒火中烧。她差一点儿就要大发脾气，只见她满脸通红，双眼怒睁。可过了一会儿，她又平静了下来，两只颤抖的手交叠握着，眼睛紧紧闭着。她的怒气终于平息下去。她实在是太疲倦了，没有精神再发脾气。"我快四十岁了，"她疲乏地说，"难道你不明白，我很快就没有生育能力了吗？照这样下去，我是生不出孩子来的。"

"现在办不到。"他固执地说。这是他们最后一次提起生孩子的问题。其实他们俩都清楚，迪克陷入目前的困境，却还死要面子，不肯开口向人借钱，未免太过迂腐。

后来，迪克看到她又像从前那样没精打采，便向她请求道："玛丽，跟我一块儿到农场上去吧。为什么不去呢？我们可以一块儿干活。"

"我讨厌你的农场，"她用一种生硬的、拒人于千里之外的声音说，"我讨厌它，我不愿意管它。"

她尽管态度那么冷淡，可还是勉强去了。不过去不去对她来说都是一样。她陪着迪克去了几个星期，迪克走到哪里，她就跟到哪里，希望能在他身边给他打打气。但没想到，她比从前更加感到失望，真是说不出的失望！她清楚地看出迪克在哪些方面不对头，农场在什么地方经营得不得法，可是毫无办法帮助他。迪克太顽固了。他请玛丽给他提点建议，每逢玛丽拿起一个坐垫，跟着他下地去，他就乐得像孩子似的，可是只要玛丽真向他提出了什么建议，他就固执地板起脸来为自己辩护。

这几个星期对玛丽来说实在太可怕了。在那短短的一段时期里，她把一切都看明白了，没有一点儿错觉。她看清了自己，看清了迪克，看清了他们夫妇之间的关系，他们和农场的关系，也看清了他们自己的前途——所有这些事实，她都看得一清二楚，就像真理本身一样黑白分明，她再也不对将来寄予丝毫的奢望。她知道自己这种带有悲观色彩的犀利眼光并不能保持多久，这也是事实。她带着辛酸的心情、梦幻般洞察世事的目光，跟着迪克到处跑，最后她对自己说，今后再也不要向他提什么建议了，也休想刺激他去明白事理。那等于白费精力。

她开始能以一种不带偏见的平和态度来对待迪克了。她很高兴能忘了对迪克的不快和怨恨，而像一个母亲似的去体谅他的弱点，找出这些弱点的根源。其实这些弱点都不应该怪他自己。她常常带着一块坐垫，走到灌木丛的角落里，拣一块阴凉的地方坐下来，把裙子仔细地折好。她眼睛看着扁虱从草丛中爬出来，心里在想着迪克。她看见他站在那一大片红色土地的中央，四周全是大土块，一顶大帽子在他头上啪啪地掀动，衣服又是那么宽松，因此身材也就显得特别瘦小。玛丽看着他时心里不由得觉得诧异：人所以能成为人，就在于那么一点儿决心，那么一点儿毅力，为什么天下竟有人连这点儿毅力也没有呢？迪克是那么美好，那么美好的一个人！她疲乏地跟自己说。迪克是那么正派，身上找不出半点儿丑恶的东西。只要她愿意实事求是地想一想（她既然对他有了一些不带偏见的怜悯，也就能够这样想一想了），就非常明了她这位丈夫为她受了多久的委屈。可是迪克从来没有让她受委屈；当然，他也发脾气，可从来不是存心发脾气。他是那么好。只可惜他又是那样毫无条理。他缺乏一种准确的判断能力，因此做起事情来不能全盘考虑。他是否一向都这样呢？她不知道。她对他了解得太少。迪克的双亲早已去世，他也没有兄弟姐妹。他是在约翰内斯堡城郊的一个什么地方长大的。虽然他没有谈起过自己的童年生活，可是据玛丽猜想，他的童年即使艰难困苦，也不会像她的童年那样卑贱。迪克曾经愤怒地说起自己的母亲吃了许多苦，她听了这番话，就觉得对他有了亲切感。因为他也和她一样爱母亲，恨父亲。他长大成人以后，做过许多种工作：在邮局里当过职员，在铁路上任过职，最后在市政府里做检查水表的工作。后来他又决定要当一名兽医。他在学校里读了三个月的书，因为无力缴纳学费，便凭着一时的冲动，来到南罗德西亚做了一名农场主，"过起自食其力的生活"。

他这个失意的正派人，就是这样来到这里的。他站在"自己的"土地上——其实这块土地连一粒沙都是属于政府的——监视着土人干活，而玛丽则坐在树荫里望着他。玛丽完全明了他这一生已经注定毫无希望，因为他从来没有碰上过一个好机会。但是，即使到了这时候，她还不太相信这样一个好人会从此一事无成。她很想从坐垫上起身，走到他身边，再试探他一次。

有一天，她终于怯懦而又坚决地说："喂，迪克，我想出了一个主意。明年不妨再开垦百来亩地，全部种玉蜀黍。把你的每一亩地都种上玉蜀黍，不要再种这些零零碎碎的不值钱的农作物了。"

"如果玉蜀黍收成不好可怎么办？"

她耸耸肩说："你这样患得患失，是永远不会有收获的。"

于是迪克的眼睛发红，脸也板了起来，从颧骨到下巴的那两条深深的皱纹变得更加深了。

"我已经尽了最大的力量，还有什么办法可想呢？"迪克对她大声嚷道，"叫我怎么再去开垦一百亩地？你说得真轻松！叫我到哪儿去找这么多帮工？眼前这些事情，人力已经应付不过来了。五镑钱一个的黑劳力，我再也买不起了。我必须依靠自愿来的帮工，可是眼前一个也见不着。这里也有你的过错。你使我丢了二十个最好的雇工，他们再也不会回来了。他们现在都在外面说我们农场的坏话，这都怪你脾气太差。这些人以前都自动找到我这儿来，可现在再也不会来了。他们都跑到城里去过漂泊的生活，宁可什么活儿也不干。"

他已经习惯于这样发牢骚了。发牢骚发得溜了嘴，便干脆痛骂起政府。原来当地政府受了英国那些偏袒黑人的团体的影响，不肯强迫土人干庄稼活，不愿意派出卡车和士兵，用武力把这些土人为各个农场主押送回来。政府根本不了解农场主的困难！根本不了解！接着他又迁怒到那些土人身上，这些家伙居然不愿意好好地干活，真是无法无天！他就这样不断地谩骂着，声音是那么激动，那么愤怒，那么刻毒，完全是一个白人农场主的口吻。这些农场主好像始终在和政府里一种不可动摇的力量进行着斗争，而这种力量，正如天空和海洋一样，是根本不会改变的。但是，这样暴风骤雨般地发泄了一通之后，第二年的计划便完全被忘在了一边。回到家里，他一肚子心事和不快，就拿用人出气。土人雇工的问题折磨得他无法忍受，他就把这个用人当作全体土人的替身，在他身上出气解恨。

玛丽被他弄得非常烦恼。虽然她已经麻木不仁，但这一次却被搅得心烦意乱。近来迪克总是在太阳下山时和她一块儿回去，又疲倦又气恼，坐在椅子上不断地抽烟。他现在已经变成了一个烟不离嘴的人。他抽的是比较便宜的土烟，已经抽得咳嗽不止，手指也被熏黄了，一直黄到手指中间的骨节。他在椅子上坐着时也心神不宁，总是转来转去，似乎神经紧张得就要崩断似的。最后，他的体力实在支持不住，只好躺了下来，好像瘫痪了一样，只等着吃完晚饭上床睡觉。

但是这时候用人总会进来说，农场上有几个帮工在外面等着，要向他请假，或是诸如此类的事情。于是玛丽看到紧张的神色重新回到迪克的脸上，他又变得躁动不安起来。看样子他再也无法容忍这些土人了，他对用人大声吆喝，叫他滚出去打发那些土人滚回矿工院去，让他一个人清闲一会儿；但是不到半个小时的工夫，用人又会走进屋来，顾不得迪克发火，耐心地说，帮工们还在外边等着。迪克只好按灭了烟头，又立即重新点上一支，走出门去扯开嗓子对着那些土人大叫。

玛丽在一旁听着，神经也紧张起来。虽然她已习惯他发脾气，可是看到他这副模样，她还是很心烦。有时她气恼到无法克制，等他一回到屋子里，就挖苦他说："只许你自己找土人麻烦，而我就不能碰他们一下。"

"告诉你，"他对玛丽瞪着那双充满怒火和痛苦的眼睛说，"我再也不能忍受他们了。"说着，他全身发抖，跌坐到椅子上。

尽管玛丽心里因为讨厌他而常常生气，但是一看到他在地里跟工头说话，她心里就很着慌。她不安地想，迪克自己好像也已变成了一个土人。他像土人一样，会用手捏着鼻子擤鼻涕；他站在他们一旁，就好像和他们是一路人；连他的肤色和他们的也没什么两样了，因为他的皮肤已经被晒成深棕色，举止行动也和他们差不多。每逢他跟他们一块儿谈笑，为了叫他们高兴，他会俨然不顾分寸，净说些粗陋的笑话，这些都使她感到震惊。她真不知道这样发展下去，究竟会有什么样的结局。当她这样想着时，不久就会感到一阵极度的疲惫，于是她又模模糊糊地想道："说到底这又有什么关系呢？"

最后她对迪克说，为了看他干活，要她花上所有的时间坐在一棵树下，让扁虱在她腿上爬来爬去，实在没有什么意义，尤其是他并没有把她当一回事。

"可是，玛丽，我喜欢你在这儿。"

"唔，我受够了。"

她又恢复了以前的习惯，不再为农场操心。农场不过是那么一个地方，迪克每天从那儿回来吃饭睡觉。

现在她对一切都不闻不问。她整天闭着眼睛，麻木不仁地坐在沙发上，只觉得热气冲昏了她的头脑。她口渴，想倒杯水喝，可是去倒杯水或是叫用人给她拿杯水来，她都嫌太吃力。她老是想睡觉，可是从坐着的地方站起来，爬上床去睡觉，又得费很大的力气。于是她就睡在原来的地方。她走起路来两条腿显得非常笨重，讲一句话也吃力得要命。接连几个星期，她除了跟迪克和用人说话以外，没跟任何人说过话；即使迪克，她也不过在早上看到他五分钟，晚上在他精疲力竭地躺到床上以前，看到他半个小时。

时间过得真快，凉爽晴朗的月份过去了，又进入了炎热的季节。随着气候的变换，风儿把一阵阵细沙吹进屋内，因此不论什么东西的表面，摸上去都有点儿硌手，地面上盘旋着一团团奇形怪状的灰尘，被风吹起的枯草叶和玉蜀黍须像尘埃一样亮晃晃地飘在空中。她想到炎热就要到来，心里就害怕，可又提不起精神来对抗。她觉得，只要有人碰她一下，她就会倒下去，化为乌有；她带着渴望的心情，想象着一个伸手不见五指的漆黑世界。她闭着眼睛，想象着天空又黑又冷，甚至没有一颗星星来划破这无边的黑暗。

这时候，无论一点儿什么影响，都会驱使她走上一条新的道路。她整个人都静止不动了，等待着一种力量把她向某一个方向推动。她的用人又来向她辞退工作，这一次并不是为了打碎一只碟子，也不是为了一个盆子没有洗干净而发生争执，事情很简单，他要回家去。玛丽才懒得去同他争呢。用人走了，请了一个人来代替他。玛丽觉得这人难以容忍，只做了一个小时就打发他走了。于是一时之间又没有了用人，她只得亲自做些非做不可的事情，其他的事则搁在那儿不管；白天房间没人打扫，每餐饭他们俩就吃些罐头食品。由于玛丽在土人中间的名声很坏，大家都认为这位太太很难侍候，所以找用人就越来越困难。

这种环境肮脏、食物糟糕的日子，迪克再也过不下去了。他对玛丽说，要从农场上带一个土人到家里来，把他训练成用人。那人一到门口，玛丽就认出他正是两年前自己用鞭子抽打过的那个土人。她看见那人的脸颊上有一条伤痕，一条细细的伤痕，横在他脸上，比他的黑皮肤还要黑。玛丽犹豫不决地站在门口，那人低垂着眼睛站在门外。她想着要不要把他送回农场去，另外重新派个人来——不过这片刻的拖延也使她觉得厌倦，于是她叫他进来。

那天早上，由于她心里存着一些不愿意说出来的忌讳，所以不愿意像平时那样陪着用人一块儿干活。她让他一个人待在厨房里。等到迪克回来了，她便问道："能不能另外找个人来？"

迪克望也不望她一眼，只顾狼吞虎咽地吃着。这些天来他都是这样，好像时间急迫得刻不容缓。他只是说："我再也找不到一个比他更好的了。为什么要另外找呢？"他的声音中带着敌对的情绪。

玛丽从来没把那年鞭打这个土人的事对迪克讲过，因为怕迪克发怒。她这会儿只说："我觉得这人不太行。"她说这话时，看见迪克脸上显出了怒意，便连忙说道："不过，我看勉强也还可以。"

迪克说："他很干净，做事也主动。在我那些雇工中，他是最好的一个。你还有什么别的要求吗？"他说话的口气很粗鲁，甚至还带了些残忍。说完他便走出去了，那个土人就这样留了下来。

玛丽照例对他做了一番怎样干家务活的指示，声调像平常一样冷淡，一样有条不紊，但又稍微有些不同。她对待这个用人不能像对待其他用人一样，因为她脑子里老是驱除不掉那年打了他以后怕他反击的恐惧。她在这个土人面前总觉得心神不安，其实这个土人的举动和别的几个用人并没有什么两样；从他的态度上也看不出他有记仇的表现。他不大说话，玛丽无论吩咐他做什么，他总是耐心顺从地照办。他老低垂着眼睛，好像害怕看到她。但是，即使他已经忘了当年的那件事，玛丽可忘不了；玛丽对他说话时的态度，比起对别的用人来，自有些微妙的差别。她说话时尽量避免感情用事，有时连她平常那种急躁的声气，也一点儿听不出来。

玛丽常常很安静地坐在那儿，看着他干活。他那健壮魁伟的身躯迷住了她。她把以前几个用人穿过的衬衫短裤给了他，让他在屋子里穿。这些衣服他穿着显得太小，当他擦地板或是弯下腰生火炉的时候，肌肉就紧贴着衣服凸了出来，两只薄布的袖管看上去简直就要绷裂了。他那魁伟的身躯被这小小的屋子一衬托，好像显得更加高大了。

他干起活来非常尽职，在她雇用过的用人中，他算得上是最好的一个。玛丽常跟在他后面转来转去，看看是否有什么事情没做好，结果难得发现有这种情形。因而过了不久，玛丽看他就觉得比较顺眼了，当年鞭打他的那件事也渐渐从记忆中淡化。从此她就用她自以为对待土人理所应当的那套方法来对待他，说话的声调变得严厉了，有时还要发脾气。可是这个用人并不回嘴；玛丽常常在不该骂他的时候骂他，他只是忍着，甚至连眼睛也不从地面上抬起一下。可能他已经下定决心不惹是非。

主仆就这样相处下去，表面上一切都正常地进行着，每天的生活井然有序。这一来，玛丽便闲得无事可做了。不过玛丽待他并不像以往对待用人那样冷淡。

每天上午十点钟，他把玛丽的茶端来以后，便提着一桶热水，走到大树下的鸡舍后面去。玛丽有时从屋子里偶尔能瞥见他弯腰在那儿淋浴，他腰部以上的半个身体都赤裸着。他洗澡的时候，玛丽尽量不待在附近。他洗完澡以后，就回到厨房里，仍旧安安静静地斜倚在阳光中的后墙上，脑子里显然什么事都没有想。他可能睡着了。一直要等到烧中饭的时候，他才重新动手干活。想到用人懒洋洋地站在那儿，接连几小时一动不动，不发出一点声音，炎热的阳光似乎也影响不了他，玛丽就觉得讨厌。虽然她并没有无聊得昏昏欲睡，但要想再找些活儿给他干，确实是件很费脑筋的事。

这段时间里，她常常忘了到鸡舍去。有一天早上，她跑去把每个鸡窝粗略地看了一遍，拾了满满的一篮蛋。正在这时，她忽然看见那个土人就在几码路以外的树丛下站着。只见那个土人正用肥皂擦着自己的粗脖子，白色的肥皂泡被他那漆黑的皮肤一衬托，显得出奇的白。土人本是背朝着她的，这时突然转过身来。也许这是巧合，要不就是因为他感觉到她到了跟前，并且看见了她。玛丽已经忘了这是他洗澡的时间。

一个土人本来比一条狗强不了多少，一个白人是可以看着他的。所以，当他停下来站得笔直，等着玛丽走过去时，玛丽觉得很气恼。你只消瞧他那种姿态，便可以看出他讨厌玛丽在跟前。也许他会以为玛丽是故意待在那儿的呢。想到这里，她不禁勃然大怒；显然他这种想法是昏了头；这个土人好大的胆子，竟敢这样厚颜无耻，想入非非，而玛丽是决不允许自己的脑子里存在这种想法的。当玛丽穿过中间的那片灌木丛时，他的身体竟然动也不动一下，脸上又显出那样一副表情，眼睛直勾勾地望着玛丽，这实在使玛丽愤怒至极。她感到一股冲动，就像当年举起鞭子抽打他时的那种冲动。她故意转身走开，在鸡舍周围转了一圈，撒了几把谷子给鸡吃，然后慢慢地弯下腰，从那矮矮的铁丝网门里探出身来。她并没有再望他一眼，只用眼角斜瞟了一眼，就知道他仍然站在那儿，漆黑的身影动也不动一下。她回到屋子里，几个月来第一次摆脱了那种对什么都漠不关心的态度，几个月来第一次定睛看着自己所走的地面，同时感觉到太阳光照在赤裸的颈背上的热力，感觉到脚底下尖利、滚烫的石头。

她听到一阵奇怪而气愤的咕哝声，后来才发觉是自己一边走路，一边不知不觉地把心里的想法说出了口。她用手掩住口，又摇摇头，想把这些不快的想法甩掉。在摩西该回到厨房里来的时候，她听到了他的脚步声，她四肢僵硬地坐在前面房间里，被一阵歇斯底里的情绪控制着。只要一记起刚才那个土人站在一旁等她走过去时的那种可恨脸色，她就害怕得似乎手上碰着了一条毒蛇。一种剧烈的紧张情绪驱使她走进了厨房，只见用人穿着干干净净的衣服站在厨房里，把一些洗好的衣服放在一旁。她记起了那涂满雪白皂沫的又黑又粗的脖子，那在水桶跟前弯着的健壮的背，这对她的感官实在是一种刺激。她并未意识到自己刚才发脾气，歇斯底里，完全是无缘无故，根本是没有理由的。先前发生的那番情景，使黑人与白人之间的严格区分，主仆之间的严格区分，被一种涉及个人关系的东西破坏了；一个非洲白种人在偶然的情况下窥视到一个土人的眼神，看到那个土人身上也具有的人性特征（这是白种人先入为主的成见最不愿意想到的），在他的仇恨感情中会生出一种愧疚，尽管他不承认，最终他会放下手中的鞭子。玛丽觉得自己应该立即想出点办法来恢复内心的平静。她的目光凑巧落在桌子下面的一个蜡烛箱上，箱子里放的是洗衣刷和肥皂，于是她对用人说："把这地板擦一擦。"当她听到自己的声音时，不禁吃了一惊，因为她并不知道自己要说话。这就像在通常的社交场合中，你正心境平和地和大家谈些无关紧要的套话，这时忽然有一个人说了句中肯的话，也许是说溜了嘴，把他心里对你的真正看法说了出来，结果弄得那说话的人自己立刻心慌意乱，发出一声神经质的笑声，或是讲出一句尴尬的话，使在座的人个个都不自在。玛丽现在的感觉正是这样。她已经心慌意乱，控制不住自己的言行了。

"我今天早晨才擦的。"土人一面慢慢地说，一面望着她。他的眼睛里隐隐约约冒着火星。

她说："我说要你擦，你就得立刻擦。"她说后面一句话时，声音提得特别高。有一瞬间，两人目不转睛地对视着，心中彼此的仇恨表露无遗。后来，土人垂下了眼睛，玛丽也转过身向门外走去，随手砰的一声关上了门。

很快，她就听到了潮湿的刷子擦在地板上的声音。她浑身散了架似的往沙发上一倒，虚弱得好像患了病。她早已习惯这样无缘无故地发脾气，可是像这样大发雷霆还是第一次。她浑身发抖，口燥唇干，只觉得血液在耳膜后震颤。过了一会儿，她镇静了些，便走到卧室里去倒水喝；她不想再看到那个土人摩西。

后来她还是强迫自己站起身来，走到厨房里去。她站在门口，仔细打量着那湿一块干一块的地板，似乎是真的来检查地板擦洗的情况。用人像平常一样，不动声色地站在门外，凝视着外面那一大堆砾石；在那儿，大戟树把灰绿色的粗壮枝干伸向清澈的蓝天。玛丽在碗橱后面窥视了一会儿，然后说道："现在可以摆桌子开饭了。"

用人转过身去，动手把桌布和杯子摆好。他那双又黑又大的手，弄着那些小小的器皿，显得迟缓和笨拙，每一个动作都使玛丽看了生气。她身体僵直地坐在那儿，神经十分紧张，紧握着双手。等用人走了出去，玛丽才觉得稍微轻松了一些，好像卸下了一个重负。桌子摆好了，她出去检查了一下，只见每样东西都摆在该摆的位置。但她还是随手拿起了一只玻璃杯，向后面房间走去。

"看看这只杯子，摩西。"她命令道。

摩西走过来，很有礼貌地看了一看，其实只是做了做样子，因为他早已从她手里接过杯子拿去洗了。原来杯子的边上有一根从干抹布上掉下来的白线。他在水槽里装满了水，倒进一些肥皂水，照着玛丽教他的那套方法，把杯子重新洗了一遍。玛丽看着他把杯子洗好、擦干，便接过手，回到了另外那间房间里。

她脑子里仿佛又看到那用人沉默寡言地站在门口的阳光中，眼睛不望任何东西；她几乎要失声叫起来，把一只玻璃杯摔到对面的墙壁上去。但她实在找不出一点儿事情给他做，哪怕是鸡毛蒜皮的一丁点儿事情。她在屋子里悄悄地转了一圈，只见房间里的东西虽然显得破旧了些，却都整洁地摆放在原来的地方。那张床，那张她一向讨厌的结婚大床，也整理得很整洁。

床上没有一点儿皱褶，床罩铺得好好的，床罩一头的边角翻过来叠着，这是大胆仿照时髦商品目录中的漂亮式样叠起来的。看见了床，玛丽就觉得不自在，因为她想起了夜晚和迪克的身体接触，迪克肌肉发达，但总显得很疲乏，她想到这点就觉得讨厌。在这方面她一直觉得不习惯。她转过身去，捏紧双手，突然看到自己映在镜子里的面容。她看到自己容颜憔悴，头发蓬乱，嘴唇气愤地紧闭着，眼睛里直冒火，浮肿的脸上红一块白一块——她简直不认识自己了。她呆呆地凝视着镜中的模样，真是又吃惊又可怜自己。过了一会儿，她忽然大叫一声，歇斯底里地哭起来，哭得浑身颤动，气都喘不过来，一面还竭力压抑着哭声，生怕被那个土人在后面听见。她哭了很久，等到抬起头来擦干眼泪时，猛然一看时钟，才意识到迪克马上就要回家了。她怕迪克看到她这种样子，便努力让自己抽搐的身体平静下来。她洗了洗脸，又梳了头发，在眼睛四周发黑的皮肤上扑了些粉。

这些天来，她和迪克吃饭时总是一声不响，这顿饭也不例外。迪克看到她脸上通红，皮肤起皱，眼睛里又全是血丝，便明白发生了什么事。她平时哭泣总是因为和用人吵架。但是迪克这会儿只感到疲倦和沮丧；自从上次争吵以来，他一直就是如此。他本以为玛丽已经改掉了一些怪毛病，现在看来并非如此。玛丽始终低着头，一点儿东西也不吃；在用餐的整段时间内，用人一直在桌边侍候，好像一架自动的机器。可实际上，他的身体在这里侍候着他们完全是出于被迫，他的心并不在这儿。迪克一想到这个土人干活那么卖力，再看看玛丽那浮肿的脸，不禁怒从心起。等到土人走出房间，他便说道："玛丽，你应该把这个用人好好地用下去。在我们雇来的所有用人中，他算得上是最好的一个了。"这时候，玛丽仍然没有抬起头，坐在那里一动不动，显然对他的话充耳不闻。迪克看到她那瘦小的手被太阳晒得起了皱纹，正在不住地发抖。沉默了片刻，迪克又把这句话说了一遍，不过这一回可不是那么好声好气的了，而是带着厌烦说道："再要换用人，我可吃不消了。我已经受够了，所以特地预先告诉你一声。"玛丽还是不回答，因为她在早上又是发火，又是痛哭，已经精疲力竭，就怕这会儿一开口，又要哭出来。迪克相当惊异地望着她，因为照平常的情形，她总是要回几句嘴，埋怨用人偷东西，或是品行不好等。他已做好思想准备，打算听她那一套埋怨，可是她依旧不作声，这不明摆着存心闹别扭吗？于是他情绪一冲动，非要她表示答应不可。他用一种上司对下属说话的口吻对她说："玛丽，你听见我的话没有？"玛丽终于勉强板着脸说："听到了。"

迪克一走，玛丽立刻走到卧室里去，免得看见用人收拾饭桌。难挨的四个小时，她就在睡眠中打发掉了。

第九章

日子就这样一天天过下去，过了八月，又过了九月。这是些炎热而烟雾弥漫的日子，四周花岗石的山冈上吹来一阵阵干燥而多灰的风。玛丽东游西转，干着自己的活儿，就像一个在做梦的女人，本来只消几分钟就能做好的事情，她却要花几个小时才做得好。她不戴帽子站在烈日下面，酷热的阳光倾泻在她的背上和肩膀上，晒得她快麻木了，思维也变得迟钝。有时候她简直觉得遍体鳞伤，好像太阳把她全身的肉都晒伤了，变成了一层松软肿胀的外壳，覆在发痛的骨骼上。如果一直这样站下去，人一定会晕倒，她于是派用人到屋子里去为她拿帽子。接着，她会松一口气，好像刚才她并不是漫无目的地在鸡群中走来走去，面对着那些鸡却视而不见，而是做了几小时的体力劳动。她要去倒在一把椅子上，坐在那里动也不动一下，脑子里什么也不想，好好休息一阵。但是一想到家里只有那么一个男用人和她待在一起，她的心里就好像压了一块大石头一般。玛丽在他面前总是显得紧张、拘束，所以尽量打发他去干活，使他忙得没有时间休息。她只要看到什么地方有一点灰，或是一只碗、一只盆子放错了地方，就毫不留情地责备他。但是想到迪克的怒火，想到他已经警告过她再也不能换用人，她就觉得面临着一次挑战，没有勇气去应付。她觉得自己像一根拉紧的线，两头各悬着一个不可移动的重物。她仿佛动也不能动一下，变成了一个两种力量对垒的战场。然而，那究竟是怎样的两种力量，她又怎样容纳得了这两种力量，她可说不上来。摩西除了执行她的命令外，对她非常冷淡，好像没有她这个人似的。迪克的脾气以前是那么温和，那么容易讨好，现在却老是怪她没有把事情处理好。因为她竟然用那样紧张的高声没完没了地训斥用人，只为了用人没把一把椅子摆好，和原来摆的位置差了两英寸，可与此同时，她对屋顶上布满了的蜘蛛网却视而不见。

除了摆在眼前的事情以外，玛丽对一切都心不在焉。她的目光只局限在房间里。小鸡开始一只只死去，她只低声咕哝了一句，说小鸡生病了；后来才明白是自己有一个星期忘了喂它们，尽管她常常手里提着一桶谷子，在鸡舍中走来走去。鸡就这样死了一部分，那些瘦得不成样子的也全都宰了吃了。她对自己这种心不在焉的毛病也觉得惊异，因此一度下了决心，再做事情时一定专心致志。然而没过多久，类似的事情又发生了。她没有注意到鸡舍中的水槽里没有了水，鸡断了水，躺在烤焦的地面上有气无力地抽搐着，变得奄奄一息。从此她再也不用烦神了。他们接连好几个星期吃鸡，直到把铁丝笼里的鸡吃得一只不剩。可是再也没有鸡蛋吃了，她也不到店里去买，因为蛋的价格太贵。在大部分的时间里，她的脑子都在隐隐作痛，而且一片空白。她总是一句话讲了前半句就忘了后半句，迪克也习惯了她这种说话的特点。她往往口里才吐出三个字，脸上就突然露出茫然的神气，接着便一声不吭，原先打算说的话没出口就已忘得一干二净。如果迪克好声好气地劝她讲下去，她就会抬起头来，既不望迪克一眼，也不回答他的话。看到玛丽这个样子，他心里很难受，因此也不再责备她养鸡半途而废了，而先前养鸡使他们一直有现钱收入。

但是一提到土人问题，玛丽还是有所反应的。她的脑子里只有这一小部分还保持着清醒。本来她很可能已经和土人吵了不知多少次了，可是一方面怕他离开，另一方面又怕迪克发脾气，因此她不敢吵，只能在心里跟自己闹别扭。有一天她被一阵噪声吵得神志清醒过来，一听原来是自己在起居间里用一种低低的、发怒的声音自言自语，在胡思乱想的状态中觉得土人那天早上忘了收拾卧室，因此大动肝火，想着怎样用英文骂一些极其刻薄恶毒的话，使那个土人无法听懂。那些断断续续、低沉而又发狂的声音，她自己听来也觉得可怕，正如那天在镜子里看见了自己的面容一样。她一害怕，便猛地回到了现实世界，想起刚才自己在沙发角落里像一个疯女人似的胡言乱语，不由得打了个哆嗦。

她轻轻地站起身来，走到起居室和厨房之间的一扇门那儿，看看用人在不在附近，有没有听到她刚才的呓语。只见用人像平常一样，斜倚着外面一堵墙站着。她只看到他那紧绷在薄薄衣服下的宽大肩膀，看见他一只手懒洋洋地下垂着，淡红而微带棕色的手掌微微地弯着，他动也不动。玛丽对自己说，他不可能听到，于是她打消了顾虑，不再害怕由于他们两人之间只隔着两扇敞开的门，让他偷听到了那些话。那一整天她都回避着他，在房间里不安地走来走去，似乎根本不知道该如何保持镇静。整个下午她都躺在床上哭，绝望地抽噎，因此等迪克回来时，她又变得面容憔悴了。幸好这一次迪克自己也已精疲力竭，只想睡觉，所以丝毫没有发觉玛丽有什么异样。

第二天，当她从厨房的柜子里拿东西给用人的时候（柜门她总是尽量记着锁上，但多半都敞开着，这一点她自己并不知道，因此每天定量分发食品这件事等于白费精神），看见摩西拿了托盘站在她身旁。他对她说，他本月底就要辞去工作了。他说得心平气和，直截了当，但又带着几分犹豫的神气，好像料到主人要反对似的。玛丽已经听惯了这种紧张的声调，因为无论哪个用人要辞去工作时，说起话来总是这种声调。一般说来，用人要辞去工作，她总是感到极大的快慰，因为她和用人之间的紧张关系从此可以解除了。不过她也觉得愤怒，因为这对她简直是一种侮辱。每次用人离开时，她都要讲一遍大道理，喋喋不休地骂一顿。可是这一次，她只是劝了摩西几句就不作声了；她的手从柜门上放下来，心里想到迪克肯定要发脾气，她无法面对这个场面，她再也没有胆量同迪克争吵了。可是，这一次并不能怪她，因为她虽然讨厌这个用人，被这个用人吓坏了，可她还不是想尽了一切办法留住他吗？让她害怕的是，她又抽抽噎噎地哭起来了，而且当着这个土人的面！她虚弱无助地站在桌子旁边，背对着土人哭泣着。有好一会儿工夫，主仆两人谁都没动一下；接着，土人绕过桌子，走到能看见她脸的地方，好奇地望着她，皱着眉头一面观察，一面表示出诧异。最后，玛丽恐慌得几乎发狂似的说："你不许走！"接着又哭起来，一遍一遍地说："你一定要干下去！你一定要干下去！"她始终觉得又羞耻又痛苦，因为让土人看见了她哭泣。

过了一会儿，玛丽看见他走到摆滤水器的架子那儿，倒了一杯水。他那种慢条斯理、从容不迫的动作，使她感到羞辱，因为这时候她已经控制不住自己了。等用人把那杯水端到她面前的时候，她并没有抬起手去接，只觉得他这种行为很鲁莽，应该置之不理。但是，尽管她自己装得一本正经，还是禁不住又哭起来了。"你不许走。"这会儿，她的声音里竟带着恳求的口气了。他把杯子放到她的嘴边，使她不得不伸出手来接。她泪流满面，喝了一口。她带着恳求的眼光，从杯子上面望着他。她看见他的眼睛里流露出容忍她弱点的神情，又不禁害怕起来。

"喝吧。"用人简洁地说，那语气仿佛是对自己同种族的女人说话。玛丽把那杯水喝了。

然后他从玛丽手里把杯子小心地接过去，放在桌上，又看见玛丽站在那儿茫然不知所措，便说道："夫人到床上去躺着吧。"玛丽没动。他勉强伸出手来，可由于不愿触碰这位神圣不可侵犯的白种女人，便推推她的肩膀，于是玛丽便被轻轻地推着从起居间到了卧室。这一切犹如一场梦魇，使人在恐惧面前无力抵抗；这个黑人的手碰在她肩上，真使她要作呕；她生平从来不曾碰过土人的身体。当他们走到床前的时候，那土人仍然轻轻地触动着她的肩膀，她觉得头直发晕，骨头也软了。"夫人躺一下吧。"他又说了一遍，这会儿的声音是温和的，几乎像父亲对女儿说话一般。等她跌坐在床边上以后，用人又轻轻地扶着她的肩膀，推着她躺下来。接着，他又把她的大衣从门口挂着的地方拿下来，盖过她的脚。做完这些，他走了出去，她的恐惧便消退了。她全身麻木地躺在那儿，一声不响，也无从考虑这件事意味着什么。

过了一会儿，她睡着了，醒来时天色已经很晚。她从方形的窗口望出去，只见外面的天空中布满酝酿着雷雨的蓝色云朵，落日那橘黄色的光辉把它照得亮闪闪的。她一时记不起刚才是怎么回事，等她记起来的时候，她又被恐惧吞噬了，那是一种极度绝望的恐惧。她记起了自己曾经无可奈何地哭得死去活来，记起自己听从那个土人的吩咐喝了水，还让土人推着她走过两个房间，把她推到床边上，记起土人把她推着躺下来，又用大衣盖住她的腿。她被吓住了，恨恨地往枕头里钻，忍不住哭出声来，好像身上沾染了污物似的。在痛苦的折磨中，她仿佛又听见了他刚才的声音，那样坚定，又那样亲切，好像她的亲生父亲在命令她一样。

　　过了一会儿，房间里完全黑了，只有外面树顶上的夕照反射进来，使白色的墙壁上闪出微弱的光亮，那些树木的下端枝叶已经罩上了黄昏的阴影。她起了床，擦着火柴点亮了灯。火苗一晃，接着火焰便稳定了，安安静静地放着光。房间里现在是一片琥珀色的灯光和阴影。影子都是外面那一大片树木投射进来的。她往脸上扑了点粉，在镜子前坐了好久，只觉得无力动弹。她并不是在思考，而是在恐惧，至于恐惧些什么，她自己也不知道。她觉得一定要等到迪克回来了，她才能出去，那时候见了那个土人自己才能壮起胆子来。后来迪克回来了，表情沮丧地望着她，说他回来吃午饭时，看见她睡着了，就没有叫醒她，但愿她不是生病了。"噢，没有，"她说，"只是有点疲倦。我觉得……"她说到这里便停下了，脸上现出迷惘的神情。那盏灯火摇曳的灯投下了一圈暗淡的弧光，他们便坐在那圈弧光下面，用人没有声响地在桌子四周走动。有好长一段时间，她的眼睛都是低垂着的，不过自从迪克进了门后，她的脸上就恢复了些生气。她勉强抬起了头，匆匆忙忙地往迪克脸上瞥了一眼，看见他脸上和平时并没有什么两样，这才放了心。像往常一样，迪克的举止动作都显得心不在焉，好像他这个人并不在这儿，在这儿的只是一个没有灵魂的躯壳。

　　第二天早上,她勉强走到厨房里去,像平常一样说话,恐惧地等待着用人再来向她辞退工作。但是他并没有这样做。一直过了一个星期,眼看一切都照常进行时,她这才意识到用人不打算走了,已经被她的眼泪和恳求所感动。玛丽简直不忍回想自己竟会那样随心所欲。因为不去想这件事,她的身心也就渐渐地复原了。她再也不去顾虑迪克会为了用人而对她发脾气、使她苦恼;而且她把自己不顾羞耻、哭哭啼啼的那一幕也抛到了九霄云外,因此她又觉得心安理得了,又开始用那种冷酷而刻薄的口吻,不断挑剔那个土人的工作。有一天在厨房里,用人转过身来对着她,目光直视着她的脸,用一种使人听了惶惶不安的激动声调责问她说:"夫人叫我不要走。我留在这儿帮夫人的忙。如果夫人发脾气,我就走。"

　　这种毅然决然的声调,使玛丽不得不收敛一下;她实在拿他没有办法。尤其是当她不得不记起他为什么要留下时,就越发觉得拿他没有办法。现在,从用人怨恨而激动的声音里,可以听出用人在谴责她没有良心。没有良心!她自己倒还没有看出来。

　　用人正站在炉灶旁边。再等一会儿,饭就要烧好了。玛丽不知该说什么好。他走到桌子前,一面等着玛丽回话,一面拿起一块布,把炉灶门上滚烫的铁门拉开。他眼睛不望着玛丽说:"我干活干得很好,是吗?"他说的是英语,而这一点,一般总会引得玛丽大发脾气。她认为这是鲁莽无礼,可她还是用英语回答了一声:"是的。"

"那么，夫人为什么还要常常发脾气呢？"

他说这句话的语气很安详，几乎可以说很亲切、很愉快，好像在逗一个孩子一样。他弯下身来打开炉灶的门，背朝着她，拿出一盘很松软的小面包，比她自己烤的要好得多。他动手将面包一个个拿出来，放在一个铁丝盘上让它们晾凉。玛丽觉得自己应该马上走开，但最终还是没有动弹。她无可奈何地站在那儿，看着他那双大手把一个个小面包移到盘子里去。玛丽一声不响，想起他对她说话时用的那种声调，往日那种愤怒的感觉又涌上心头，可另一方面她又被他这种声调深深地迷住，这使她自己也无法理解，她简直不知道该怎样和他相处下去。因此，过了一会儿，趁着用人没有看她，安静地忙着自己的活的当儿，她便走开了，也没有回答他的话。

经过六个星期的炎热，到了十月下旬。终于下雨了，就像每年这个季节一样，迪克中午那顿饭要在地里吃，因为那里的农活使他忙得实在不能脱身。每天早晨六点钟左右，他就必须赶到农场上去，晚上六点钟才回来，因此家里每天只要烧一顿饭，早饭和午饭都为他送到地里去。玛丽也采取了前几年一贯的做法，对摩西说，她不需要吃午饭，只要给她准备些茶就行了。她连吃午饭都觉得麻烦。开始的第一天，在迪克不在家的那段长长的时间里，摩西没有给她端来茶，而是为她拿来了鸡蛋、果酱和烤面包。他很小心地把这些东西放在她身边的一张小桌子上。

"我不是告诉过你，我只要喝茶吗？"她狠狠地责备道。

他很安静地回答道："夫人没有吃早饭，现在应该吃些东西了。"托盘上甚至还放着一只没有柄的茶杯，杯子里插着花，有黄色的、淡红色的和大红色的，都是些从灌木丛中采来的野花。它们被笨拙地塞在一起，可是放在有些脏的旧桌布上，颜色却十分鲜艳夺目。

玛丽坐在那儿，低垂着眼睛。用人把托盘放好以后，便站直了身子。使玛丽最为心烦的莫过于眼看着这个用人要讨她的好，用花朵来宽慰她。用人正等着她高兴地说句什么话称赞他一下，可她偏偏说不出口；不过已经到了嘴边的责备的话也没有说出口，她只是把托盘拖到跟前，开始吃起来，什么也没说。

现在他们两人之间有了一种新的关系。她觉得自己已不可自拔地落入了这个用人的掌控中，虽说她完全没有理由变成这样。她没有一刻不意识到他的存在：他在屋子周围忙着，或是静静地站在屋后的墙边晒着太阳。她感到一阵极其强烈的、莫名其妙的恐惧，一种深沉的不安，甚至感觉到这土人有一股神秘的诱惑力，不过这一点她自己并不十分清楚，她是宁死也不愿意承认的。不久前在他面前的哭泣似乎是一种屈服的举动，这种屈服使她丧失了自己的尊严，他再也不肯把这份尊严还给她了。有几次责骂他的话差一点就要从她的嘴里说出来，只见他从容不迫地望着她，并不接受她的责备，而是一副质问她的神情。只有一次，他真的忘了做一件事，犯了错误，脸上才显出以前那种茫然不知所措的屈服神气。那一次他当真接受了责备，因为他当真犯了错误。现在她开始躲避他了，而她从前总是跟在他后面，看他干活，检查他所做的每一件事情。可是现在，她简直懒得到厨房里去，把全部的家务都交给了他，甚至把钥匙也放在储藏室的一个架子上，让他随时要开橱门就可以去拿。她心里一直七上八下，不知道自己新产生的这种紧张情绪是否能够消除。

有两次用人都用那种新的亲切友好的声音向她提出问题。

有一次问的是关于战争的问题。"夫人看战争是不是快要结束了？"她吃了一惊。她是个与外界毫无接触的人，甚至连每星期的周报也不看，所以对她来说，战争完全是谣言，是发生在另外一个世界里的事情。但是她却见过这个用人浏览铺在厨房桌子上的旧报纸。她只得生硬地回答说，她不知道。过了几天，他好像经过了一阵思考似的，问道："难道耶稣认为人类互相残杀是正当的吗？"这一次玛丽听出他这话里暗含着责备她的意思，心里很气愤，便冷冷地回答说，耶稣是站在好人一边的。但是这一整天玛丽心里都燃烧着那股旧有的怨恨，晚上她问迪克："摩西本来是干什么的？"

"他在教会当过差。"他回答说，"像他一样出身的人，我只碰到过他一个正派的。"正如大多数的南非人一样，迪克不喜欢在教会里当过差的用人，因为这些人"懂得太多了"。无论如何不该教这些人读书写字，应该教他们懂得劳动的体面以及有利于白人的通常道理。

"怎么了？"他疑惑地问道，"不会又闹出什么事情来了吧？"

"没有。"

"他有什么不正当的行为吗？"

"没有。"

这个用人既然在教会里当过差，便足以说明很多问题，譬如说，他会口齿清晰地称呼"夫人"，而不是"太太"，听了令人恼火。其实，称呼"太太"反而更符合他的身份。

这一声"夫人"确实叫她听了生气，她恨不得吩咐他不要这样叫。但是这种称呼并没有不尊敬的意思，只不过是从一些思想愚蠢的传教士那里学来的。他对待玛丽的态度，玛丽也不能理解。虽然他没有不尊敬的意思，可他却迫使玛丽不得不把他当一个人看待。在过去，那几个用人一被解雇，她就把他们忘了，好像把一些肮脏的东西从脑子里洗掉了似的，可是这一回她却不能这样对待他。玛丽不得不和他接触，而且没有一刻不感觉到他的存在。玛丽每天都意识到这种情形有几分危险，可又说不准究竟是怎样一种危险。

近来她夜里总是时睡时醒，净做些可怕吓人的噩梦。以前她睡觉时，只要放下窗帘，一会儿就睡着了，可是现在，睡着后看到的情境比醒着时还要真实。有两次，她一做梦就看到这个土人，而每一次都是当他碰着她的身体时，她就吓得醒了过来。每一次玛丽都梦见他高高地站在她面前，那么强壮，那么咄咄逼人，可又那么亲切，同时又逼得她做出一种姿势非让他接触一下不可。她还做了些别的梦，这些梦都是那样纠缠不清，摩西并没有直接出现，可是都那么可怕，那么恶心，她醒来时吓得大汗淋漓。她想竭力把这些梦忘掉，她变得怕睡觉了。夜里躺在床上，她总是紧张地依偎着迪克那睡着了的松弛的身体，硬要自己醒着。

白天，玛丽常常暗地里望着摩西，并不像一个主妇望着用人，而是记起了梦里那些事情，带着可怕的好奇心望着他。他每天都那样关心玛丽，看她要吃些什么，用不着玛丽吩咐就把吃的做好了拿来，还常常从矿工院带些鸡蛋来送给她，或是从灌木丛中采一束野花来。

有一次，太阳下山好久了，迪克还没有回来，她对摩西说："把饭热在那儿，我要去看看老板为什么到现在还不回来。"

当她在卧室里拿外衣的时候，摩西来敲门了，说还是让他去找老板，夫人在这样漆黑的夜里独个儿到树林里去不太好。

"好吧。"她一面无可奈何地说，一面脱去外衣。

但是迪克并没有出什么事情。因为一头牛摔断了腿，所以他才回来晚了。过了一个星期，有一天迪克又是很晚没有回来，玛丽很担心，可并没有打算出去看看他出了什么岔子，怕的是让用人知道了，又要那样直截了当、合情合理地对她表示关注，为她代劳。现在玛丽对于自己的做法，只能从一个角度去考虑，那就是得留心不要让摩西进一步增进他和她之间的新关系，否则到时叫她想要抗拒也无从抗拒，现在她自然只有及早竭力避免。

二月里，迪克又得了疟疾。像上次一样，这次发病是突如其来的，虽然病程短，但是病情很严重。她也像以前一样，勉强写了封信，差了个人去送给斯莱特太太，要求他们代请医生。请来的还是那位医生。他扬起眉毛来望望这座邋邋遢遢的小屋子，又问玛丽为什么不采用他上次的治疗方法。玛丽没有回答。"为什么你们不把屋子四周的树丛砍掉，免得蚊虫滋生呢？""因为我丈夫派不出多余的人手砍伐。""难道他匀得出时间生病吗？呃？"医生的态度既坦率又心平气和，其实是漠不关心；这位医生在农场地区待了这么多年，也懂得了什么时候应该知难而退。这并不是说他不要钱，他知道有些钱是拿不到的，这是指该把哪些病人丢下不管。这些人根本就没有治愈的希望。只要看看那些窗帘被太阳晒成了肮脏的暗灰色，破了也不补，就足以说明问题了。到处都是生活消沉的迹象。来给这些人看病实在等于浪费时间。但他还是照着惯例，弯下身子给高烧发抖的迪克诊病、开方。他说迪克的身体极其衰弱，徒有一副身躯，很容易染上其他传染病。他尽量把语气放得重些，想吓得玛丽非照着他的吩咐去做不可。但是她表现出的态度似乎是在没精打采地说："你这样吓我又有什么用呢？"最后，医生和查理·斯莱特一块儿走了。斯莱特嘴里说的净是些尖酸讽刺的责备话，但这并不妨碍他在心里盘算，将来有一天他接手了这个农场，一定要把那做鸡舍的铁丝网弄回去，给自己家里搭鸡舍用，屋子和仓库上的波纹铁皮到时候也可以派上用处。

在迪克生病的头两个晚上，玛丽一直侍候着他。她不安地坐在一把硬椅子上，身上紧紧地裹着毯子，竭力不让自己睡着。幸好迪克这一次的病没有上次严重；他自己也知道这种突发的流行病会慢慢痊愈，因此也就不害怕了。

为了使迪克安心，玛丽每天两次驾着车子到农场上去做一次于事无补的形式视察。她自己主观上并不想去监督那儿的工作。雇工们都在矿工院闲混，玛丽虽然知道，可并不放在心上。地里的情况她简直看也不看一下，农场好像早已变成与她无关的东西了。

白天里，她把迪克唯一的饮食，一点儿冷的饮料预备好了以后，就懒洋洋地坐在床边上，沉浸到冷淡麻木的状态中。她的脑子里毫无条理地左思右想，凡是过去生活中的种种情景，只要浮上心头，她都要沉湎其中，细细回味一番。不过这会儿她已经没有思乡病或是什么奢望了，她也完全没有了时间的感觉。她把闹钟开好了摆在面前，免得忘了按时拿水给迪克喝。摩西照着通常规定的时间，把她平时吃的东西用托盘端来。她机械地吃着，根本没注意自己在吃些什么，有时候甚至刚吃了两口便放下刀叉，完全忘记了面前还有未吃完的食物。迪克病后的第三天早上，玛丽正把用人从矿工院带给她的一个鸡蛋敲碎了放到牛奶里去时，用人忽然问道："夫人昨天晚上睡觉没有？"他说起话来，老是用这种简单而干脆的语调，使玛丽立刻解除了武装，不知如何对答是好。

玛丽低下头来，望着起泡的牛奶，避开他的目光，回答道："我得侍候老板。"

"夫人前天晚上也没有睡吗？"

"没有睡。"她说着，便立刻拿了牛奶回到卧室里去了。

迪克一动不动地躺在那儿，由于发烧有时还说胡话，不能安静地入睡。他的热度还没有退，这一次的病痛把他折磨得非常厉害。他浑身大汗淋漓，接着皮肤就变得又干又糙，烧得火烫。每天下午，温度计里面那根细细的水银柱都上升得很快，所以她几乎都用不着把它放到他嘴里去。她每看一次，就见度数升高一次，到晚上六点钟，便升到摄氏四十二度。这样高的温度一直持续到午夜，那时迪克才会翻翻身，嘴里发出哼哼唧唧的声音。到了早上，体温突然下降到正常的温度以下，他说冷，要多盖几条被子。但是所有的被子都已经盖到他身上去了，玛丽只得拿几块砖头在炉灶里烧烫了，用布包起来，放在他脚边。

那天晚上，摩西来到卧室门口，像平常一样敲敲木头门框，玛丽从绣花麻布门帘的缝隙里看着他。

"什么事？"她问。

"夫人今晚请在这间屋里睡。我来侍候老板。"

"不。"她说。让一个用人贴近自己身边熬守漫漫长夜，她不禁觉得害怕。"不，你回矿工院去睡，我来侍候老板。"

用人掀起门帘走了进来，玛丽不禁吓得后退了一步，因为看见他跟自己的身体贴得这么近。只见他手里拿着一只折好的玉米口袋，看样子是准备到这里来过夜的。"夫人一定要睡一睡。"他说，"你很累了，是吗？"玛丽觉得自己的眼皮由于紧张和疲倦而绷得紧紧的，但是她依旧用严厉而不安的声音说道："不，摩西。我一定要侍候他。"摩西走到墙壁跟前，把袋子小心地放在两个橱子之间的那片空地上，然后站起来，用一种受了伤害的责备声调说："夫人认为让我来照料老板有什么不对吗？我有时候也生病的。我会替老板盖被子，是不是？"他走到床前，但是并没有走得离迪克太近。他弯下身来看看迪克发烧的脸。"等他醒来，我给他喝水，是不是？"他这种半诙谐、半责备的声调，使玛丽对他解除了戒心。玛丽很快地朝他脸上瞥了一眼，便把眼睛避开了。但是，她可不能显出害怕看他的样子。她低下头来望了一眼他的手，那只大手松松地垂在他的身旁，手心颜色显得淡一点。他又问："夫人认为我不能把老板照料好吗？"

玛丽犹豫了一会儿，然后不安地说道："你能够照料好，但是我必须亲自照料。"

用人看了她那种不安和犹豫的神气，似乎觉得已经给了他足够的回答，便弯下身来，把病人身上的被单拉拉直。"如果老板病重了，我会叫夫人的。"他说。

玛丽看见他站在窗口，等着她走开。他的身体挡住了那一块繁星密布、树影交织的天空。"夫人如果不去睡觉，也要生病的。"他说。

她走到衣橱跟前，拿出了自己的大外套。在她走出这个房间之前，为了保持自己的威信，她说道："如果他醒了，你一定要叫我。"

她不由自主地走到她的庇护所——隔壁房间的那张沙发边上。她曾在这里消磨了许多不眠的时光，现在她又无可奈何地坐下来，蜷缩在沙发的一角。她简直不敢去想那个黑人整夜待在隔壁房间里，和她那样近，中间只隔着一堵薄薄的砖墙。

过了一会儿，她把一个垫子推到沙发的一头，然后躺下，用外套盖过脚。这是一个闷热的夜晚，小房间里的空气几乎一点也不流动。挂灯上那暗淡的火焰幽幽地燃着，闪着微弱而熟悉的光，使黑暗的屋顶下面平添了几圈残缺的弧光，照亮了倾斜的波纹铁皮屋顶和一根屋梁。整个房间里，只有挂灯下方的桌面上有一小圈黄色的光圈。其他的东西都是黑黝黝的，显出长长的模糊的黑影。她微微掉过头去看看窗帘，窗帘静静地挂在那儿。她又专心地去听，只听见外面灌木丛中微弱的夜的声息突然响起来，就像她自己的心跳一样。几码路开外的树林中，一只鸟叫了起来，昆虫也乱叫了起来。她听到树枝晃动的声音，好像有什么笨重的东西从树枝中走过；她恐怖地想起四周那些枝干蜷拢的矮树。她对那些矮树丛总觉得不习惯，待在树丛中总觉得不自在。虽然在这儿生活了这么久，可是一想起四周荒凉的草原和出没在草原上的野兽，以及那些发出奇怪鸣叫的鸟儿，她仍然感到惊恐。她常常在夜里醒过来想到这所小砖屋，它好似一个脆弱的空壳一般，很可能会在这含有敌意的树丛跟前，朝里倒塌下来。她常常想，要是他们离开了这儿，潮湿的霉季就会吞噬掉这块干干净净的小地方，地板上会长出小树，伸出的枝丫会把四周的砖块和水泥推倒，不消几个月的时间，这里便什么都没有了，只有许多树干和围在树干四周的一堆堆瓦砾。

她紧张地躺在沙发上，感官保持着警惕。她的心在发抖，好像一只受到追击的小野兽，突然转过脸来面对着追逐它的猎人。她紧张得浑身疼痛。她倾听着室外夜的声息，倾听着自己的心跳和隔壁房间里的声响。她听到粗硬的脚踩在薄草垫子上的簌簌声、玻璃杯移动的叮当声，以及病人发出的低沉的喃喃声。接着她听到脚步声移近了，又听到一声滑动的声音，原来是那个土人在两个橱子之间的那只袋子上睡了下来。他就在那边，只隔着一堵薄薄的墙，真是太近了。要不是那堵墙的话，那么他的背和她的脸便只有六英寸的距离了！她活灵活现地想象着他那阔而结实的脊背，不禁吓得直发怵。那个土人的形象如此清晰地浮现在她眼前，她好像闻到了他身上那股热烘烘的酸味儿。她躺在黑暗里，真的闻到了他身上的气息。她掉过头来，把脸藏到了垫子里面。

有好长一段时间，她没有听到一点儿动静，只有那温和而均匀的呼吸声。她想，那是迪克的呼吸吗？一会儿又听到喃喃声，接着是土人站起来替病人盖被子的声响，均匀的呼吸声便停止了。摩西回到自己睡的地方，然后玛丽又听到他的背在墙壁上滑动的声音，于是均匀的呼吸声又开始了，原来是他！她好几次都听到迪克翻身和喊叫的声音，听起来很含糊，不太像他的声音，那是他在病中说胡话，而土人每一次都起身走到床边去。她一直专心听着那轻轻的呼吸声。她不安地辗转反侧，仿佛觉得这呼吸声是从房间里四面八方传过来的：开头从沙发附近传过来，接着从对面一个黑暗的角落里传过来。她只有转过身来面对着墙壁的时候，才辨别得出声音的方位。她就以那种姿势睡着了，弯着身子，面对着墙，好像在倾听从一个钥匙孔里传出的声响。

这一觉睡得很不安稳，一直被频频出现的乱梦所骚扰。有一次她被一声响动惊醒了，看见那个用人漆黑的高大身影在拉开门帘。她屏住了呼吸，但是土人听到她的动作，很快望了她一眼，就走开了；然后土人悄没声儿地从另一扇门向厨房走去了，那是去解手。他只去了几分钟。他走进厨房，开了门，独个儿消失在黑夜里——玛丽在脑子里一直追随着他的这些动作。然后她又把头移到沙发垫子跟前，浑身发抖，就好像刚才闻到了土人身上的气味时一样。她想，他马上就要回来的。她躺着不动，装成睡着了。但是他并没有立即回来。等了几分钟，她走到那间幽暗的卧室里去，看见迪克一动不动地躺在那里，痛苦得四肢缩成一团。她摸摸他的额头，又潮又冷。她由此得知现在已经是下半夜了。土人已经把椅子上所有的毯子都拿来盖在了病人身上。一会儿，她身后的门帘动起来了，一阵清凉的微风吹在她脖子上。她关上了离床最近的一扇窗子，站在那里一动不动，听着突然响起来的时钟的叮当声。她侧过身去看了看那微微发亮的钟面，原来还不到两点，但她已经有长夜漫漫的感觉。她听到后面传来一阵声响，便好像犯罪似的赶快回到原地躺下来。接着她又听到地板上有沉重的脚步声，那是摩西从她身边经过，走回墙那边他自己睡觉的地方去。她看见摩西望了望她，看她是不是睡着了。她觉得自己已经完全醒了，再也不可能睡着。她感到身上有些冷，可又不愿起来找被子盖。她好像又闻到了那一股热烘烘的气息；为了消除这种不快的感觉，她便轻轻掉过头去，看着窗帘被清新的夜风吹得不停地飘动。迪克现在非常安静，隔壁房间里除了那微弱的、有节奏的呼吸声以外，再也听不到别的声息。

她恍恍惚惚地睡着了，一睡着就做起噩梦来。

她梦见自己又变成了一个孩子，在自己屋子前的小花园里玩耍。屋子筑在一个高丘上，是用铁和木头搭成的，花园里满是尘埃。梦中同她玩耍的那些伙伴们都没有脸。她在游戏中排在第一个，做领头人，大家都叫着她的名字，问她该怎样做游戏。她站在那些散发着干燥气息的天竺葵旁边，沐浴在阳光中，孩子们都围在她身边。她听见母亲尖着嗓子叫她回家去，于是她慢慢地走出花园，到了阳台上。她没有看到母亲，觉得害怕，便向房间里走去。一走到卧室门口，她就停住了脚步，恶心起来。原来她看到她父亲在卧室里，他那小身量的肚皮又大又光滑，一身啤酒气味，样子非常滑稽可笑。她讨厌他。他正搂着她的母亲站在窗前。母亲故意装得不乐意的样子，不让父亲搂，还闹着玩似的发脾气。后来父亲又弯下身来贴近母亲，玛丽一看到这情景就走开了。

一会儿她又做起游戏来，这一次是在睡觉之前跟她的父母、哥哥姐姐一块儿玩。大家玩的是捉迷藏的游戏，轮到她蒙住眼睛去找躲藏起来的母亲。她知道哥哥姐姐正站在一旁观看，因为他们不感兴趣，觉得这种游戏太孩子气了，他们都讥笑她玩得那么认真。她父亲用他那双毛茸茸的小手，把她的头放在他的膝上，一边蒙住她的眼睛，一边大声笑着，拿她母亲躲来躲去的样子开玩笑。她闻到令人作呕的啤酒气味。又因为她的头搁在他那厚厚的裤子上，她也闻到了常常从他身上散发出的那股不洗澡的脏气味。玛丽给闷得有点透不过气来了，便竭力要抬起头来，可是父亲不肯放手，并且笑话她干吗要那么着慌。别的孩子们也都笑起来了。她大叫一声，蒙蒙眬眬地醒了过来，一面竭力张开沉重的眼皮，一面因梦境而感到恐怖。

她自以为一直醒着，僵直地躺在沙发上，全神贯注地听着隔壁房间里的呼吸声。她这样等了好久，连一声轻轻的呼吸也没听到，只是一片寂静。接着，她望望房间四周，越看越害怕。因为怕吵醒隔墙的土人，她连头也不敢转动一下。她看见幽暗的灯光在桌子上投下一个圆圆的光圈，照亮了粗糙的桌面。她曾梦见迪克死了——迪克死了，那个黑人在隔壁房间里等着她去。她慢慢地坐了起来，掀开了盖在脚上的笨重外衣，想要控制住自己不要害怕。她一遍遍地对自己说，没有什么可怕的。

她终于把两条腿并拢起来，轻轻地从沙发边上放下来，不敢弄出半点儿声音。可是她又发抖了。她竭力控制住自己，最后才勉强站了起来，站在房间的正中央，目测了一下自己跟卧室之间的距离。灯光晃动不定，铺在地板上的那块兽皮上出现了许多阴影，她看了很害怕，因为那些阴影好像一直向她跟前逼近过来。门口的一张豹皮似乎鼓了起来，渐渐露出了豹子的形体，呆滞的小眼睛直瞪着她。她连忙逃到门口去。她小心地站在那儿，伸出一只手去拉开笨重的门帘。她慢慢地向里面窥视，只隐隐约约地看见迪克盖着毯子躺在那儿。她看不见那个非洲人，但是她知道他正站在阴影里等着她。她把门帘再拉开一些。这会儿她看到一条腿从墙那边伸到这边房间里来，一条很大的腿，比真正的人腿要大，简直是一条巨人的腿。玛丽又走到前面去一点，这下便把他看真切了。她莫不是在做梦吗？她真是又气愤又失望，因为那土人守夜守了很久，精疲力竭，现在已经蜷缩在墙边睡着了。他是坐在那儿睡着的，那种姿势正像平常有时候玛丽看见他坐在阳光下的姿势一样：一条腿屈膝竖着，臂膀软软地放在腿上，掌心朝外，手指松松地弯曲着。另一条腿，也就是她刚才看见的那条腿，几乎伸到了她站的地方，她看见他的脚就在自己的脚跟前，那厚实的皮肤裂了缝，起了茧。他的头垂在胸前，因此粗壮的脖子完全露了出来。玛丽这时的感觉正像平常清醒时一样，想要找找他的错儿，看看有没有什么吩咐他做而他没做的事，结果却发现件件事情都做得有条有理。她对自己的气恼化成了对那个土人的愤怒；这时候她又望了望迪克直挺挺躺着的那张床。她跨过地板上那条腿，静悄悄地走到床跟前，背朝着窗户。她弯下身来看看迪克。凉爽的夜风吹在她的肩上。她心里极其气愤地想道，那土人又打开了窗子，这会把迪克冻死的。迪克的那副样子难看极了。他一定死了，他的脸色发黄，嘴唇有气无力地张开着，眼睛直愣愣的。神志恍惚中她觉得自己伸出了手去摸他身上，只觉得他身上冰冷。玛丽心里又是快慰又是欣喜。可同时她又怪自己不该有这种欣喜的心情，并因此感到愧疚，于是努力要自己在心头唤起应有的悲哀。当她弯下身子看着没有动静的迪克时，她知道土人已经轻轻地醒过来，正在望着她。她不用转过脸去，就从眼角瞥见那条巨大的腿悄悄地缩回去了，她知道那土人正站在阴影中。然后他走到她跟前来。看来这间屋子好像非常大，而土人正从很远很远的那头走到她跟前来。她站在那儿吓得呆住了，浑身冒着冷汗等待着。土人慢慢地走近前来，那么猥亵，又那么强壮。她好像不只受着他的威胁，而且还受到她亡父的威胁。这两个男人合并成了一个。玛丽不仅闻到了土人的气味，而且闻到了当年她父亲不洗澡的那股气味。这股发臭的气味弥漫在整个屋子里，好像野兽身上的气味一样。当她张开鼻孔吸到了新鲜的空气时，脑袋一阵晕眩，膝盖也瘫软了。她昏昏沉沉地把背往墙上一靠，几乎跌到窗外去。他走上前来，把手搁在她胳膊上。她听到那是一个非洲人的声音。他安慰她，叫她不要为了迪克的死而过分悲痛。他俨然以一个保护人的身份安慰着她。但同时那又好像是她的父亲，那样可怕，那样充满着威胁的意味，带着渴望抚摸着她。

她尖叫一声，这才突然意识到自己刚才睡着了，做了个噩梦。

她声嘶力竭地叫了又叫，想要摆脱那种恐惧。她想，我这样一叫，一定会把迪克吵醒；她竭尽全力挣脱梦境对她的影响。一会儿工夫，她完全清醒过来了，坐在那儿直喘气。那个非洲人半睡半醒地站在她身边，眼睛通红，托了一盘茶送到她面前来。房间里充满着一片灰暗的光，灯还点着，暗淡的光线投射在桌子上。她看着这个土人，依然感受到梦中的恐惧，于是又蜷缩到沙发的角落里去，呼吸急促而不规则，带着一阵突发的恐怖望着他。他放下茶盘，由于太疲倦，手脚很笨拙。玛丽竭力在脑子里把梦中的情景和现实世界区分开来。

土人好奇地望着她说："老板睡着了。"因此她再也不认为迪克在隔壁房间里死了。但她仍旧警惕地望着这个黑人，一句话也说不出。她看见他脸上露出惊奇的神色，好像他弄不懂玛丽为什么要露出那种恐怖的表情。她又看见他脸上透出她近来常看到的那种神色，有讥诮，有深思，也有一种残忍，似乎在审判她。突然之间，他轻轻地问道："夫人害怕我吗？"这正是玛丽在梦中听到的声音。她浑身发软，不停地颤抖。她尽力控制住自己的声音，过了一会儿才嗫嚅说道："不，不，不，我不害怕。"接着她又怨恨起自己来，这种事情，根本不该承认它有可能，又何必要去否认呢？

她看见那土人笑了，并且垂下眼睛来看着她那双在膝盖上发抖的手。随后土人的目光抬起来，从她身上慢慢移到了她的脸上。他看到了她耸起的肩膀，看到了她因为体力不支而往沙发垫上靠的姿势。

他安详而亲切地说："夫人干吗要怕我呢？"

她带着几分歇斯底里的情绪不安地笑着，一面高声说道："不要问出这些可笑的话来。我并不怕你。"她说这话的神态，简直好像在和一个白种人调情一样。当她听到自己说话的声音，再看看土人脸上的表情，她几乎要晕厥过去。土人以一种不可思议的眼光慢悠悠地望了她好久，接着走出了屋子。

　　土人走了以后，玛丽觉得卸下了一个重负，再不用听他审讯似的问题了。她虚弱地坐在那里发抖，一面想着梦中的情境，一面竭力驱除心里恐怖的感觉。

　　过了一会儿，她给自己倒了些茶，茶水不小心溅到了茶盘里。她又像刚才做梦一样，勉强站起来，走到隔壁房间去。迪克正安静地睡着，气色看上去有了好转。玛丽没有碰他一下便走开了。她走上阳台，弯腰伏在凉快的砖头栏杆上，呼吸着清晨的凉爽空气。太阳还没有升起来。天空清净无云，露出一抹玫瑰色的曙光。寂静的树林中仍然是一片黑暗。玛丽看到矿工院那儿密集的小棚子里冒出了淡淡的炊烟，她知道应该去鸣锣叫雇工们干活了。

　　那一整天，她都像往常一样坐在卧室里，看着迪克一个小时比一个小时好转。不过他还是很衰弱，连发脾气都没有力气。

　　她那天没有到田野里去巡视。她回避着那个土人，她觉得把握不住自己，没有勇气去跟他见面。吃过中饭以后，用人出去休息了，她连忙走到厨房里去，几乎是偷偷地去的。为迪克调制好冷饮回到房间里时，她又回过头张望着，仿佛有人跟在她后面似的。

　　那天晚上，她把屋子里所有的门都锁上了，然后爬上床，睡在迪克身边。谢天谢地，有迪克贴近在她身边了。她这种喜悦的心情，也许还是他们结婚以来第一次呢。

一个星期以后，迪克又下地干活去了。

日子一天天很快地过去了。每天，迪克到地里去干活，她就独个儿待在家里，消磨漫长的白天，只有那个非洲土人和她待在一起。她整天都在同某种东西进行着斗争，但那究竟是什么，连她自己也不清楚。随着时间一天天地消逝，她越来越觉得迪克不像个活生生的人了，而那个非洲土人却把她纠缠得越来越不能自拔。这简直像一个噩梦，那身强力壮的土人老是在这所房子里和她待在一起，她无论怎样也躲避不了他。这个土人迷住了她的心窍，以致她心里简直没有迪克这个人的存在了。

早上一醒来，她就看见那个土人弯着身子在给他们倒茶，他的眼光避开她那赤裸的肩头；晚上他离开这所房子后，玛丽才感到松了一口气。玛丽在屋子里胆战心惊地干着活儿，竭力回避着他；他到了这间屋里，玛丽就逃到另一间屋里。她不能看他一眼，她知道一碰到他的目光便会产生致命的后果，因为她老是记着那幕恐怖的情景，老是记着那天夜里和他的那一场谈话。她吩咐他做事情时，声音总是那么紧张，三言两语讲完了就赶快走出厨房。她怕听他讲话，因为他近来说话时，又有了一种新的声调，亲切中有了几分傲慢，而且还有些盛气凌人的意味。有许多次她都打算对迪克说："应该打发这个用人走了。"可是每次都是话到嘴边就咽了回去。她不敢说出来，害怕迪克发起脾气来她自己受不了。她克制着自己，觉得自己好像站在一条黑暗的隧道中，正逐步走近一个可怕的终点。那个终点她看不见，但实际上却一直在毫不留情地等待着她，她想逃避也逃避不了。而在摩西那方面，只消看看他说话举止总是那样安详自信，又带着几分傲慢和威胁的意味，她便看得出他也在等待着那个可怕的终点的来到。他们两人好像是两个敌手，在暗地里斗法。只不过摩西强大有力，对自己充满自信，而她却被莫名的恐惧、乱梦萦绕的长夜和无法摆脱的妄念折磨得疲惫不堪。

第十章

那些从不与人交往，从不和外界接触的人，不论他们的生活方式是迫于环境，还是心甘情愿，只要知道了有人在背后议论他，都免不了会感到焦躁不安。正如一个沉睡的人，醒来后看见自己床前围绕着一大群陌生人，正瞪着眼睛看着他，难免要感到惊异一样。特纳夫妇的脑子里简直没有"这个地区"这一概念，仿佛住在月球上似的；他们要是知道了近几年来自己已经成了附近一带农场主闲言碎语的话题，一定会惊愕不已的。连那些他们只是闻名而从未谋面的人，那些他们连名字也没有听说过的人，都从斯莱特夫妇那儿听到了许多有关他们家庭的事情，在背后纷纷议论着。出现这种情况，都是斯莱特夫妇的过错，可是谁会怪他们呢？除了亲身遭受过流言蜚语伤害的人以外，谁也不认为背后议论人家有什么恶意。至于斯莱特夫妇，如果有人非难他们，他们一定会大声叫道："我们并没有跟人家说什么，不过说了些事实。"但是从他们那种不自然的愤慨态度中，足以看出他们内心有愧。斯莱特太太受了玛丽这么多次怠慢以后，如果仍然要她对玛丽保持公正无私的态度，那么除非她是一个极其了不起的女人。正如她自己所说，她已经几次三番地设法"帮助玛丽不要自讨苦吃"。她看出玛丽有强烈的自尊心（她自己也有很强的自尊心），每逢邀请玛丽参加一次宴会、下午去打一次网球，或是去出席一次不拘礼节的舞会，她总要接连发出好几次邀请。甚至在迪克第二次病了以后，她还是竭力劝玛丽改变那种自闭的生活。医生谈起特纳家的事情时，总是以吓人的语调，极尽冷嘲热讽之能事。玛丽对于那些邀请，一概回复一封客客气气的短信，看上去就好像有意不赏脸似的。这里家家户户都有电话，只有特纳夫妇为了省钱没安装。每逢到镇上去取信的日子，斯莱特太太在店铺里碰到玛丽，照例会十分亲切地邀她有空时到他们那儿去玩玩，可是玛丽老是生硬地回答说，她去是想去，只可惜"迪克近来太忙，不能分身"。人们已经有好久没有在车站上碰到玛丽或是迪克了。

"他们究竟在忙些什么呀？"邻居们都这样问，他们常常聚在斯莱特家里问起特纳夫妇的情况。斯莱特太太虽然性情好，有耐性，到最后也忍不住了，便把真实情形告诉了大家。她说，玛丽曾经撇开她的丈夫出走过，但那是六年前的事了。说到这件事，查理·斯莱特也插了几句嘴，把玛丽当年狼狈的情形描述一番，说她怎样衣衫褴褛，帽子也不戴，独个儿走过草原，请他开车送她到车站上去。她虽然是个女人，却有那么大的劲头！"我怎么知道她要撇下特纳逃走呢？她并没有和我说明。我还当她要到镇上去买东西，而迪克正忙着干活，没有空送她去呢。后来迪克来了，急得快要发疯似的，我不得不告诉他，说我把玛丽送到镇上去了。她不该那么做。那样的做法不正派。"这个故事以讹传讹，最后被歪曲得完全走了样。大家纷纷传说玛丽是半夜里撇下她丈夫逃走的，因为她丈夫把她锁在门外；她躲在斯莱特夫妇的家里，后来又向他们借了钱逃走。第二天早上迪克就找到了她，答应再也不虐待她了。这个故事传遍了整个地区，人们一提起来莫不摇头咋舌。可是当人们说起斯莱特曾用马鞭子抽打过特纳时，斯莱特这才发觉事情被歪曲得过了火，不由非常恼怒。他虽然看不起迪克，却又喜欢迪克。他为迪克难受，因此便开始纠正人们对这件事的说法。他再三说明迪克应当让玛丽走，让她走了反倒好。迪克的境况很窘迫，也不知道什么时候才能运气好转。经查理这样一说，事情的说法便颠倒了过来。玛丽遭到了大家的痛斥，迪克反而变成清白无辜的了。可是，不管大家怎样传说，玛丽和迪克两个当事人却一直蒙在鼓里。这本来也是理所当然的事，因为他们许多年来一直没有走出过自己的农场。

斯莱特夫妇，尤其是查理，所以会一直那样关心着特纳夫妇，真正的原因是他们仍想占有迪克的农场，这种欲望甚至比以前更强烈。由于查理的从中干涉，加速了迪克家庭悲剧的降临，虽然事实上并不能全怪罪于他，但是对他经营农场的现状做一番了解是很有必要的。正如第二次世界大战使许多烟草大王发了横财一样，在第一次世界大战中，由于玉蜀黍价格的暴涨，许多农场主也获得了暴利。斯莱特在第一次世界大战以前一直是个穷光蛋，可是战争一结束，他就变成了一个富翁。像斯莱特这种个性的人，一旦发了财，就不会罢手停下。他很小心，不轻易在农场经营上投资，他根本不相信经营农场也能算是一种投资。他一有多余的钱，就去购买矿业股票。至于他自己的农场，除非为了赚钱而不得不下点工本以外，他决不采取任何改良的措施。他有五百英亩最肥沃的良田，从前，这些土地每英亩都要出产二十五袋到三十袋的玉蜀黍。他一年一年地榨取这些土地，可是近年来，碰到运气好的年头，每英亩地也只有五袋的收成。他从来没有考虑过施肥。他把树木砍下来当柴卖，这些树都是矿产公司开矿以后剩余下来的。因此到头来，即使像他那样肥沃的农场，也不会取之不竭，用之不尽；他每年再也赚不到成百上千镑的钱了，土地也荒芜了，于是他就想另找土地。他看不起土人经营土地的方式，但是他自己经营土地的方式基本上和土人一样：一旦这块土地不能再耕种了，就迁到另一块土地上去。凡是能够种的土地他都种过了。他迫切地需要迪克这块土地，因为和迪克的农场接壤的另外几个农场，他都占有了。他非常清楚应该怎样利用这个农场。迪克的农场规模虽小，却具备了种种好处。它的面积有一百英亩，都是些上好的沃土，因为迪克照料得很好，其中有一小块地适宜种烟草。其他的地则很适合放牧。

查理非常需要放牧的草地。他不赞成冬天里喂饲料给牲畜吃，他认为这样太娇纵它们了。他要把它们放到外面去，让它们自己去觅食。当然，只要草儿茂盛，这种办法是很好的，只可惜他的牲畜太多，草儿却非常稀少而贫瘠，所以他只有动迪克那块地的脑筋了。几年来，查理一直盘算着等迪克破产后，把他的农场买下来。可是迪克很顽强，就是不愿意走破产的道路。人们都沉不住气地问："他怎么维持得下去呢？"因为人人都知道他从没有赚过钱，总是遇到坏年成，总是负债累累。斯莱特太太尖酸刻薄地说："他们的生活和猪差不多，什么东西也不添置。"她现在甚至感觉到，玛丽就是去跳河自尽，也跟她毫无关系。

如果迪克对自己的失败有一点清醒的认识，人们也许也不会这样气愤不平。如果他上门来向查理请教，承认自己无能，事情也许就会两样。可是他偏偏不这样做。他宁可债台高筑，困守在农场上，也不去理会查理。查理有一天忽然想到，已经一年多没有看到迪克了。他太太听他这么一提，不禁说道："时间过得可真快啊！"过后，他们又屈指计算了一下，才发现差不多有两年没见到他了；时间在农场里似乎有一种特殊的方法不知不觉地把自己延长。当天下午，查理驾车去看特纳夫妇。他心里觉得有些惭愧，他一向以迪克的顾问自居，自以为经验比迪克多，知识也比迪克丰富。打从迪克开始经营农场的那一天起，他就留意着迪克。他觉得应该对迪克负责。他驾着车子一路驶来，用锐利的目光查看着迪克的农场，想看看有没有什么被疏忽的地方，结果发觉他的农场依然如故，既没有好转，也没有变坏。田界上的防火带仍然保存着，但只能防止缓慢燃烧的小火，如果起了大火，再刮起风来助势，农田就很难保得住了。牲畜棚虽然没有坍倒，但都撑了木桩；茅草顶破成一块一块的，好像补过的袜子一样。草场上的草是不同时间长出来的，因此长短不齐，颜色不一，一眼望去高高低低很不整齐。道路的情况极其糟糕，需要开沟排水。路边上的那块橡胶树地，有一个角落已经被野火烧毁了，在下午强烈的黄色阳光照耀下，橡胶树显得像鬼怪一般苍白，叶子僵硬地下垂着，躯干全被烧黑了。

一切都是原模原样，狼藉败落，但还没有到绝对不可挽救的地步。

他看见迪克坐在烟草仓库旁的一块大石头上。这些仓库现在已经用来做储藏室。迪克坐在那儿看着雇工们把这一年的粮食堆在垫着砖头的铁皮上，免得蚂蚁爬进粮食里去。迪克那顶干活时戴的大帽子松松垮垮地往下耷拉到了脸上，他抬起头来朝查理点点头。查理站在他身边，眯着眼睛看雇工们干活。他看到装粮食用的那些袋子因为年代久了，已经破得不成样子，看来连这一季也撑不过去了。

"有什么事吗？"迪克用他一贯的自卫而客气的语气问道。但是他的声音缺乏自信，听起来也不自然。他那明亮的眼睛透出焦急的神色，从帽子的阴影下疲惫地往外望着。

"没有什么事。"查理粗率无礼地回答了一句，同时慢慢地、恼怒地望了他一眼，"好几个月没有见到你了，特地来看看你。"

迪克没有回答他。土人们就快干完活了。太阳已经下山，给草原抹上了一层令人感到闷热的红色，暮色从灌木林的边沿慢慢地爬上田野。一英里半开外的树林中隐约可见土人住的矿工院，它们看上去就像一组圆锥体，正在冒着淡淡的烟。黑魆魆的树干后边有一小簇火光。有人在敲锣，单调的喤喤声表示这一天就快过完了。土人们排成一队，沿着田野边沿走回去，破烂的衣服在他们的肩头上晃动着。迪克吃力地、呆板地站了起来，说道："又是一天过去了。"他身体抖得很厉害。查理仔细打量着他，只见他一双发抖的大手瘦得皮包骨头，弯着的瘦肩膀也在不停地颤动。天气非常热，地面上冒着滚烫的热气，天空中的红霞像火一般。"你这模样是因为发热吗？"查理问。他回答道："不，我想不是。只是这几年来有些贫血罢了。"

"我看你的病还不只是贫血。"查理反驳道。他好像唯恐迪克没发热似的。然而他还是仁慈地望着迪克；他那张满是胡子的大脸盘上，五官好像被什么压过一样，长得有点凹陷。此刻他的表情既专注又沉着。"最近发过热吗？自从我上次带了那个大夫来看你以后，有没有过？"

"近来常常得病。"迪克说，"我年年都得这种病。去年得过两次。"

"你妻子对你照顾得好吗？"

迪克脸上掠过一阵烦恼的神色。"不错。"他说。

"她好吗？"

"同平常一样。"

"她生过病吗？"

"不，没有生病。不过身体不大好，好像有些神经质。她在农场上操劳得太久了，身体垮了。"接着，他好像心里的话再也藏不住了，突然脱口说道："我真替她担心。"

"究竟怎么啦？"查理的声音听上去好像漫不经心的样子，

可是他的目光一直没有离开过迪克的脸。这两个人仍然站在轮廓已经显得模糊的高高的仓库下，站在那一片暮色中。从敞开的门里吹过来一阵湿润的、甜滋滋的气味，那是新磨的玉蜀黍的气味。迪克关上了门，其实这扇门上的铰链有一半已经松脱，他只得用肩膀把它扛好，再把门锁上。搭钩的三角形搭片上只有一个螺丝了，力气大的人只要拧一下就可以把它拔掉。他问查理："要到我家里去坐坐吗？"查理点点头，又往四下里看了看，问道："你的汽车在哪里？"

"哦，这些天来我都是步行。"

"汽车卖了吗？"

"卖了。开车花费太大。当我需要买什么东西的时候，我就用货车到车站上去装。"

于是两人爬上了查理那辆庞大的车子。车子在满是车辙的车道上慢吞吞地保持着平衡，爬行着。这条路对这辆大车子来说显然太窄了，由于迪克好久没在上面开车，路上已经长满了野草。

从迪克住房所在的那个树木丛生的小山丘直到仓库四周的灌木丛，其间有许多没有耕种的荒地。看来这些地是故意休耕的，但是后来查理在暮色中又仔细地看了看，终于看出在草丛和灌木丛中有零零落落的玉蜀黍。他开始还认为这些玉蜀黍是自己长出来的，但是它们看上去却栽得非常整齐，于是他问道："这是什么？这是什么意思？"

"我这是在实验一种新的美国种植法。"

"什么方法？"

"据说，用不着犁锄，只要把玉蜀黍种在草丛当中，它就能自然生长。"

"收成不太好吧？"

"是呀，"迪克茫然若失地说，"我倒不急着有什么收成。我想，让它留在那儿，对土壤总有些益处……"他讲不下去了。

"原来是在做实验。"查理简洁地说。耐人寻味的是，他说话的声音既不暴躁，也不生气，好像很超然的样子，只是心里藏着很多的不自在。他探究地望着迪克。迪克的面孔铁青，神色凄凉。"你刚才说你妻子怎么样？"

"她情况不太好。"

"是吗，可为什么呢？"

迪克有好一会儿都没吱声。他们经过开阔的田野，这儿金黄的暮色还在树叶上依恋不散；他们又驶向灌木丛。灌木丛已经笼罩在沉沉的暮色中。大汽车爬上了极其陡峭的山坡，汽车引擎盖好像要直插云霄。迪克这时终于说道："我也不知道，只是她近来有些异样。有时候我又觉得她很好。女人的病是很难说的，她像变了个人。"

"你是指哪方面呢？"查理追问道。

"譬如说，她开初到农场上来的时候，精神非常好，好像什么都不在乎。可现在她只是坐在那儿，什么事也不做。她甚至对养鸡这一类的事情也不过问了。你知道，以前她每个月都能靠这个赚些钱。她也不过问用人在家里做些什么事。有一段时间她简直唠叨得我要发疯了。整天唠唠叨叨，没完没了。你知道女人们在农场上待得太久了，会变成什么样子。她控制不住自己了。"

"没有哪个女人知道该怎样对付这些黑鬼。"查理说。

"唔，我非常发愁，"迪克苦笑着说，"她唠叨起来，我倒高兴呢。"

"喂，特纳，"查理突然说道，"你为什么不放弃务农，到别的地方去呢？你这样下去，对你自己和你妻子都没有什么好处。"

"噢，我们不过勉强对付着过下去。"

"你病了，朋友。"

"我好好的。"

他们在房子外停了车。房间内射出一缕幽暗的灯光，可是却不见玛丽。卧室里又亮起了一盏灯。迪克看了一下说："她在换衣服。"他的声调很愉快："还没人在这地方待这么久呢。"

"你为什么不把农场卖给我呢？我会出很高的价钱给你的。"

"那叫我上哪儿去呢？"迪克惊奇地问道。

"离开农场，上城里去。你待在农场没有什么好处。你可以到城里去找个固定的职业。"

"我要干到底。"迪克恨恨地说。

阳台上，一个瘦削的女人的身影背朝着灯光出现了。两个男人下了车，走进屋去。

"你好，特纳太太。"

"你好。"玛丽回答道。

大家一走进那间点着灯的房间，查理就仔细地打量着玛丽，尤其因为她那样柔声地说了声"你好"，所以就越发仔细地打量着她。她仍然犹豫不定地站在他面前，干瘪得像一根木头。她的头发被太阳晒成乱蓬蓬的一团，披散在瘦削的脸周围，一根蓝色的丝带箍住了头发，在头顶上系了一个结。她那瘦长的淡黄色脖子，从她显然刚穿上身的一件衣服里突出地裸露着。她穿的是一件镶了绉边的木莓色棉布衣服；耳朵上戴着长长的、好像在沸水中煮过的糖果一般的红色耳环，耳环撞在她的脖子上，来回摆动着。她那双蓝眼睛，本来就让那些愿意认真看看它们的人觉得，玛丽并非真正的"自高自大"，而只是有些羞怯、自负和敏感，现在这双眼睛里又有了一种新的光彩。"哦，你好！"她女孩子气十足地说，"哦，斯莱特先生，我们好久没有见到你了。"她笑了，一面扭动着肩膀，笨拙地做出一副卖弄风情的姿态。

迪克很难受，连忙避开了目光。查理粗鲁地盯着她，看了又看，她被他看得红了脸，把头一仰，转身对迪克用一种社交应酬的口气说："斯莱特先生和我们不够交情，否则他决不会隔了这么久才来看我们。"

她坐在那张旧沙发的角落里，这张沙发已经完全走了样，这里隆起一块，那里陷下一块，上面罩着一块褪了色的蓝布，简直不堪入目。

查理眼睛望着那沙发，嘴上问道："你们的小铺子经营得怎么样？"

"卖不出钱，我们歇业了。"迪克不假思索地说，"存货我们自己在用。"

查理望望玛丽的耳环，又望望沙发套子。沙发套子是用一种很难看的蓝色花布做的，通常只有土人才用这种布料。它已经成了南部非洲的一种传统布料，使人一看见就会联想起土著黑人。如今查理竟在一个白人的家里看到这种东西，真令他大为震惊。他皱了皱眉头，又往四下里打量了一番：窗帘都破了，一扇窗玻璃也破了，糊上了纸；另一扇窗裂了缝，还没有修补；整个房间里是一种说不出的破烂和狼狈的景象。可是到处都能看见从小铺子里拿回家来的零碎料子，有的马马虎虎缝了毛边后披在椅子背上，有的折叠起来做了椅垫。从这种小地方可以看出，这家人到目前为止还是想要装点装点门面的。查理本可以为此暗暗高兴一下，只可惜他今天没有那种粗俗而残忍的兴致，所以没有作声，只是眉头显得阴沉沉的。

"在这儿吃晚饭好吗？"迪克终于不得不这样问了一句。

"谢谢，不吃了。"查理说。可是没一会儿，他出于好奇心又改变了主意说："也好，就在这儿吃晚饭吧。"

这两个人好像是当着一个病人的面说话一样，但是他们自己并没有感觉到这一点。

玛丽听了却连忙从座位上站起来，连声朝着门口喊："摩西！摩西！"

过了一会儿工夫，还不见土人露面，她便带着羞怯的社交口吻，对他们俩笑着说："对不起，我要出去一下，你们也知道这些用人真不像话。"

她出去了。两个男人在屋内一声不吭。查理由于根本没感觉到待人接物需要礼貌得体，所以就一直凝神望着迪克，好像要逼着他做出一些解释，或是表明某种态度，弄得迪克不得不避开他的目光。

后来摩西把晚饭端进来了，有一壶茶、几块面包、一些有点变质的奶油和一块冷肉。没有一件器皿是完整的。查理觉得抓在手里的刀子也是油腻腻的，他吃得很倒胃口，而且毫不掩饰这种心情。迪克一声不响，玛丽只管东一句西一句地闲扯着天气方面的事情，做出一种肉麻的羞怯样子，一会儿摇摇耳环，一会儿扭动瘦削的肩膀，而且照着一般卖弄风情的方式，对查理抛媚眼。

查理对这一切都置之不理。他只是敷衍着说"是呀，特纳太太"，或是"不是这样，特纳太太"。他冷冷地望着她，目光中满含着鄙视和厌恶。

后来用人走进来收拾杯盘的时候，发生了一件意外的事，使他不由得咬牙切齿，气得脸色发白。原来那时大家正坐在那儿，面前还摆着一点令人不舒服的剩余食物，用人在桌子跟前走来走去，懒洋洋地把盆子收拾在一起。查理甚至都没注意到他。这时只听玛丽问道："斯莱特先生，要不要吃点水果？摩西，去拿几个橘子来。你知道放在哪儿。"查理一下子抬起了头，嘴里还在嚼着食物，下巴嚅动着，两眼又机警又明亮。玛丽同土人说话的声调使他非常恼火，刚才玛丽对他讲话时，用的也正是这种羞答答的调情的声音。

土人用漠不关心的态度粗鲁地回答说："橘子吃完了。"

"我知道没有吃完。还剩下两个。我明明知道没有吃完。"玛丽抬起头来望着土人，显然是在恳求他，而且几乎是在示意他去想办法。

"橘子吃完了。"他又说了一遍。这一次的声调仍然是那么生硬，那么冷淡，而且带着扬扬自得的意味，显然是有意摆威风，这简直把查理气坏了。当然，查理一句话也说不出，只是望着迪克；迪克坐在那里呆呆地望着自己的手，看不出他在想什么心思，也推断不出他有没有看到眼前的事情。他又望望玛丽，只见她眼睛下面起皱的黄皮肤泛起了一阵难看的红晕，脸上的神情明白无误地表明她很忧虑不安。显然她已经明白查理注意到了她家里的一些蹊跷；她一直惭愧地望着查理，对他微笑。

"你这个用人雇了多久啦？"查理终于忍不住把头朝着摩西一扬，这样问了一句。摩西这时正拿着托盘站在门口，听得清清楚楚。玛丽无助地望着迪克。

迪克声音平板地回答道："大概有四年了吧，我想。"

"你干吗留用他这么久呢？"

玛丽把头一仰，说道："这个用人不坏，干活好极了。"

"我看不见得。"查理直率地说，一面用眼睛挑衅地看着她。玛丽的眼神则显得很不自在，一直回避着他。不过她的眼睛里同时还带有一丝暗自得意的光彩，使查理气得血液直往头上涌。"你干吗不撵他走？你干吗让他跟你说起话来那样没有礼貌？"

玛丽没有回答，掉过头去望着门口，看见摩西正站在那儿；查理看见她那一副愚蠢的讨厌样子，再也忍不住了，便突然对那个土人大声喝道："走开。去干你的活。"

身材高大的土人立即依照他的吩咐走开了。接着大家又有一会儿不说话。查理等着迪克开口说话，看他能不能说出一些什么来，足以证明他还没有完全屈服于现状。但是他的头仍旧低着，他的脸上是一副默然忍受痛苦的表情。最后还是查理先开了口，完全无视在场的玛丽，直截了当地对迪克提出了要求：

"把那个用人撵走，特纳，赶快把他撵走。"

"玛丽喜欢他。"迪克慢吞吞地、茫然地回答道。

"到外面来，我有句话要跟你说。"

迪克抬起头来，恨恨地望着查理；他恨的是，有些事情他本来宁愿马马虎虎视而不见的，可是查理偏偏要逼着他去注意这些事情。不过他还是离开了座位，跟着查理走了出去。两个人走下了阳台的石级，一直走到了树荫下。

"你应该离开这儿。"查理十分简洁地说。

"我怎么做得到呢？"迪克无精打采地说，"我还负着债，怎么走得开呢？"过了会儿，迪克似乎觉得需要考虑的仍旧是钱的问题，而并不是其他方面，于是接着说道："我知道，换了别人，是不会烦心的。我知道有许多农场主和我一样困难，可他们还是照样买汽车，出去度假。查理，我可办不到。我不能那样做。我生来不是那样的人。"

查理说："特纳，我可以把你的农场买下来，请你做经理。但是你得先到别的地方去，至少去度六个月的假。你得带着你的太太一块儿走。"

他这种语气，仿佛对方非得答应他的要求不可；私利的打算冲昏了他的头脑。他甚至一点儿也不可怜迪克，丝毫也不心软。他只是遵循南非白人的第一条行为法则办事，那就是"你不应当使你的白人兄弟败落到不可收拾的地步，否则，黑鬼们就要自认为和你们白人一样高贵了"。在白人那种组织严密的社会里，人对人最深厚的感情，都在他这种声调里表达尽了，这使迪克完全丧失了抗拒的能力，因为他毕竟在这个国家里活了一辈子；

羞耻感啮噬着他的心灵，他知道大家对他存着什么样的期望，而他辜负了大家。但是要他接受查理的最后通牒，他还做不到。对他来说，农场和农场的所有权就是他的命根子，所以查理的要求无异于要他的命。

"在目前这种情况下，由我来接管这个农场，并且给你足够的钱去还清债务。我会暂时雇一个经理来管理，等你从海滨回来后再说。特纳，你至少得离开这儿六个月。至于你究竟到哪儿去，那是无关紧要的事。你的费用由我完全负责。你不能再这样搞下去了，应该收场了。"

可是迪克不肯轻易让步。他进行了四个小时的斗争。他们俩在树下走来走去，一直辩论了四个小时。

查理终于驾着车子走了，没有再回到迪克家里去告辞。迪克心情沉重地走回家去，步子跌跌撞撞的，因为他已经丧尽了元气。今后他再也不能拥有这个农场了，要做别人的奴隶了。玛丽这会儿正缩作一团，蜷伏在沙发角落里；她刚才在查理面前为了要面子，为了能支撑自己而下意识地做出的那种神态，现在已完全消失了。迪克走进来的时候，她看也没看他一眼。以后接连好几天她都没跟迪克说话，仿佛她眼前并不存在迪克这个人似的，好像她已经陷进了自己梦境的深渊。等到用人走进来做零碎杂活的时候，她才清醒过来，注意到自己在做什么。接着她便目不转睛地望着那用人。但是迪克并不知道这是什么意思，反正他现在已无能为力，所以也不想过问了。

查理·斯莱特一点都没拖延时间。回到家后不久，他便驾着车子在附近一带到处奔走，从一个农场转到另一个农场，试

211

图找到一个可以暂时把迪克夫妇的农场接管几个月的人。他没有说明理由，出乎寻常地一直保持着沉默，只是说，要帮着迪克送走妻子。最后他打听到有一个从英格兰来的青年需要找份工作。由于事情太急迫，查理也不在意他是什么人了，现在他觉得随便什么人都行。于是他立即驾着车子到城里去找他。那个青年是个有自制力的、受过教育的英国人，然而也只是个普普通通的人，没有哪一方面特长能特别引起查理的注意。他说起话来有些故作文雅，好像含了满口的珍珠。查理马上就把他带了回来，并没有多吩咐他什么，其实他自己也不知道该吩咐他些什么。双方很快达成了协议：年轻人必须在一星期之内开始接管农场，以便迪克夫妇能顺利地到海滨去度假；至于钱方面的事，由查理来安排；农场上的事，即农场计划的事，也由查理来指导他。但是等到查理把这件事告诉迪克的时候，他发觉迪克虽然已经同意离开，可怎么也不肯马上就走。

查理、迪克和那个名叫托尼·马斯顿的青年，一块儿站在一片田野中央；查理显得焦急、气愤、暴躁，因为眼看时机已经成熟，可他还是遇到了挫折，这实在使他无法忍受；迪克又顽固又可怜；马斯顿感受到这种尴尬的情形，竭力不让自己牵涉进去。

"真见鬼，查理，干吗这样狠心，要赶我走？我在这儿待了十五年了！"

"老兄，天晓得，我不是赶你走。我要你快些走，免得以后——你应该马上就走。你自己应该明白。"

"十五年了！"迪克说。他那瘦削的黑脸涨得通红。"十五年了！"他甚至弯下了腰，不自觉地抓起一把泥土，紧紧地捏在手里，好像在宣布这土地是他自己的。这个动作实在可笑。查理的脸上浮起了讥嘲的微笑。

"可是，特纳，你可以再回到这儿来的呀。"

"这块土地今后不属于我了。"迪克这时简直连话也说不成声了。他转过身去，手里仍然紧紧地捏着那把泥土。托尼·马斯顿也转过了身，假装察看田野里的情形。他不愿意打扰迪克此时悲痛的心情。查理却毫无这种顾虑，只是不耐烦地望着迪克痛苦抽搐的脸。然而他心里还是有一点尊敬迪克的。他尊敬迪克这种不能让他理解的感情。不错，一个人对自己的主权都有一种自豪感，这一点他是懂得的；可是对土地这样深挚的热爱，他就不懂了。他虽然弄不明白，可说话的声音还是比较缓和的。

"这依然像你自己的农场一样。我决不会毁了你的农场。等你一回来，你依旧可以照着你自己的意思经营下去。"查理说这话时，声调像平常一样粗率，一样有兴致。

"这等于是施舍。"迪克用一种模模糊糊的伤心声音说。

"并不是施舍。我是当成一笔生意把它买下来的。我需要牧场。我要把我的牲畜放到这儿来，跟你的牛羊一块儿吃草。你仍然可以任意种庄稼。"

他认为自己这样做已经近乎行善了，他甚至对自己的做法有些惊讶，因为那完全违背了自己的生意原则。在这三个人的脑子里，"行善"两个字是用大号的黑体字写成的，它使其他一切都黯然失色。其实他们三个人都错了。那并不是什么行善，而是一种本能和自卫。查理一心想的是，要坚决防止日益增长的穷苦白人队伍里再添一个成员。一说起穷苦白人，体面的白人就会毛骨悚然。这些穷苦白人绝不会使同类为他们难受，因为他们违背了白人的生活原则，他们只会招人鄙视和厌恶，而不是怜悯。比起那些挤在自己国家的贫民窟里，或是面积日益缩小的保留地 [1] 里的成百万的黑人，穷苦白人甚至更令人感到毛骨悚然。

最后，经过了再三的争论，迪克同意在月底离开，因为要到那时候他才能把"他农场"上的事情对托尼交代清楚。查理稍微施了一点欺骗的伎俩，提前三星期替他买好了火车票。当托尼跟迪克一块儿回到屋子里后，不由对自己的境遇感到欣喜和惊奇：到这个国家还没满两个月，竟然就找到了一份工作。他被安排在迪克屋后的一间草顶泥墙的小棚子居住。这个小棚子曾经做过储藏室，现在是空着的。地板上仍然有玉蜀黍，那是扫地时疏忽了留下的；墙壁上也还有留着红色颗粒的蚂蚁洞。查理给了他一张铁床，一个用木箱钉成的橱，橱上的罩帘是用一种特别难看的蓝色土布做的，还给了他一个脸盆，放在一只货箱上，脸盆上面挂着一面镜子。托尼对这些一点也不计较。他的心情正异常兴奋，脑海中充满了浪漫的遐想，所以尽管食物糟糕，睡的垫子凹陷不平，他也根本不在乎。要是在国内，这种生活条件一定会使他觉得震惊，可是这里的生活水准既然不同，这些东西也就足够令人高兴的了。

他今年才二十岁，受过良好的正式教育，本来大可以在他

---

1 当时的南非歧视黑人，划出一块地方专门给黑人居住。

伯父的工厂里找个职员之类的职位。可是他的人生理想并不是坐办公室。他选择南部非洲作为他的安身立命之地，是因为他的一个远房表亲前一年曾在这里做烟草生意赚了五千镑。他也想做同样的买卖，如果可能的话，还要做得更好一些。同时他还得学习。他对这个农场唯一的不满之处就是没有种烟草。但是在这个种着各色农作物的农场上待上一年半载，也可以获得丰富的经验，这对他也是有益处的。他知道迪克心里很不痛快，他也为他惋惜，可是即便如此，这个悲剧在他看来也是富有浪漫意味的。他带着一种不受个人情感影响的眼光，看出眼前这件事实际上是一种变革，它象征着全世界的农场经营一天比一天更资本主义化，一些小农场主不可避免地要被大农场主吞并。他自己也很想做一个大农场主，所以这种趋向并不使他感到痛苦。他由于还未亲自体验过挣钱吃饭的滋味，所以他目前这些想法都还只是抽象的概念。譬如说，他对于种族歧视的观点，照传统的眼光来看是进步的，其实那只是理想主义者表面的进步，遇到与个人利益发生冲突的场合，就经不起考验了。他随身带了满满一箱子书来，都堆放在住处内圆形墙壁的四周。这些书有的是关于种族问题的，有的是关于罗得斯[1]和克鲁格[2]的，还有一些是关于经营农场和淘金历史的书籍。过了一个星期，他随手拿起一本书，发现书脊已经被白蚂蚁蛀过了。于是他把书籍都放进了箱子，以后也没再拿出来看。一个人在白天工作

---

1 塞西尔·约翰·罗得斯（1853—1902），南非金融家和政治家。
2 保罗·克鲁格（1825—1904），南非荷裔布尔人，为建立布尔人国家——德兰士瓦而斗争的军人和政治家。1883 年独立期间，克鲁格曾任总统。

了十二个小时，自然没有精力再去看书。

　　他在特纳夫妇家里搭伙。大家指望他在一个月之内就能获得丰富的农业知识，以便把这个农场好好经营六个月，直到迪克回来为止。他整天都和迪克一块儿待在农场上，早上五点钟就起床，晚上八点钟睡觉。他对任何事情都很感兴趣，又见多识广，干劲十足，实在是个极好的工作伙伴。也许迪克早十年找到这样一个人就好了。不过事实上，迪克和托尼之间并未产生什么共鸣。托尼老是悠闲自在地谈到种族混杂问题，或是种族歧视给工业生产带来的影响，结果却总是发觉迪克的目光置身事外地凝望着某处。迪克心里想的是要争一口气，要把这最后几天挨过去，不要在托尼面前痛哭流涕，或是显出舍不得离开的样子，那样就会丧尽最后一点自尊心。他知道非走不可，然而他的感情起伏得非常厉害，内心不断受着痛苦的煎熬。他好容易才控制住自己疯狂的冲动，否则他真要去放一把火，点燃那些长长的草丛，烧掉他熟悉的草原，那里的一草一木都好像他的朋友一般，他还想拆掉他亲手盖起来并且住了这么久的这座小房子。这里今后要由另外一个人来发号施令，要由另外一个人来耕种他的土地，也许他多年来的工作成果会统统毁于一旦，这实在是对他的可恶侵犯。

　　至于玛丽，托尼几乎看不到她。那个奇怪的女人一直那么沉默寡言，那么干瘪憔悴，似乎已经忘了怎样说话，托尼空下来时想到她就觉得心烦。后来大约她也意识到应该勉强振作一些，于是她的举止作风便变得又古怪又别扭。有时候她会跟托尼谈上一会儿话，精神显得出奇地充沛，使托尼见了大为惊奇，同时也感到很不舒服。她说话时的态度和她所说的内容完全南辕北辙。有时候，迪克正在慢慢地耐心谈着一架犁或是一头病了的牛，她会突然一下子插进来，牛头不对马嘴地扯到食物方面去（提起这些食物，真叫托尼恶心），或是扯到今年这时候的天气有多热。"我真巴不得天下雨呀。"她总是这样应酬地说一声，然后咯咯咯地笑一下，接着又故态复萌，一声不响，茫然地瞪大着眼睛。托尼开始觉得她整个人成天都处在魂不守舍的状态中。但是，他同时也了解到这一对夫妇的日子过得非常艰苦。这么多年来，夫妇俩一直孤零零地住在这儿，换了任何人都难免要变得有些古怪。

屋子里的确是太热了，托尼不知道她怎么能受得了。他刚到这个国家，还没过惯，自然觉得热得受不了；这座铁皮屋顶的小屋子简直像火炉一般，空气好像凝结成了一层层黏糊糊的固体。他很乐意走到田野里去，远远离开那个小屋子。他对玛丽的关心虽然很有限，可他还是想到，多少年来玛丽还是第一次出去度假，她也许会露出一些高兴的样子。不过他并没看见玛丽做什么临行前的准备，甚至都没提起这件事。迪克也不提这件事。

在他们动身的前一个星期，迪克在吃中饭时对玛丽说："行装收拾好了吧？"这样接连问了两遍，她都不回答，只是点点头。

"你一定要收拾行装了，玛丽。"迪克温和地说，声调像平常对她说话时一样低沉、失望。但是等到晚上他和托尼回来时，玛丽一点儿事情也没有做，腻味的晚餐结束后，迪克把几只箱子拖下来，亲自动手收拾。玛丽看见他做，也来动手帮忙，可是没有帮上半个小时，她就回到卧室里，坐在沙发上发呆去了。

"完全是精神崩溃。"托尼下了这句断言，就准备去睡觉了。托尼有一个特点，心里有了什么事，只要嘴上说出来，心里就觉得释然了；他这句话是为玛丽辩解的，为的是免得再指责玛丽。"完全是精神崩溃"，这种现象在任何人身上都可能发生，大多数人有时都会出现这种症状。第二天晚上，迪克还在收拾行装。他把每一样东西都打点好了，就腼腆地对玛丽说："你去为你自己买些衣料，做一两件衣服吧。"因为在他替玛丽收拾东西的时候，发觉她的确已"无衣可穿"了。她点点头，随手从抽屉里拿出一块花布。那还是他们自己店铺里剩下来拿回家的。她动手剪裁起来，一会儿又住了手，弯身伏在布上，一言不发，最后还是迪克碰了碰她的肩膀，叫她上床去睡觉。托尼眼看着这情景，尽量抑制着自己不去望迪克一眼。他为这一对夫妇伤心。他近来已逐渐对迪克产生了很大的好感，而且这种感情是真挚而亲切的。至于玛丽，他虽然也为她难受，但对于这样一个魂不守舍的女人，叫人说什么好呢？"这种病只有让心理学家来治疗。"他又一次用这种借口来宽慰自己。其实，迪克也不妨去治疗一下，那对他自己也会很有益处的。迪克的身体看上去完全垮了，经常发抖，脸上已经瘦得皮包骨头。说真的，他根本不能够再干活了，可是他白天里连一分钟的时间也不肯放松，成天在地里拼命，天黑了还舍不得离开田地，托尼不得不拖着他回家。托尼现在几乎是在充当男保姆，他开始盼望特纳夫妇能早日离开。

在他们临走的前三天，托尼因为觉得不舒服，要求在家里休息一个下午。也许是太阳晒得过猛的缘故，他头痛得厉害，眼睛也酸痛不已，直觉得要呕吐。他没有上迪克家里去吃中饭，而是待在自己的小棚子里，因为这里虽然也够热的，可是和迪克家那间火炉一般的屋子比较起来，还算是比较凉爽的。下午四点时，他痛得难受，醒了过来，觉得非常口渴。平常用来盛水的那只威士忌酒瓶，今天却是空着的，原来用人忘了盛水。于是托尼走到外面刺目的黄色阳光中，到迪克家里去取水。后门开着，他静悄悄地走了进去，生怕吵醒了玛丽，因为他听说玛丽每天下午都需要睡觉。他从橱架上拿了一只玻璃杯，仔细擦了一下，走到起居室里去盛水。当作餐橱用的那个架子上，放着一只上了釉的陶制过滤器。托尼揭开盖子，朝里面看了看：过滤器的圆顶上全是黏糊糊的黄色泥土，可是从过滤器的龙头里流出来的水倒很干净，只不过味道不太新鲜，还有点热。他喝了一杯又一杯，又把瓶子灌满了，然后准备离开。这间屋子与里面那间卧室之间的门帘没有放下来，因此他可以清楚地看见里面的情景。不看则已，一看可把他吓得呆住了。只见玛丽坐在一只倒放着的蜡烛箱上，面对着墙上的那面镜子。她穿着一件很耀眼的粉红色衬裙，瘦骨嶙峋的肩膀凸露在外面。摩西正站在她身旁。托尼看见她站起来，伸出两条臂膀，那个土人便把她的衣服从后面套上她的手臂。一会儿她重新坐下，用双手把脖子上的头发拨散开，那种姿势就像一个美女在欣赏自己的美貌一般。摩西替她扣好衣服，她自己又对着镜子照了照。瞧那个土人的神态，宛如一个溺爱妻子的丈夫一般。他替她扣好了衣服，便站到后面去，看着她梳头。"谢谢你，摩西。"她用一种居高临下的口气大声说道。接着她又转过身去，亲热地说："你现在最好走吧，老板快要回来了。"于是土人走出了房间。当他一眼看见这个白人站在那儿用怀疑的眼光凝视着他时，不由得迟疑了一下，然后才一直向前走去。他经过托尼身边时，脚步很轻，可是眼睛里却带着恶狠狠的神情。那眼光实在恶毒得厉害，使托尼有一瞬间真正感到了害怕。等到土人走远了，他才在一把椅子上坐下来，擦干脸上流下来的汗水。他直摇着头，好像要把热气摇掉似的，他心里慌乱得厉害。他在这个国家里待的时间并不长，可是他亲眼见到的情景却足以使他感到震惊。同时，看到白人统治阶级这种伪善的面貌，他也不禁为自己的进步感到扬扬得意。在这个国家里，只要有一个单身白人住下来，当地的土人群中便会出现很多混血儿。因此，正像托尼所说的那样，伪善是他到这里看到的第一件令人吃惊的事。但是后来他读了许多心理学方面的书，才了解到种族歧视对白人在性心理方面的影响，其中最基本的一点是，白种男人看见土人的性能力比他们自己强，总是感到忌妒，因此，才出现了那样的结果。不过，一个白种女人，一个被白人社会行为准则管束的成员，竟这么轻而易举地跨越了这道界限，不由得使他感到极其吃惊。他出门时曾在船上遇到过一个医生，那个医生在乡下行过几年医。他告诉托尼说，如果有一天托尼知道了有那么多白种女人跟黑种男人发生过关系，他一定会大吃一惊。托尼当时确实感觉到自己大吃了一惊，尽管他很"进步"，可他觉得这种关系等于同野兽发生关系一样。

后来这一切的想法都消失了，脑子里只剩下玛丽这一件事，这个可怜的、受尽折磨的女人，显然已经到了衰颓不堪的地步。

她这会儿正走出卧室，一只手仍然抚弄着头发。他看见她的脸显得容光焕发，天真无邪，虽然这种神气中带着点空虚和傻气的意味，于是他觉得自己的一切疑虑都毫无意义了。

玛丽一看到他，简直吓得魂不附体，恐惧地直瞪着眼看着他。接着，由于极度的苦恼，她的脸色渐渐变得茫然和冷漠起来。他不理解这种突然的变化，但是他用一种滑稽而不愉快的声音说道："从前俄国有一个女皇，她根本不把自己的男仆当作人，因此常常在他们面前赤身裸体。"他就是从这个角度来看待这件事的，如果要从其他的角度来看这件事，对他来说可就太困难了。

"真有这么一位女皇吗？"玛丽显出迷惑不解的神气，半信半疑地问道。

"那个土人不是常常给你穿衣服脱衣服吗？"托尼说道。

玛丽猛地抬起头来，眼光变得很狡猾。"他根本没有什么事可做，"她回答道，说着又扬了一下头，"他要赚钱总得做事。"

"在这个国家里并没有这种风俗，对吗？"他语速很慢地问道，心中已经摆脱了极度的慌乱。当他这么说的时候，他已经看出，"这个国家"这几个字，对一般白人来说，等于是一种团结的号召，而对于她却没有任何意义。她心目中只有她自己的一个农场，甚至连农场也说不上——只有这所住宅，以及住宅内的一切东西。于是他的心里涌起一种不寒而栗的怜悯感，开始理解她对迪克的极度冷淡，不管是什么，只要与她的做法有抵触，只要使她记起她从小就要遵守的那套礼教习俗，她都一概不理。

她突然说道："他们都说我不像那样，不像那样，不像那样。"这声音好像留声机上的唱针不停地在一点上滑动那样。

"不像什么？"托尼茫然地问道。

"不像那样。"这话说得鬼鬼祟祟，又狡诈，又得意。天啊！这个女人完全发疯啦！他心里这样想着。可是过了一会儿，他又想道，难道她当真疯了不成？她不可能疯。她的举止不像疯子。她一举一动都很率直简单，生活在自己的自由自在的天地里，别人的标准都不放在她心里。她已经忘了她同种族的人是什么样子了。那么，她这样逃避现实，不与外界接触，难道也能算疯吗？

托尼心里一片迷惘，非常难受，就这样坐在滤水器旁的一把椅子上，手里仍然拿着水瓶和玻璃杯，不安地望着玛丽。玛丽开始用凄凉而低沉的声音对他说话。在他听着她讲话时，他改变了自己原有的想法，他认为玛丽并没有疯，至少这会儿没有疯。玛丽用恳求的眼光直视着他说："我到这儿来已经很久了。我自己也记不清有多久了……我本当早就走了。我也不明白为什么结果没有走成。我也不知道当初干吗要来这儿。但是现在的情形可是两样了。完全两样了。"她说到这里停了一下。她的面色显得那么可怜，一双眼睛像是两个痛苦的窟窿。"我什么也不知道，什么也弄不懂。为什么会发生这一切呢？我并不是有意叫它发生的。可是他始终不走，他始终不走。"接着，她忽然改变了声调，怒气冲冲地对托尼说："你干吗要到这地方来？在你没来以前，一点儿岔子也没有出过。"她放声哭了出来，一面哭一面呜咽地说："他始终不走。"

托尼站起来朝她走去，他现在唯一的感情就是怜悯，自己的不适倒完全忘了。这时他觉得身后有什么动静，便立刻转过身去，只见那个用人摩西站在门口望着他们俩，神情极其恶毒。

"走开，"托尼说，"马上走开。"说着，他又用胳膊拢住了玛丽的双肩，因为这时候玛丽吓得直往后缩，手指直掐进他的肉里。

"走开。"玛丽突然说道，一面从托尼的肩头上望着那个土人。托尼看得出她想竭力表现出自己的力量。在这场力图挽回自己威严的斗争中，她想利用他的在场来做自己的后盾。她说话的神气仿佛一个孩子在向一个大人挑衅。

"夫人要打发我走吗？"用人平心静气地说。

"是的，你走。"

"夫人为了这位老板，要我走吗？"

托尼气得一下子跳起来，大步走向门口。他气的倒不是这句话本身，而是这用人说话的语调。"滚开，"他说，气得差点说不出话来，"滚开，免得我把你踢出去。"

土人慢慢地、恶毒地望了他好一会儿才走开。一会儿他又走了回来。他完全不把托尼放在眼里，直接对玛丽说道："夫人要离开这个农场了吗？"

"是的。"玛丽有气无力地说。

"夫人再也不回来了吗？"

"不，不，不回来了。"她大声嚷道。

"这位老板也走吗？"

"不走，"玛丽尖声叫起来，"你快给我走开！"

"你到底走不走？"托尼吆喝道。他真恨不得宰了这个土人。他真想抓住他的咽喉，把他勒死。摩西这才走了。他们听到他走过厨房，出了后门。屋子里没有人了。玛丽把头搁在胳膊上哭泣着。"他走了，"她哭道，"他走了，他走了！"她的声音是歇斯底里的，可又好像放下了一桩心事。过了一会儿，她突然把托尼一把推开，像一个疯子似的站在他面前，咬紧牙齿骂他："是你把他赶走的！他再也不会回来了！你没来以前，一点儿事情都没有！"接着她放声痛哭，哭得完全瘫软下来。托尼坐在那儿，用手臂扶住她的肩头，安慰着她。他心里只考虑着一件事："我应该怎样对迪克说呢？"但是，他又能够说些什么呢？最好是一字不提。迪克已经苦恼得快要发疯了，再去对他说这种事，未免太残酷了，反正他们夫妇俩在两天之后就要离开这个农场。

他打定主意，等会儿只把迪克叫到一旁，暗示他立刻解雇这个土人。

但是摩西一去就没回来。他整个晚上都没有来。托尼听见迪克问玛丽说，那个土人上哪儿去了。她回答说："我把他打发走了。"他听得出玛丽的声调是那样茫然而冷淡，而且说话的时候看也不看迪克一眼。

托尼终于失望地耸耸肩，决定不再过问这件事。第二天早上，他照常到地里去。这是最后一天了，要办的事还有很多。

第十一章

玛丽突然醒了过来，好像有大臂推了她一下。现在天还没有亮，迪克在她身边熟睡着。窗户的铰链发出吱吱嘎嘎的声响。她望着窗玻璃框上那方方的一块夜色，可以看到树枝丛中有星星在闪烁。天空发亮了，可又带有淡淡的灰暗；星星在闪耀，但是光泽很微弱。房间里的家具渐渐亮起来了。她看到一线光亮，那是镜面上反射出来的光。过了一会儿，矿工院的公鸡啼叫起来了，接着又有十几只公鸡的尖锐声音一齐高声报晓。这是曙光呢，还是月光？两种光亮都有，是两种光亮混合在一起的光；再过半小时，太阳就要升起来了。她打了个哈欠，重新睡到凹凸不平的枕头上，舒展了一下四肢。她想，她通常醒来时都要有气无力地挣扎一会儿，总是勉强叫肉体走出床铺这个避难所。但是今天她却觉得心情宁静，十分安心。她的脑子是清晰的，她的身体是舒适的。她安适地睡在那儿，双手放在脑后，目不转睛地凝视着那笼罩着熟悉的四壁和家具的一片黑暗。她懒洋洋地想象着这个房间里的情形：椅子放在哪里，橱柜放在哪里；然后，她的想象就飞到屋外去了。她在脑海里想象着把这所房子从黑夜中挖掉，就好像随手扔掉一样东西那样。最后，她从高处俯瞰着灌木丛中的这座建筑物，心里充满了一阵温柔宁静的惋惜之情。她好像一手握住了那可怜的庞然大物——那个农场和农场上的许多人。她把它紧紧地罩在手心里，免得那些爱挑剔的、狠心的世人不放松地盯着它。她要哭出来了。她觉得眼泪淌下了面颊，刺得面颊发痛，不由得伸出手指摸了一下。粗糙的手指一碰上粗糙的皮肤，她神志便清醒了起来。她继续哭着，为了自己的命运而失望地痛哭，不过哭声中表露出对命运的无奈和屈服。接着，迪克醒了，一骨碌坐了起来。她知道迪克在黑暗中把头转来转去，听着动静。她躺着不动，但感觉得到迪克不好意思地抚摸着她的面颊。他这种不好意思的抚摸原是向她赔罪的，不料反而惹得她生气，使她猛地转过头去。

"怎么啦，玛丽？"

"没有什么。"她回答道。

"你舍不得走吗？"

这个问题在她看来是可笑的，完全和她没有关系。她并不想为迪克着想，只不过对他还抱着那么一点疏远的无关痛痒的怜悯。难道在这最后的片刻，他还不能让她安安静静地度过吗？"睡吧，"她说，"天还没有亮呢。"

在迪克听来，她的声音是正常的；甚至她拒绝和他亲昵，他也已经习以为常了，他不会因此就气得完全醒过来。一眨眼的工夫，他又睡着了，四肢摊开地躺在那儿，好像根本没有醒过一样。可是这会儿玛丽再也忘不掉他了，她知道他躺在自己身边，四肢伸展，紧靠着她的肢体。玛丽坐了起来，心里怨恨迪克老是不让她安静。他老是在她眼前，一看到他就使她痛苦地想起她要忘掉的那些事。她挺直身子坐在那儿，交叉着双手搁在脑后，浑身重新感觉到那种好久都不曾感觉过的紧张，好像被什么东西从两头拉紧一样，怎么样也挣不脱。她慢慢地前后晃动着身子。她这种动作很轻微，而且是不知不觉的。她要在脑子里竭力恢复那个没有迪克存在的假想世界。如果那种无可避免的事情也能算是一种选择的话，她已经在迪克和另一个人之间做了选择。迪克早就给毁了。"可怜的迪克。"她终于声音平静地说出了这样一句话，心里又恢复了跟迪克的疏远感。

她隐隐地感到一种恐惧，它似乎暗示着，她将被这种恐惧吞噬。她自己心里明白这一点，她觉得眼前的一切都非常清晰，什么都看得一目了然，可就是看不见迪克。她望望迪克，只见他蜷缩在毯子里，脸庞在逐渐明亮的曙光中泛出灰暗的颜色。曙光从低低的窗口透进来，接着又吹进来一阵闷热的微风。"可怜的迪克。"她最后又这样说了一句，可还是没有想到他。

她起了床，站在窗口。低低的窗台正好碰着她的大腿。她只要把身子朝前一弯，手就可以碰到窗外的地面——地面好像隆了起来，向远处延伸，与树林连成了一片。星星隐没了，天空苍白暗淡，辽阔无边。草原朦朦胧胧。万物都要慢慢地亮起来了。树叶子透着一丝绿意，近似蓝色的天空中有一抹光亮。棱角分明的星形一品红，透着刺眼的猩红色。

慢慢地，天空中泛起一片美丽无比的粉红色光辉，树木似乎伸直了身子迎接它，不一会儿便也染上了淡红色；她弯腰探出窗外，将身体沉浸在黎明的曙光中。她看见整个世界都显出了色彩和形状。黑夜过去了。当太阳升起来的时候，她想，属于她的这一刹那时间——博爱的上帝赐给她的这一刹那平静、宽容和美妙，也要过去了。她趴在窗台上，蜷缩着动也不动一下，紧紧地抓住这最后的一丁点人生乐趣，不让它溜过去。她的脑子里像天空一样清朗。在平时，她夜里睡觉总是乱梦频仍，醒来之后，这些噩梦还要在白天绵延下去，以至于有些时候夜里是恐怖的，白天也是恐怖的，简直没有间断的时候。而在今天这最后一个早晨，她倒平平安安地从酣睡中醒过来了，这是怎么回事？她为什么要站在这儿，看着太阳升起，好像这个世界正在重新为她创造，好让她感受到无与伦比的真正快乐？她沉醉在一片美丽的云彩天光和悦耳的虫鸣鸟语声中。四周的树林里都是啁啾啼叫的鸟儿，它们唱出了她内心的欢乐，鸣叫声直冲云霄。她身子轻得像一片被风吹动的羽毛，从房间里走到了阳台上。晨景是如此美丽，被曙光映红的奇妙天空，美得让她简直飘飘欲仙。湛蓝湛蓝的天空里嵌着一条条细长的红色朝晖，还有些迷迷蒙蒙的晨雾。宁静而美丽的树枝上栖满了歌喉婉转的鸟儿；鲜艳的星星形状的一品红，亭亭玉立地伸向天空，呈现出深浅不同的猩红色。

天空正中的那一团红晕散布开来，染红了草原上空的一片雾霭，把树木也映成一种热烈的硫黄色。这世界成了一个五彩缤纷的奇迹，而一切都是为了她，为了她呀！她心里畅快得几乎要哭出来，接着，她听到一种叫她怎么也受不了的声音——那是从树林中什么地方发出的第一声尖锐的蝉鸣。蝉声好像就是太阳发出来的声音，而她是何等地恨太阳呀！太阳升起来了，一弯黯淡的红弧从一块黑色的岩壁后面升起来，接着是一簇炙热的黄色光亮冲上蓝天。蝉儿一只接一只地尖声叫起来，这一下再也听不到鸟叫了。她仿佛觉得，那一阵阵无休止的低低蝉鸣声，就是那滚烫的、内核不停翻滚的太阳发出的噪声，是那刺眼的黄铜色阳光所发出的声音，是越来越厉害的热气所发出的声音。她的头开始颤悸，肩膀开始发痛。那暗红色的火球突然升到天空正中，照临着草原。天空中的红色消退了，她眼前展现出一片被太阳晒枯萎的景色，一切都黯然失色：这儿一块棕色，那儿一块橄榄绿，到处都是烟霭，它们飘荡在树林中，遮暗了小山。天空紧压在她头上，还有一层层淡黄色的烟雾上升到天空中。关在这么一间净是热气、烟霭和阳光的房间里，天地都变得小了。

她怔了一下，好像从梦中惊醒似的，向四下里望了望，用舌头舔舔干燥的嘴唇。她把身子往后靠去，紧贴在薄薄的砖墙上，伸展开双手，掌心朝上，以便挡住光亮。接着她又放下手，从墙壁跟前走开，回头望望她原来蹲伏的地方。"对啦，"她不由得说出声来，"一定在这里。"她听到自己的声音平静、不祥，带有预言的意味，就像是震响在耳边的一声警告。她走进室内，双手抵着头，不敢再看那个不祥的阳台。

迪克醒过来了，正要穿起裤子去敲锣。她站在那儿等待着那铿锵的喧嚣声。那声音终于来了，而且带来了恐惧。在附近的什么地方，他正站在那儿，听着锣声宣布这最后一天的来临。玛丽清清楚楚地看到了他。他正站在什么地方的一棵树下，斜倚着那棵树，眼睛盯着这幢屋子，在等待着。她知道这情形。可是还早着呢，她对自己说，时间还早得很呢，她还得在这儿度过一整天。

"把衣服穿起来，玛丽。"迪克说。他的声音很轻，语气却很迫切。接着他又说了一遍，玛丽这才猛地明白过来，顺从地走到卧室里去穿上衣服。她一边摸着纽扣，一边走到门口，准备喊摩西。在平常这时候，摩西照例要替她穿好衣服，把刷子递给她，替她扎好头发，一切都为她代劳，用不着她自己去动脑筋。这会儿她隔着门帘看见迪克和那个年轻小伙子同坐在一张桌子边吃饭，那顿饭并不是她准备的。她这才记起摩西已经走了，浑身感到无限的轻松愉快。她可以自由自在了，自由自在一整天了。她可以聚精会神地把那件对她很重要的事想一想。她看见迪克站起身来，面色忧伤地拉起了门帘；她意识到自己穿着内衣站在门口，让那个年轻小伙子看得清清楚楚，不由得羞红了脸。但是不到一会儿工夫，她就把迪克和那个年轻小伙子都忘了，接着，满腔的憎恨抵消了她的羞耻之心。她慢慢地、慢慢地穿好衣服；每完成一个动作都要停下好半天——因为，今天不是有整天的时间可以让她消磨吗？——最后她才走出了门。桌子上杯盘狼藉，两个男人已经下地干活去了。一只大盆子上结了一层厚厚的油脂，她想，他们两个人已经走了好一会儿了。

她没精打采地把几只盆子叠起来，送到厨房里去，在水槽里装满了水，然后就忘了还要做什么事。她站在那儿一动不动，双手懒洋洋地下垂着，心想："在外面树林子里的什么地方，他正等着我呢。"她在屋子里慌慌张张地跑来跑去，接着关上了所有的门窗，倒在沙发上，好像一只兔子蜷缩在一丛乱草中，警惕地注视着几条狗走近前来。但是这么等着也是白等，她的脑子告诉她说，她还得等上一整天，等到夜里呢。于是她的脑子又清醒了短短的一刹那工夫。

这一切究竟是怎么回事呢？她呆滞地想道。她用手指压在闭着的眼睛上，眼睛内闪出两个黄色的光圈。我真弄不明白，她对自己说，我真弄不明白……先前的那种幻境又出现在她面前：她好像站在这座房子的上空，站在一座看不见的山峰上，像法庭上的审判官似的俯瞰着下面，可是这一回她再也没有那种轻松的感觉了。在一刹那无情的清晰景象中，她看到了自己的真面目，这实在使她痛苦万分。等到将来一切事情都过去之后，人们所看到的正如她自己现在正看到的真面目一样，一个又瘦又丑的可怜女人，上帝赋予她的生命力已经完全干涸，只剩下了这么一个空洞的念头：她和那个威猛的太阳之间，只存在着一片薄薄的、叫人摸上手就起泡的铁皮；她和暗无天日的阴曹地府之间只存在着一缕瞬息即逝的阳光。她宛如悬在半空中，觉得时间和空间一样静止不动了。她看见那个在沙发角落里用拳头抵住双眼，不断抽泣颤动的玛丽·特纳，也看到了早年那个有些傻气的姑娘玛丽怎样在不知不觉中一步步地走到现在这个结局。我真不明白，她又对自己说，我什么也不明白，不幸就摆在眼前，但究竟是怎样的不幸，我实在不明白。甚至这些话好像也不是从她自己的口里说出来的。她紧张得呻吟了一声，因为她在内心费尽思索审判着自己的同时，还处在被审判者的地位，她只知道自己正受着无法形容的折磨。她已经感觉到了这种不幸，她不是在这种不幸中生活了那么多年吗？究竟多少年呢？那得从她来到农场之前算起，甚至在她少女时代时，她就熟悉了这种不幸。但是，她做了些什么呢？这是怎么回事？她究竟做了些什么？一切都不是出于她的自愿。她一步一步地走到现在这个境地，变成了一个没有意志力的女人，坐在一张又脏又臭的破沙发上，等待着黑夜来毁掉她。那是她应得的，她自己完全知道这一点。但是为什么呢？她犯了什么过错呢？她有自知之明的理智，可她在感情上又是那样天真无知——她的感情总是被一种她所无法理解的力量推动着——这两者之间的冲突毁灭了她那完美的幻想。她忽然吃了一惊，猛地抬起头来，只觉得四周的树木都在向这座房屋逼近；她望着，等待着黑夜。她想，等她一走，这房子就完全毁了。它一定会毁在灌木丛手里，这片灌木丛一直那样恨它，不吭一声地站在它的周围，等待着有朝一日朝它猛扑过来，把它完全淹没。没有什么东西能够保留下来。她似乎已经看到了这样的情景：屋子里空无一人，里面的家具全都慢慢地发霉腐烂。最先跑来的是老鼠，它们晚上已经在屋椽上跑来跑去，拖着又粗又长的尾巴。它们会成群结队地在家具上和墙壁上爬，把什么东西都咬坏，咬得只剩下砖头和铁，地板上也布满了老鼠的粪便。接踵而来的就是甲虫，又黑又大的硬壳甲虫会从草原上爬进来，躲在砖头缝里。现在已经有几个在那里摆动着触须，用它们那颜色鲜明的小眼睛张望着。后来，雨停了，空中云散天清，树木青翠碧绿，空气将会像水一样洁净闪亮。但是一到晚上，雨水就会哗哗地倾倒在屋顶上，一刻也不停歇。屋子附近的空地上都会长出小草来，灌木丛也会跟着长起来，只消到下个季节，爬山虎的藤蔓就会攀满阳台，把盆景打翻。盆景会跌在那一大片迅速繁衍的潮湿植物中；天竺葵会一排排地长起来，跟栎树混杂在一起。树枝会从破碎的玻璃窗里钻进来，然后慢慢地、慢慢地，树干就会伸到砖墙跟前，使砖墙倾斜、碎裂，最后完全倒塌，铁锈碎片纷纷落在铁皮屋顶下面的灌木丛上，屋子里还会出现癞蛤蟆、像老鼠尾巴那么长的硬壳蠕虫，以及肥胖的白色鼻涕虫。到最后，小树丛会长满这块倒塌的地方，使屋子的踪影再也看不见。人们会来寻找这房子，结果在一棵大树跟前看到了一个石阶，他们会说："这一定是迪克夫妇当年住的那座房子。多奇怪啊，房子一旦没人管，竟然这么快就会荒草丛生！"于是他们东寻西找，用一只鞋尖拨开一棵树，这时他们就会看见一个门把手嵌在树杈里面，或者在一堆泥沙卵石中找到一块碎瓷片。再往前一些，他们又会看见一堆发红的泥土，里面裹缠着许多腐烂的茅草，看上去就像死人的头发一样——这就是那个英国小伙子曾经住过的小棚屋的全部遗迹。离这儿再远些，有一片瓦砾堆，那是当年那个小店铺留下的标记。住宅、店铺、鸡舍和小棚子全都消失了，什么东西也没留下，一眼望去，遍地都是灌木丛！她脑子里满是这些湿漉漉的绿色树枝，茂密而潮湿的草地和盛气凌人的灌木丛。突然，这一切幻景全消失了。

　　她抬起头，朝四下望望，只见自己正坐在那间小屋里，头上是铁皮屋顶。她浑身汗如雨下。窗子都关着，闷热得让人受不了。她奔到了屋外，因为老是坐在那儿等待，等着死神推门进来又有什么用呢？于是她离开房子奔了起来，穿过那片沙砾被烤得闪闪发光的坚硬土地，朝树林跑去。树林对她怀有敌意，可是总比待在屋子里强。她走进树林，感觉到林荫洒落在她的肌肤上，又听见四面的蝉在尖声地叫个不停。她径直走到灌木丛中，边走边想："我会碰到他的，一切都快结束了。"枯萎的草丛使她跌跌绊绊，灌木挂住了她的衣服。最后，她斜倚在一棵树上，闭上了眼睛，耳朵里嗡嗡地响起一片噪声，皮肤也阵阵发痛。她就待在那儿等着，等着。可是这片噪声实在使她无法忍受！她不禁尖叫了一声，一会儿又睁开了眼睛。她的面前是一棵小树苗，淡灰色的树枝上有几处节疤，好像一棵长了结节的老树，可是那并不是节疤。三只丑陋的小甲壳虫伏在那上面歌唱着，忘了玛丽，忘了一切，什么全不在它们眼里，它们只看得见那使得万物欣欣向荣的太阳。玛丽走近这三只小虫，瞪着眼睛瞧着它们。这么小的虫竟会发出这么让人不可忍受的噪声！她从来没有见过这种小虫。她站在那儿突然意识到，多少年来她虽然一直生活在这所小屋子里，四下是一片好几英亩地的灌木丛，可是她从来没有走进过树林，走来走去都离不开那几条小路。这些年来，每年到了那几个燥热的月份，她总是疲倦地听着这种可怕的尖锐叫声，听得神经刺痛，可从来没有见到过发出这种声音的甲壳虫。接着她抬起眼睛，只见自己正站在烈日下面。太阳又大又红，郁闷地冒着烟，低低地悬在空中，好像一伸手就可以把它摘下来似的。她举起一只手，擦过一丛树叶，只见一个什么东西嗖的一声飞了过去。她恐惧地呻吟了一声，穿过草丛和灌木丛，跑回到空地上去。她站在那儿一动不动，用手卡住了自己的喉咙。

　　一个土人站在那儿，就站在房子外面。她险些叫出声来，连忙用手捂住了自己的嘴。她看到这是另外一个土人，他手里拿着一张纸，他拿纸的姿势和一般没文化的土人拿着印有字迹的纸张一样，好像手里拿着的是什么爆炸物，会把他们的脸炸开似的。玛丽走过去，把那张纸接过来。纸上写着："忙于清理事务，不回家吃中饭。请将茶及三明治送来。"这个从现实世界送来的小小的提醒物，简直没有对她起什么作用。她气恼地想道，又碰上了迪克；她拿着那张字条，回到了屋子里，接着愤愤地把窗子砰的一声打开。她已经几次三番吩咐用人要把窗子打开，而他总是让它关着，这究竟是什么意思呢？她望望那张字条，这是从哪儿写来的呢？她闭上眼睛坐在沙发上。在一阵昏沉的睡意中，她听到一声敲门声，吃了一惊；然后她又坐下，浑身发抖，等待着他来。敲门声又响起来了。她疲倦地挣扎起来走到门口。门外站着刚才那个土人。"你来干什么？"她问。他从门口指着桌子上的那张字条。她这才记起了迪克要茶。她沏好了茶，用威士忌酒瓶装满了，打发这土人送去，可却把三明治给忘了。她忽然想起那个年轻的英国小伙子一定口渴了，他在这个国家里过不惯。一提到"这个国家"，她的神志就猛地清醒了，比想起迪克还容易清醒；提起这个国家就叫她烦恼，好像要强迫她回想一件她不愿意想起的事。但她还是继续想着那个年轻的小伙子。她眼睛一闭就看到他，他长着那么一张年轻和气、没有特征的脸。他一直对玛丽很和善，没有谴责过她。突然之间，她发现自己心里老是想着他，怎么也摆脱不掉他的形象。他会搭救她的！她要等着他回来。她站在门口，俯瞰着那一片干枯凋萎的草原。他一定在树林里的什么地方等待着；而那个年轻小伙子一定在草原上的什么地方，天黑以前就会来救她。她瞪眼望着刺目的阳光，几乎连眼睛都不眨一下。但是那边的一大块地是怎么了？每年到了这个季节，那里就是一片阴沉沉的红色，可现在怎么长满了草木？一阵恐慌向她袭来，现在她还没有死，灌木丛就征服了这片农场，派了草兵树将向这片肥沃的红土袭来，连灌木丛也知道她快要死了！但是那个年轻小伙子……她把一切撇在了一旁，一心想着他，想到他温和的安慰，他那保护者的手臂。

她斜倚在阳台的墙壁上，拨开天竺葵，望着那一个个长着灌木丛的斜坡和草原，想看到一点淡红色的灰尘扬起来，因为那象征着汽车正开过来，但是他们再也没有汽车了，汽车卖掉了……她浑身发软，又坐下来，闭着眼睛直喘气。等她睁开眼睛的时候，天色已经黑下来，屋前有了长长的日影。空气中弥漫着黄昏的意味，夕阳的余晖是闷热的，灰蒙蒙的；眼前只见一片黄色的光，还传来一阵当当当的铃声，好像一阵痛苦的浪潮在她脑子里冲过。原来她睡了一大觉。她把这最后一天睡完了。也许在她睡着了的时候，他已经到屋子里来找过她了？在一阵突如其来的勇气的鼓动下，她一跃而起，径直走到前面的房间里。可里面空无一人，但是她毫无疑问地断定，在自己睡着了的时候，他已经来过，从窗口窥探过她。厨房门也是开着的，这就足以证明事实是这样。她之所以会醒过来，也许就是因为他来过，悄悄地探视过她，甚至还用手碰了碰她？她怔了一下，身子不由得发起抖来。

但是，那个年轻小伙子是会来救她的。想到他要来，而且不久就要来，玛丽便撑起了劲，从后门走了出去，朝他住的小棚屋走去。她跨过低低的砖头台阶，弯身走进阴凉的屋内。一股阴凉之气碰到她的皮肤上，可真舒适，真惬意啊！她在他的床上坐下，用手撑住头，只觉得水泥地上有一股阴冷之气冲到她脚上来。最后她用力振作起来，免得又睡着。沿着这屋子里弯弯曲曲的墙边，放着一排鞋子。她好奇地望了一下，多么漂亮像样的鞋子啊——她有许多年没看到过这样讲究的东西了。她随手拿起一只，羡慕地摸摸发亮的皮面，仔细看了看上面的商标："爱丁堡约翰皮鞋店出品"。她笑了，自己也不知道在笑什么。她放下那只鞋子。地板上有一只皮箱，她提也提不动。匆忙中她把它打翻在了地板上，原来全是书！她更加好奇了。她有很久没看到书了，因此读起来都觉得非常困难。她望望这些书名：《罗得斯及其影响》《罗得斯与非洲精神》《罗得斯及其使命》。"罗得斯。"她不由得含含糊糊地说出声来。对于这个人，除了在学校里读书时学到过一点以外，其他她就一无所知了，而在学校里学到的那点东西又是那么少。她知道这人征服了一片大陆。"征服了一片大陆。"她又禁不住说出声来，而且感到很得意，因为过了这么久她还记得住这句话："罗得斯坐在土坑旁一只放倒的小桶上，梦想着英格兰故乡，也梦想着没有被征服的内地。"她笑起来了，觉得这特别滑稽可笑。接着，她把那个年轻的英国人、罗得斯和那些书统统忘记了，只是一个劲儿地想道："可是我还没有到店铺里去过呢。"她觉得应该去一次。

她沿着那条狭窄的小路往前走。这条小路现在几乎看不出来了。它只不过是灌木丛中的一条犁沟，她脚下踩着的全是青草。走到离那所矮矮的小砖屋几步路的地方，她就停住了。这里就是那个丑陋的店铺。在她快要死的时候，这个店铺还存在着，甚至还像她以往一直看到的那样。可是里面已经空了。她只要走进去看一看，就会发现橱架上没有一点东西，柜台上已经被蚂蚁蛀了许多条留有红色粉末的坑道，墙壁上也布满了蜘蛛网。可是店铺毕竟还在。她的心头猛然涌起一股憎恨，砰地朝门上一敲，门一下朝里打开了。里面仍旧弥漫着小店铺的气味，那是一股又霉、又沉闷、又甘美的气味，这股气味从四面八方围绕着她。她凝眸望去，只见他的确在这里，就站在她面前，站在柜台后面，好像在那里卖东西似的。一点没错，黑人摩西站在那儿，用一种懒散而又含有威胁、蔑视的眼光望着她。玛丽禁不住叫了一声，跌跌撞撞地跑出门去，奔回小路上，一边又回过头去看看。那扇门轻轻地晃动着，可是他并没有走出来。原来他在这儿等着！这会儿她明白了，她一直料到会有这一刻，果然没有料错。当然，除了在这个可恨的店铺里等着，他还能在什么别的地方等呢？她走回小棚屋里，看见那个年轻的小伙子正弯着腰，把她刚刚丢散在地上的书，一本本收到箱子里去。他望望玛丽，脸上露出迷惑不解的神情。不，他不能搭救她。她往床上一倒，感到难受和绝望。她看不出哪里有救星，她必须硬着头皮苦撑下去。

当她看到这个青年满脸忧愁苦恼，便想到自己以前也经历过这种情形。她苦苦地回想着过去，心里恍恍惚惚。是的，在很久很久以前，当她心烦意乱而不知所措的时候，曾经喜欢过另一个青年，一个来自农场的青年。当年她认为嫁了那个人，就会摆脱自己的苦恼。后来，她才了解到并没有出头的一天，她这一辈子都得住在这个农场上，一直到死为止，从此她便感觉到人生的空虚。即使她的死也没有什么新鲜的花样，一切都是那么老一套，连无可奈何的感觉也没有什么两样。

她站起身来，举止出乎寻常地庄重得体。托尼看见她这样庄重，只有哑口无言。尽管他曾经出于保护和怜悯的心意跟她谈过话，可是现在这份心意也没有表达的机会了。

她想，她得独自走完人生的道路。这是她必须吸取的一个教训。如果她早就吸取了这个教训,那她现在就不会站在这儿了,不会第二次表现出意志薄弱,去依赖一个不值得信任的人了。

"特纳太太,"青年笨拙地问道,"你来找我有什么事吗?"

"事情确实是有一点儿,"她说,"不过说出来也没有用,这不是你能……"她无法跟他讨论她的事情。她回过头去望望黄昏的天空,只见那渐渐淡下去的蓝色天幕上,飘浮着一长条一长条淡红色的云。"多么可爱的黄昏啊。"她敷衍地说了一句。

"是呀……特纳太太,我已经跟你的丈夫谈过了。"

"真的吗?"她很有礼貌地问道。

"我们认为……我建议明天你们到了镇上,你可以去找个医生看一看。你病了,特纳太太。"

"我病了好多年啦,"她语气尖酸地说,"病在心里。在心里的什么地方。你知道,这并不是病。而是什么地方,一切都错了。"她朝他点点头,一面跨出门槛。接着她又转过身来,"他在那儿,"她偷偷摸摸地悄声说,"在那里边。"她又朝着店铺方向点了点头。

"是他吗?"青年很恭敬地问道,有意迎合她一下。

她向家里走去,表情木然地望着这所即将消失的小砖屋。她脚下踩着滚热的沙砾,在她走过的地方,一定有小野兽在草木丛中昂首阔步。

她回到了家里,面对着那早就在注视她的死神。她带着从容不迫和恬淡自得的心情,坐在那张被坐得和她身体形状差不多的破旧沙发上,交叉着双手,望着窗口,等待着天黑下来。过了好一会儿,她才发觉迪克正坐在灯下的桌子旁边,凝神看着她。

"你的东西收拾好了吗？"他问，"你知道，我们明天上午就得走了。"

　　她笑起来了。"明天！"她说。她咯咯咯地放声大笑，直笑到看见迪克突然站起身来，用手蒙着脸，走了出去。好极了，现在她一个人自由自在了。

　　但是没过一会儿，她就看见那两个男人端了盆子和食物走进屋来，坐在她对面开始吃东西。他们递给她一杯酒，她不耐烦地拒绝了，只等着他们赶快走。事情马上就要了结了，马上，只消再过几小时，一切都要了结了。可是这两个男人偏偏不走。他们仿佛是为了她的缘故，特意坐在那儿的。她起身走了出去，双手漫无目的地摸着门的边缘。炎热并没有减退，漆黑的天空笼罩在屋顶上，沉甸甸地压在它上面。她听见迪克在她身后谈着天要下雨的事。于是她也自言自语道："等我死了以后，天就会下雨的。"

　　"床[1]？"迪克在门口最后说了这样一句话。

　　这句问话好像和她毫无关系；她站在阳台上，她知道她得在这里等待，守候着黑夜里的动静。

　　"上床睡觉，玛丽！"她看出她必须先上床睡一会儿，因为她要是不去睡，他们是不会让她独个儿待在阳台上的。她身不由己地关了前面房间里的灯，又去锁了后门。把后门锁好似乎是极其重要的；她觉得应该把后门防备好，那么，如有什么不幸，就只会从前门进来了。当她去锁后门时，看见摩西正站在门外，

---

1 玛丽说自己死后，天会下雨，其中"死"原文为 dead，迪克误听为 bed（床），两个词在英文中读音近似。

和她面面相对。星星照出了他的身影。她后退一步，膝盖发软，随手关上了门。

"他在外面。"她上气不接下气地对迪克说，仿佛这是意料中的事似的。

"谁？"

她没有回答。迪克走了出去。她听到迪克的脚步声，还看到他手里提着的那盏防风灯晃动的光亮。"那里没有什么动静，玛丽。"迪克走回来说。她点点头，表示认可，然后又走去锁后门。门外是一片茫茫的黑夜，摩西不在那里。她想，他一定到房子正面的灌木丛里去了，以便一直等到她出现。她回到了卧室里，站在房间中央。她也许已经忘了该怎么做。

"你不脱衣服睡觉吗？"迪克终于问道，声音里透出失望，然而依旧很耐心。

她顺从地脱了衣服，上了床，机警地醒在那儿听着。她感觉到迪克伸出一只手来碰她，她立刻就变得毫无生气了。但是他离得很远，对她无关紧要，他们当中好像隔着一堵厚厚的玻璃墙。

"玛丽？"他说。

她还是不作声。

"玛丽，听我说，你病了。你一定要让我带你去看医生。"

她觉得好像是那个年轻的英国人在说话；他对她那么关心，相信她本质天真无邪，而且也不计较她的罪过。

"不错，我有病。"她仿佛在对那个英国人推心置腹地说，"我自从懂事以来，就一直生病。我的病在这里。"她指指胸口，挺直身子坐在床上。后来她放下了手，忘了那个英国人，耳朵里震响着迪克的声音，那声音就像穿过山谷的回声一样。她静听着外面的夜声。慢慢地，一阵恐惧淹没了她，而这种恐惧是她早就知道要来临的。有一次她试着躺了下来，把脸埋在黑魆魆的枕头里，但是她的眼睛对光仍旧很敏感。她忽然看见有一个黑色人影背对着光在等着她，于是她又战栗着坐起身。他在房间里，正站在她身旁！但是房间里并没有人。什么也没有。她听到轰隆隆一声雷响，接着便看到漆黑的墙壁上闪过一阵电光，正像以前好多次她都看见的那样。黑夜似乎从四面向她围拢过来，这所小屋子好像一支蜡烛似的向下弯曲，熔化在炎热的空气中。她听到一阵哗啦啦的声音，那是铁皮屋顶不停震动的声音。她觉得有一个庞大漆黑的人体，好像人形蜘蛛一样，在屋顶上爬着，想要爬进屋内。她形单影只，毫无自卫能力。她被关在一所黑魆魆的小屋子里，四面的墙壁向她合拢来，屋顶向下面压。她好似陷在一个陷阱中，焦急不安却又无依无助。但是她得出去和他见面。一方面由于恐惧，另一方面也由于心中对此已很了然。她动作很轻地下了床，没有发出一点儿声响。她慢慢地、几乎没有挪动身体就把两条腿从漆黑的床边上放了下来；接着，她突然害怕起来，因为地板宛如黑色的深渊一般。她跑到房间中央，就停下不动了。墙壁上又是一道闪电，她不得不再向前走去。她站在窗帘的褶缝中，毛茸茸的窗帘布擦在她的皮肤上，好像兽皮一样。她把它们撩开，站在那儿做出一种姿势，想要逃出这黑洞洞的、充满着可怕鬼影的房间。她又碰到了兽皮，但是这一次是在脚底下。她刚要跨步跑过去，一只脚却踩到了一只长长的、松软的野猫爪子，吓得她发出一声轻而尖的呻吟。她回过头去望望厨房门口，厨房的门锁着，一片漆黑。她现在来到了阳台上。她向后退着走，一直走到背部碰着了墙壁为止。这一下可有保障了。她站在那里，她是应该站在那里的，因为她知道她必须等待。她这时才惊魂稍定。恐怖的迷雾从她眼前消失了。当电光闪起的时候，她看到农场上的两条狗躺在阳台上，抬起头来望着她。她还看见三根细长的柱子和那挺直的天竺葵，除此之外就什么也看不见了，一直等到再一次闪电，密集的树干才在乌云密布的天空映衬下显出自己的面目。当她注视着这些树木时，她觉得它们朝她越逼越近。她用尽全身的力气往身后的墙上靠，只觉得那粗糙的砖墙透过她的睡衣压在她的肉体上。她摇了摇头，想甩掉这些杂念。树木静静地立在那儿，等待着。她好像觉得，只要她留神盯牢那些树，那些树就不能潜行到她身边来。她觉得必须留意三件事。首先要留意那些树，不让它们冷不防地向她扑过来；其次要留意她旁边的一扇门，当心迪克走过来；还要留意闪电，因为它们的闪耀跳动，会把乌云密布的地方都照亮。她的双脚稳稳地站在微温而粗糙的砖地上。她背靠着墙蹲了下来，瞪大着眼睛，所有的感官都处于极度紧张的状态。她小口地喘着粗气，好像呼吸都快停止了。

不多一会儿，她听到一声雷鸣，只见树木震颤，天空闪亮，有一个人影从黑暗中走了出来，向她身边移动。他脚步轻捷地走上台阶，几条狗都机警地注视着，摇着尾巴表示欢迎。离她两码距离的地方站着摩西。玛丽看到了他那宽阔的肩膀，他的头颅，他眼睛里的闪光。一看到他，她的情绪就出乎意料地发生了变化，心里起了一种特别惭愧的感觉。她曾经听了那个英国人的话，对摩西有所不忠，因此对他抱愧。她觉得只有走上前去，向他解释一番，恳求一番，恐惧才会消除。她正要开口说话，只见他手里拿着一个长长的弯东西，高高地举过头。她知道现在解释已经太晚了，往事一去不复返。她正想开口哀求，可一声尖叫刚喊出口，便有一只黑手捂住了她的嘴。但是这一声尖叫并没有停止，还继续盘旋在她的胸口，使她噎得透不过气来。她举起她那瘦得像爪子一般的双手来挡住他。接着，灌木丛也来向她报仇了，这是她脑海中最后一个思想活动。树木像野兽一般冲过来，隆隆的雷声好像就是它们逼近的声音。她的脑子终于失去了知觉，淹没在一阵恐惧中。她只看到一条粗壮的手臂把她的头强行往墙上按，另一只手臂又从高处落下来。她的四肢瘫软了下来。闪电从黑暗中跳跃出来，飞速地落到那把向前猛刺的钢刀上。

摩西放了手，看着她滚倒在地上。铁皮屋顶上固有的哗哗声使他猛然清醒地意识到，自己正身处怎样一个环境中。他吃了一惊，朝四面看了看，挺直了身子。几条狗在他脚跟前汪汪直叫，但它们的尾巴仍然在摇着，因为他过去一直喂养它们，看护它们，而玛丽却讨厌它们。摩西张开手掌朝它们的脸轻轻一击，把它们打退了回去。它们站在那儿迷惑地望着他，轻声地哀鸣着。

天下雨了，大滴的雨点往摩西的背上飘过来，使他一阵发冷。又一阵滴滴答答的声音，使他不由得低下头来，望着自己手里的那把钢刀。这把刀是他在树林子里捡来的，他花了一天的时间把它磨得又亮又锋利。血从刀上滴到砖地上。他接下来做出的那些举动，说明了他是多么拿不定主意。他先猛地一下把刀扔在地上，好像感到害怕似的；然后他又控制住了自己，把它捡了起来。他伸出手，把刀放在被瓢泼大雨浇得透湿的阳台的矮墙上，一会儿工夫又把它拿了起来。他犹豫了一下，望了望四周，然后把它插入皮带，又把手放在雨里洗了一洗，准备冒雨走回矿工院自己住的小棚子里去，以便表明自己无罪。可是最后他又改变了主意。他抽出那把刀来看看，随手丢在玛丽身边，突然一下子变成无所谓的样子，因为他又有了一个新的念头。

迪克就睡在那堵厚墙后面，但他是无足轻重的，因为他早就被打垮了。摩西根本不把他放在心上。他用手一撑就翻过了阳台的矮墙，稳稳地落在哗哗的大雨中。雨水打在他的肩膀上，一会儿工夫就把他全身淋湿了。他穿过这块又黑又潮、水深没腿的地方，朝那个英国人住的小棚子走去。走到门口时，他向屋内探了探头。什么也看不见，只能用耳朵去听。于是他就屏气凝神，专心一意地在雨声中听着那个英国人的呼吸声。但是什么声音也没听见。他弯下身子走了进去，静静地走到床边。只见这个被他打败的敌人正熟睡着。于是他轻蔑地转身离开，向迪克的房子走去。他本来打算经过这座房子就赶快走开的，但是当他走到阳台跟前时，却停下了脚步。他把手放在墙上，向里面看了看。里面一片漆黑，伸手不见五指。他等待着，等待着那透过雨水的闪电亮起来，最后一次照亮这座小房子、这个阳台、蜷缩在砖地上的玛丽的尸体，以及在她身边不安地走来走去的狗。它们仍在低声地含糊不清地哀鸣着。闪电终于亮起来了，一道湿淋淋的闪电，闪了好久好久，好像一片潮湿的曙光一样。这是他最后的胜利时刻，这一刻是这样完美，没有缺憾，使他打消了急于逃走的念头，他的心情因此变得无所谓起来。等到天地重又陷入黑暗后，他才把手从墙上拿开，冒着雨慢慢地走进灌木丛。他完全达到了报复的目的，心里充满了满足感，然而在这种满足感中究竟混杂着怎样的歉疚、怜悯，甚至是创伤的感情，那是很难说的。因为他在湿漉漉的灌木丛中只走了两百码左右便停住了，转身走到一旁，斜倚在蚁冢上的一棵树干上。他要在这儿一直待下去，待到那些追捕他的人发现他为止。